Александр Иличевскии

МАТИСС

москва 2008

ВРЕМЯ

ББК 84Р7-4
И43

оформление — Екатерина Коновалова

И43   Иличевский А.
Матисс: Роман. — М.: Время, 2008. — 444 с.
ISBN 978-5-9691-0298-9

«Матисс» — роман, написанный на материале современной жизни (развороченный быт перестроечной и постперестроечной Москвы, подмосковных городов и поселков, а также — Кавказ, Каспий, Средняя Полоса России и т. д.) с широким охватом человеческих типов и жизненных ситуаций (бомжи, аспиранты, бизнесмены, ученые, проститутки; жители дагестанского села и слепые, работающие в сборочном цехе на телевизионном заводе города Александров; интеллектуалы и впадающие в «кретинизм» бродяги), ну а в качестве главных героев, образы которых выстраивают повествование, — два бомжа и ученый-математик.

Александр Иличевский (р. 1970) — лауреат премии имени Юрия Казакова (2005); финалист Национальной литературной премии «Большая Книга» (2006; 2007); финалист Бунинской премии 2006 года (серебряная медаль), лауреат премии «Русский Букер» 2007 года за роман «Матисс».

ББК 84Р7-4

ISBN 978-5-9691-0298-9

ПРЕСНЯ

I

— Пущай! Пущай! Бей, не жалей! Вот как есть, вот сюда пусть бьет, — Вадя, оскользнувшись от порыва, шире распахивал полушубок, разрывал рубашку на сердце, и слезы лились, и он слабо отстранял от себя Надю, удерживавшую его, чтобы он вдруг ненароком, не настиг пацанов.

Их было четверо, беспризорников, которым уязвленное при даме достоинство Вади обязывало бросить вызов. В свете уличных фонарей ранним зимним вечером, в оттепель, загребая и поскальзываясь в свежем мокром снеге, они быстро шли по Малой Грузинской, озорно оборачивались, и старший, который был рослее и говорливее остальных, поддразнивал Вадю:

— Давай, давай, обезьян. Догони, попробуй. Наваляем, не подъешь.

У младшего, лет десяти, еще не исчезло с лица выражение доверчивости. Он шел, все время переходя на трусцу, смотрел больше не на друзей, а по сторонам. Его привлек вид заснеженного, замысловато подсвеченного музея имени Тимирязева, необычного своей купеческой, теремковой что ли, постройкой, — и напоминавшего картинки из книжки сказок. Но, увидев, что отстал, мальчик сгреб с парапета снег, скомкал снежок, охлопал его потуже, куснул, примерился замахом, бросил и пустился догонять.

Вадя, пытаясь увернуться, закинулся навзничь, Надя его поддержала — и теперь застегивала на нем полушубок, снег вытряхивала из-за пазухи, снимала с шеи, с бороды, а он ревел, и Надя радовалась, что наконец-то беспризорники от них оторвутся и ей больше не будет страшно, что Вадю побьют.

Леонид Королев, человек лет тридцати пяти, товарный координатор мелкооптовой конторы, медленно ползший в автомобильной пробке по направлению к Пресне и от самого костёла наблюдавший это происшествие, знал, что уже несколько зим бомжи враждуют с беспризорниками. Что подростки, собираясь в группы, иногда убивают бомжей для устрашения, освобождая от соперничества ареал подпольного обитания: путевые туннели вокзалов, ниши путепроводов, сухие коллекторы, теплые подвалы, окрестности свалок, попрошайные посты. Что их стайная жестокость не знает пощады. Что бомжи, из-за развитой жадности не способные к общинным формам поведения, бессильны перед своими главными врагами.

Королев находился уже недалеко от поворота в свой переулок. Улица была полонена бездушным скопищем автомобилей. Они рычали прогоревшими глушителями, свистели ослабшими ремнями, мурлыкали дорогими моторами, клацали шипованной резиной, бухали низкими частотами аудиосистем, там и тут с выездом на встречную крякали, рыгали, взвывали спецсигналами. Автомобили прикрывали сгустки человеческой усталости, чванства, ненависти, беззаботности, безразличия, сосредоточенности...

Пробка выглядела как бедствие. Снег то валил, то в одну минуту прекращался, и можно было выключить «дворники», чтобы скоро снова их включить. Машина, столкнув подушку пара над капотом, ползла, буксовала, рыскала в слякоти, вдруг срывалась с места, он осаживал ее и подтягивался за растянутой гармошкой потока, сдерживаемого вновь зажегшимся на Пресне «красным». Королев не мог уже ни слушать радио, ни участвовать эмоционально в дорожном движении.

Хлопья снега, прилипнув к лобовому стеклу, оседали, смещались, становились прозрачными, текли. Мелькнувшая вначале структура снежинок, безукоризненно строгая и чистая, принесенная из многокилометровой вышины, возносила его над городом, над запруженными стальным светом улицами, над черным горбом реки, хордами проспектов, над высотками и взгорьями улиц, над безмолвием мятущихся, танцующих полотнищ снегопада, за муть и темень низких рваных облаков — туда, где звезды тонули в седой косматой шкуре зверя, задавившего город; где постепенно он набирался отрешенности, восходя все выше и дальше над холмистой икрой городских огней, — и этот подъем был его глубоким вздохом.

Втыкая передачу, Королев с яростью подумал о том, что неживое приличнее человеческого, что в строгом устройстве крохотного кристалла больше смысла, красоты, чего-то значимого, что объяснило бы ему, ради чего он живет, — чем в прорве людского, переполнившего этот город.

С каждой подвижкой светофора он нагонял эту парочку бомжей. Необычным поведением они резко выделялись из всего, что можно было увидеть на улице, поглощенной спинами, походкой пешеходов, суетой торговцев, клерков, возбужденной иноходью подростков, от метро целившихся на клубные вечеринки, ленивой наглостью дорожных, муниципальных, рекламнощитовых рабочих. И хоть лиц не было видно, в самих силуэтах этой пары, в движениях, в том, как она удерживала его, напряженно устремив к нему все свое существо, а он — коренастый, бородатый, расхристанный — нетвердо стоял на ногах, нараспашку, стараясь дрожащими пальцами провести по ее космам, поцеловать в висок, — была драма, во всяком случае что-то чрезвычайное, настолько «не из жизни», что напоминало оперу, перечеркивало кипучий морок города.

II

Королев уже был знаком с Вадей и Надей, но не знал их имен. Подъезд его не был оснащен домофоном, а механический кодовый замок легко открывался нажатием трех последних в ряду, затертых кнопок — тычком кулака или запястья. Самое легкодоступное парадное на всей улице. В морозные ночи с полуночи до семи утра площадка между третьим и четвертым этажами оказывалась занята бомжами. Припозднившись, приходилось переступать через них, и дурнота подкатывала от запаха, становившегося все гуще, все невозможнее, расходясь по колодцу подъезда по мере того, как их рванье, обмотки оттаивали у единственной на все верхние этажи батареи. Бомжи — это могла быть толстая старуха, или парень в «косухе» и расползшихся валенках с калошами, каждый раз стеливший под себя его придверный коврик, или одноногий лысый старик в бушлате, от которого он однажды услышал вздох: «Спаси, Господи», — или кто угодно, кто сливался для него в один опухший безобразный тип — прятали лица и бурчали, и Королев неверно принимал это бурчание за извинения.

Он жил в этом доме уже третий год, в собственной квартире, за которую еще не выплатил частный заем. Выросший в интернате и возмужавший в общаге, в течение жизни остро ощущавший бездомность, скитавшийся то по друзьям, откуда его выживали подруги друзей, то по съемным квартирам, то по квартирам подруг, так и не ставших женами, не однажды из-за жилищных неурядиц проводивший ночи на вокзалах, где мечтал уехать в новую жизнь, или до утра гулявший по бульварному кольцу, засыпая под утро на скамейке, — поначалу он привечал бомжей. Он так радовался своей квартире, тому, что есть у него теперь свой угол, что считал невозможным не поделиться, хотя бы и косвенно, частичкой своей устроенности. Он выносил им газеты, чтоб стелили себе, и поил чаем из одноразовых стаканов, прося убирать, уносить промоченные газеты, картонки, тряпки, не оставлять пустые бутылки, вонючий хлам. Он утихомиривал соседку снизу — носатую старуху, айсорку, ругавшуюся, что вот он их приваживает, что они ходят здесь под себя и никогда не убирают.

— Но, Наиля Иосифовна, послушайте, как можно выгнать на мороз полуживого человека? — урезонивал ее Королев, и безликое вонючее существо на площадке принималось бурчать. — Он ведь до вокзала не дойдет, да и не пустят его, и в метро его не пустят, и в ночлежку принимают только трезвых. Если ментов вызвать — они его или забьют, или погонят от подъезда. Охота вам грех на душу брать?

Старуха махала рукой, фыркала и скрежетала дверью. Королев после, затаив дыхание, и — не выдерживая, вдыхая, судорожно кусая воздух со стороны, — обращался к бомжам с просьбой все-таки не ходить под себя. Те снова что-то бурчали, елозили, звенели бутылками, шуршали газетами, и снова Королев неверно принимал это за знак согласия, а утром видел, как унылый узбек-дворник бельевыми щипцами уминает в мешке последствия бомжевой стоянки.

Зажав нос, Королев на ходу совал безмолвному узбеку купюру, сбегал вниз, и покуда его тузил колотун в заиндевевшей машине, под капотом которой стучал и бился никак не желавший прогреваться мотор, убеждал себя, что немощным нетрезвым людям тяжело, почти невозможно подыматься со сна и по нужде спускаться из тепла на мороз.

Привечать бомжей он бросил прошлой зимой, после двух случаев. После груды дерьма, обнаруженной на ступеньках, и драки, устроенной бездомными промеж собой, с прибывшими хамскими ментами, лужей крови и брошенным сапожным ножом.

Вечером того же дня он увидел на вымытой площадке толстую старуху. Он заорал на нее и затопал ногами. Он кричал, чтобы она немедленно убиралась, набирал на мобильном «02», но было занято, и снова орал, то поднимаясь по ступенькам к себе, то набегая вниз обратно. Старуха стала собираться, кряхтеть, поворачиваться, и он задохнулся от накатившей от ее шевелений вони. Как-то даже опрокинулся, осел, стих. Тогда вышла Наиля Иосифовна и, хватаясь за ворот халата, грозя кому-то, закричала:

— Замолчите! За-мол-чите.

И тут же скрылась за дверью.

Королев видел, как в ее огромных базедовых глазах стояли слезы.

Под усилившееся бурчание бомжихи он поспешил исчезнуть.

III

Несмотря на регулярно загаживаемые дверные коврики, которые нарезал из лоскутов ворсового покрытия, оставшихся после ремонта, — он ни разу не прогнал бомжей.

Поначалу мысленно предоставлял заниматься ими Наиле Иосифовне. А та все никак не решалась себя проявить. Тогда стал ждать, что кто-то еще ополчится на бомжей. Но прочие жильцы третьего и четвертого этажей либо ложились рано, а вставали поздно, либо вовсе месяцами не выходили из дому, и поэтому не интересовались жизнью, содержанием подъезда.

Этажом выше одна квартира пустовала, в нее маклеры водили перепуганных покупателей. В другой поселилась проститутка, похожая на актрису из итальянского фильма 1950-х годов о жизни рыбачьего поселка. Королев несколько раз видел этот фильм в детстве, — к ним в интернат по субботам привозили что ни попадя, из вторичного проката. Крутили в столовке. Киномеханик на подоконнике обжимался с медсестрой и не сразу реагировал на свист и вопли: «Сапог! Сапог! Убери!» В мучительных паузах трескучих поцелуев слышно было, как шелестит лента, рывками наталкивая катушки, словно мышь по плинтусу гоняет корку. На залатанном экране девушка бесконечной красоты, в тельняшке, с толкавшимися в ней грудями, с разметанными ветром волосами, по колено в пене прибоя влекла на глубину рыбацкую лодку, забиралась в нее, развертывала парус, и Королев лишался дыханья.

Две бандерши, с опрокинутыми, но деловыми лицами, гремя ключами, водили к ней в обеденное время богатых клиентов. Подвижные настороженные брюнеты, с загоревшей ухоженной кожей, нервно жуя резинку, мягко скрипели крокодиловыми мокасинами, сверкали из-под обшлагов часами, пряжками портфелей, оставляли за собой тонкий узор парфюма. Их кожа, покровы их одежды были из мира другого достатка, с массажным блеском, лаковыми морщинками, приемами высокой гигиены.

Вечером девушка спускалась вниз. Закутавшись в короткую шубку, по слякоти в туфлях на босу ногу она рассеяно брела к Пресне. Прохожие взглядывали на нее и, сторонясь, вполоборота сдерживали шаг. Королев несколько раз следил за ней и потом долго стоял на тротуаре, видя ее профиль в окне японского ресторана, покуда она разглядывала меню, пережевывала суши, рассеяно поправляла небрежную прическу, чуть раскрывала пухлые, чуткие губы, поглядывая то в зал, то на аквариум с парой ссорившихся цихлид, укрепленный под стойкой бара.

В третьей квартире вместе с престарелым отцом жил тихий жилистый парень, страдавший болезнью Дауна. Знакомы они не были, но при встрече он бодро кричал Королеву: «Здорóво!» — и протягивал сильную руку. Парень беспрерывно таскал вверх-вниз то мешки с картошкой или сетки с луком, то гантели, то связки разнокалиберных подшипников, нанизанных на проволоку, как баранки. Однажды у него лопнула связка, и подшипники страшно поскакали по ступенькам. Парень испугался и убежал. Королев собрал подшипники по всему подъезду и сложил на подоконнике рядком. С тех пор они и лежали там, уже заржавленные, в них втыкали окурки.

На его этаже жили работники магазина садоводческого инвентаря, располагавшегося на территории музея имени Тимирязева. Это были понурые, беспрестанно матерящиеся белорусы, в пятничные вечера надиравшиеся на посиделках у подъезда. Они постоянно ротировались между филиалами магазина, так что у него складывалось впечатление, что их там, в однокомнатной квартире, живет человек двадцать.

А прямо напротив обитала странная семья. Жена была религиозной, держала в строгости двух девочек-подростков. По воскресеньям водила их в церковь: вместе они — все три в платочках, с рюкзачками, в серых и лиловых курточках и длинных черных юбках, очень похожие друг на друга, — гуськом возвращались обратно. Молодая еще женщина всегда была мрачна и никогда с Королевым не здоровалась. Мужа, который тоже не отвечал на приветствия, она молча била смертным боем или не пускала в квартиру, когда время от времени сильно пьяненьким, не сразу одолевая кидающиеся на грудь ступеньки, он возвращался домой с сумкой через плечо и бутылкой крепкого пива в руке. Муж был щуплый, но у него были могучие негнущиеся пальцы, с черными толстыми ногтями на дюжих фалангах, которыми он охватывал бутылку, как авторучку, когда безмятежно засыпал на ступеньках под дверью. Такие руки Королев видел в детстве у мастеровых машиностроительного завода «Красный строитель», на остановке «Цемгигант» набивавшихся в задымленный тамбур пятичасовой подмосковной электрички: вечером, сбегая из интерната, они любили прокатиться в Коломну, поглазеть в зоомагазине на долгих меченосцев и парусных скалярий.

Однажды он присел рядом с заснувшим соседом, глотнул его пива — и долго, зачарованно рассматривал эти пальцы. Электричка тормозила перед мостом у места впадения Москвы-реки в Оку, — внизу проползала будка с часовым, взмывали фермы моста, колеса вдруг стучали гулко, значительно, — и вокруг во всю ширь разливался речной простор, с каплями куполов, стенами кремля, садами, огородами, каланчей... Как вдруг распахнулась дверь, и соседка, отстранив Королева, вытащила у мужа кошелек, ключи, сняла с него ботинки — и скрылась обратно. Весной она учинила развод, сменила личинку замка, бывший супруг пытался взломать дверь, после чего она стала ходить по квартирам с подписным листом, предназначенным к сбору средств для монтажа домофона. Нужной суммы так и не скопилось, а осенью муж снова жил с нею, девочки сделали себе модные стрижки, перестали носить глухие платочки, стали здороваться, но дверь в подъезде все так же легко открывал любой, кто хотел ее отворить.

IV

Надя и Вадя были образцовыми «заседателями», — так ночевавших на площадке бомжей называла Наиля Иосифовна. После них всегда было чисто, хоть отчетливый душок и висел в подъезде в утренние часы, покуда его не замещали клубы табачного дыма, пускаемые слоняющимися зачем-то туда-сюда белорусами. Эти двое, хоть и не без боя, мало-помалу отвадили от подъезда других бродяг. Теперь на площадке в углу стоял стертый березовый веник, обретенный на свалке на задах краснопресненских бань. Им Надя тщательно выметала площадку — до и после ночевки, захватывая утром два пролета вниз, один вверх.

Надя была неразговорчива, стеснялась своей бестолковости, сама обожая слушать. Вадя же не упускал возможности ухватиться словами за жизнь, дать ей хотя бы проклюнуться, — словно бы выражая этой своей способности благодарность, принося ей в дар свои россказни и заодно поддерживая и развивая навык, так часто его выручавший. При неурядицах язык помогал ему нащупать подход к людям, войти или втереться в доверие: когда он побирался, когда его вышвыривали, когда в Измайловском парке на него натравливали бойцовых собак, загоняли дубинками в приемник, когда до смерти били; он точно знал, что, когда убивают, ни в коем случае нельзя молчать, нужно говорить, причитать, ойкать, хлопотать, взывать, совестить, плакать... И чем складнее, чем проворнее у тебя получается, тем больше шансов выжить.

Разговаривая с Надей, Вадя называл Наилю ведьмакой и был уверен, что она варит у себя на кухне особые коренья от зоба, иначе бы у нее уже давно лопнули глаза. Королева он опасался, в разговоре недоверчиво относясь к нему: пегий. Прозвище, видимо, объяснялось тем, что у Королева на темени имелся седой клок волос, и машина его вот уже год после аварии оставалась без покраски, пестря, как политическая карта, пятнами разносортной шпатлевки, грунтовкой нового крыла.

Надя не боялась Королева, но его строгий голос, взгляд, то, что он надзором не оставлял их в покое — и в то же время не гнал, то, как он подсматривал за ними, вдруг приоткрывая бесшумно дверь, как подбадривал утром: мол, молодцы, что убираете за собой, так держать, — все это не сообщало симпатии. Она знала, что, встреться ей такой на улице, ей бы и в голову не пришло просить у него денюжку: не даст.

Докучное соседство Королева тем не менее вынуждало их питать к нему уважение, основанное на опаске. Но с другой стороны, оно бодрило терпеливой требовательностью, к которой Вадя и Надя относились с рвением всамделишной игры, подобной тому воодушевлению, с каким дети относятся к гигиене при игре в больничку:

непременно моют по локоть руки, «кипятят» пластмассовые шприцы, протирают ваткой кукол и т. д. Надя всегда ввиду двери Королева половинила вечернюю дозу, — хоть Вадя сначала и дрался.

— Не думай даже. Не дам. Людей стыдно. Не дам! — Надя шепотом сопротивлялась тумакам, пихалась ногой и прятала за пазуху кулак с пузырьком аптечного спирта, семнадцать рублей, сто грамм, для наружного применения.

Смирившись с таким символизмом, позже Вадя увлеченно его соблюдал, продвигаясь от внушения к вере. И едва не погорел в пылу рвения, попытавшись усовестить соседа Королева, — когда тот, возвращаясь пьяным домой, упал на лестнице.

Вадя, хромая, спустился за ним. Мужик лежал навзничь.

— Что ж ты, братишка. Сбавил бы. Давай потихонечку, — склонился над ним Вадя.

Дядька застонал, всем туловом поддаваясь усилиям подоспевшей Нади, ноги у него не гнулись.

— Острополи, братишка, острополи, — отрывая понемногу от перил, убеждал его Вадя.

Кровь из носа капала на ступеньки, капли по краям заворачивались в пыль. Вадя довел его до двери, жена впустила мужа — и тут началось. Снова распахнулась дверь, и очнувшийся сосед, с окровавленной губой, стал плескать ацетоном на лестницу, на лежащих бомжей:

— Твари, — рычал он, уткнувшись в стенку и чиркая намокшими спичками. — Пожгу.

СТЕПЬ, ГОРЫ, МОНАСТЫРЬ

V

Биография Вади была настолько же выдуманной, насколько и правдивой. Мера его вживания в присочиненные хитросплетения была так глубока, что сам он давно уже утратил грань факта. На подмеченную непонятливым собеседником неувязку отвечал с простодушным уважением к правде:

— А кто его сейчас знает. Так вот оно и вышло.

Биография — линия, точнее ломаная, пусть и незатейливый — иероглиф жизни, — единственное имущество бомжей. Они берегут и холят свой рассказ о себе, как издревле люди берегли и отшлифовывали сакральные повествования. Рассказ о том, что с ними случалось, есть та неразменная монета, которой они, как правило, оплачивают место среди себе подобных, долю курева, алкоголя, пищи, тепла. И чем гуще, неожиданней, богаче свинчена эта «телега», чем больше завитушек, элементов у иероглифа, тем более высокую за него дают цену. Безмолвные, неспособные к связной речи, к тому, чтобы заинтересовать, развлечь, растрогать собеседника, сведенные к животному, хапужному существованию, выживают только за счет силы, здоровья. Таких называют: «кусок».

Неверно думать, что люди, никогда не читавшие газет и не смотревшие телевизор, обладают подлинным знанием о мире. Но миф, который они питают своими заблуждениями, он уникален, соответствуя равнодействующей их посылов. Следуя ее то прихотливо сказочным, то безыскусно неправдоподобным порывам, можно высветить разительную правду о мире. Хотя она и будет — как и все прочие правды — варварской проекцией несуществующей истины, уничтожающей представление о ней (как тень часто до неузнаваемости искажает образ предмета), но ею в пределе невозможно будет пренебречь, в отличие от проекции общепринятой, являющейся в пределе ложью — категорией навязанной извне, а не рожденной изнутри.

Например, где еще можно услышать то, о чем Вадя мог с кондачка сообщить новому знакомцу. О том, что в Гагре один старик, страшный такой, руки у него были будто бы не свои, черные как уголья, хотя и гангренные, а гнулись ловко, мертво хватал ими, мог горло двумя пальцами вырвать, — так вот старик этот, грека что ли, — да кто его теперь разберет, рассказывал, что на лбу у Горбачева родимое пятно росло до тех пор, пока не выросло в Россию. Вот как если на глобус поглядеть — так размер и форма совпадут, один в один. Только после того, как пятно выросло, власть Горбачева и кончилась. И кто теперь у него кожу с черепа сдерет, тот Россией и завладеет.

И добавлял, помолчав:

— Многие у того греки, у старика-то, руку поцеловать желали. Сам видел. Но не всех допускал, не все достойны были. А если приложишься, то ни в жизнь на тебе ничего не загниет, как на заговоренном, — и Вадя открывал рот и ногтем клацал по обломанному резцу.

— А ты целовал?

— Нет. Не привелось. Не уступил старик. Вот так-то, — вздыхал Вадя.

Будучи безъязычной, Надя в одиночку была бы обречена на прозябание и скорую гибель. А вот разговорчивости Вади с лихвой хватало на двоих.

VI

История его проистекала по двум рукавам: отдаленно столичному — и южно-русскому, горно-степному. Увлеченный, поддакивая собеседнику, первым, — Вадя продвигался рывками к неведомому устью, родившись то ли в семье монастырского сторожа в Новодевичьем, то ли сиротой был принят от умершей матери тамошним дьяконом. Привольное детство, прекрасное речным раздольем, рыбалкой и плотами, ящерками на прогретых кладбищенских камнях, соловьями в сирени и на липах у пруда, шалашами на Воробьевых или под фермами метромоста, над Андреевским погостом; пахучий сумрак вечери, постная забубенная скороговорка дьякона, помазавшего на крестинах, красное лицо батюшки, наставлявшего, держа за пуговицу, всех подряд: от милиционеров до реставраторов. И вскоре первая посадка: уже учился в профтехучилище на автокрановщика (суриковая надпись «ИВАНОВЕЦ» на толстой желтой стреле, пучок рычагов в кабинке, который выбрать?!). Во внутренних окрестностях монастыря всегда ошивались валютчики, скупщики икон — обилие иностранных экскурсий (громкоголосые загорелые старички, бабушки-худышки с фиолетовыми одуванами над эстуариями морщинистых улыбок) привлекало тех и этих. Подговаривая, спросили: о чем мечтаешь? И посулили мотоцикл. Вадя взял да и вынес. Дьякон (или сторож) пасынка выгораживать не стал, отправил с Богом. Дали пять лет, был кроток — вышел через два, жил за «сто первым». Поселок Пески под Воскресенском, разнорабочий на цементной мельнице, на городской свалке разборщиком, один раз чуть не разорвали крысы, отсиживался на бульдозере; складским учетчиком на заводе железобетонных конструкций и изделий, отовсюду увольняли, мотался по общагам, из них его тоже гнали. Так и покатилось. Зимою по шабашкам — каменщиком: свинарники, коровники, заборы. Летом на югах: в Гаграх повадился ходить внаем к барыгам. Сытно: хаш, лаваш и чача, корзины винограда, нагорье, солнце, море (которого боялся, как топор). У них отбирали паспорта, работа шла за кормежку, спать в сарае, собак спускали на ночь: ни сбежать, ни выйти. Однажды в завершение сезона им — троим юным бичам — накрыт был стол, а прежде баню затопили. Хозяин выпил много, очень много и предложил свою жену. Черная косынка, прислуживала у стола, худая, средних лет. Вдруг черты ее окаменели, и взгляд замкнулся на непредставимом, ни звука не проронила. Когда допили, Коляныч, смущаясь, пошел за ней, — а к двум другим в сарай пришел хозяин. С ружьем. Спустил штаны и ствол наставил. Шатаясь, он поводил от приклада головой, рот был открыт, в нем, мучаясь, ворочался толстый язык. Едва оборонились. Хорошо, штаны его стреножили, стрелял и не попал, разнес крышу сарая, дверь с петлей слетела. И так тика́ли, впотьмах, по оврагам, от собак, свалились к морю на рассвете, и дальше автостопом в Новоросс. Так Вадя остался без паспорта. Да тут еще и передряги перестройки, беженцы со всех краев. Восстановить ксиву и в голову не приходило. Только когда его хотели лишить жизни, он был способен что-то предпринять, обеспокоиться. И то не сильно.

Подобно нашкодившей дворняге, изгнанной, но вновь приблудшей к родной калитке, Вадя осел в сквере перед Новодевичьим монастырем. Дьякон (или сторож) умер, жена его померла еще при Ваде, тетя Оля («Царствие ей небесное!» — медленно и широко крестился Вадя, торжественно приостанавливая рассказ); сменился батюшка, персонал музея теперь сновал новый, большей частью культурный, ходивший по дорожкам с папками для бумаг; появились стай́ки монашенок, чего-то хлопотавших; экскурсанты стали многочисленней и звонче. Некоторым из них довелось вслушаться в задушевный, округлый говор Вади. Но не все дослушивали его до конца, понимая, что врет, что рассказа никогда не кончит.

И вот уже год, больше, с двумя-тремя корешами Вадя робко побирается у иностранцев, в отдалении от двухэтажных автобусов, стоит у ворот с шапкой перед воскресной заутреней и по праздникам. На территорию монастыря его не пускают. Таково распоряжение нового начальника монастырской ВОХРы. Единственное существо, которое его помнит здесь — еще мальчишкой, баба Варя, жена покойного кочегара, дяди Сережи. Она признала Вадю, привечала с полгода — то пирожка вынесет, то сухарей, то паски ломоть, то супа в банке. Непременно обратно банку забирала, один раз разбили, греха не обобрались. Потом слегла, и увез ее сын к себе, в Воронеж, на атомную станцию, где работал техником. Так Вадя и рассказал Надюхе и корешам, что уехала баба Варя на ядерный завод, теперь там жить будет. Именно там, на ядерном заводе, таким людям место, никак не меньше.

Сотоварищи его считают образованным церковно уже за то, что он родился за монастырскими стенами. Все, что хоть косвенно относится к предметам религиозности, бичами понимается как святое.

И вот проходит год, и два — поздняя осень, раннее утро, часов восемь. Дымка висит над монастырем, сквозь нее над зубчатой стеной подымается белый шатер солнца. Оглушительно ссорятся воробьи. Люди через сквер спешат к метро.

Вадя подсел на скамейку к юноше, который кого-то поджидал, читая книгу. Через некоторое время юноша перестает читать. Он слушает Вадю.

С соседней лавки — выбравшись из забытья, качнувшись, к ним пересаживается человек, низенький, слабый, опухший. Протягивает грязную ладонь лодочкой. Держит. Кивает, силясь что-то сказать. Рука дрожит. Убирает, прикладывает к бедру — нет сил держать на весу предплечье.

— Брат, — обращается он к юноше, — мать у меня умерла. Схоронить не на что.

Слеза течет по грязной щеке, оставляет грязное пятнышко.

Юноша, испугавшись, выгребает из кармана мелочь и, помешкав, добавляет из кошелька две купюры.

Человек засыпает с деньгами в руке. Пальцы его разжимаются. Монеты звякают. Юноша косится, но не поднимает.

— Вона, — разъясняет Вадя, — Коляныч. Мать у него померла.

— Постойте, — спохватывается юноша. — А что же он тут сидит? Как же так?

Вадя пожимает плечами.

— Бухаем пятый день. Никак не очухается.

— Постойте. Это тот самый Коляныч, которому та женщина голову отрезала?

Вадя улыбается сначала удовлетворенно, потом лицо его простеет, суровеет.

— А то. Он самый. Шрам у него тута, — Вадя режет ребром ладони кадык.

Юноша встает, присматривается к Колянычу. Тот дремлет, свесив голову на грудь. У него, в самом деле, виден под воротником, подобно толстому шнурку, безобразный багровый шрам. Юноша усаживается снова, судорожно закуривает и протягивает пачку Ваде.

С двух лавок, выставленных на газон и сдвинутых фронтами, с мешков поднимается женщина в шерстяном платке. Присматривается вокруг.

Вадя прихлебывает, прячет бутылку на груди, из пачки вытягивает сигарету, пальцами испачкав белоснежные, как сахарная кость, соседние фильтры.

Юноша засовывает книгу в рюкзак. Он ждет своих друзей, живущих поблизости. Сегодня они должны отправиться в дальнее Подмосковье, по грибы, с ночевкой.

— Так что ж вы пьете все время? Не лучше ли бросить, — осмелев, он обращается к Ваде.

Женщина за скамейкой плюет на тыльную сторону ладони, трет глаза. Достает пластиковую бутыль. Льет на руку, трет еще.

— Тут, братишка, весной, в апреле еще, случай был. Вот как на духу тебе скажу.

Вадя достал расческу, приминая ладонью, поправил волосы, спрятал, посмотрел вокруг, кивнул юноше и вздохнул, набирая воздух для рассказа.

— Запили тогда мы крепко. Со мной еще был Пантей с Беркино, сугубый малый, при деньгах слыл в ту пору. Ну, значит, пьем мы день, пятый. Только смотрю — сижу вот как сейчас с тобой... Да. Коляныч со мной сидел тож. Только спал он тогда.

(Хлопает Коляныча по шее. Коляныч рывком поднимает невидящий взор на студента. Мычит, кивает. Сует деньги за пазуху, остальные монеты тут же выкатываются из-под полы ему под ноги.)

— И вот вечер уже, колокол отзвонил, люди идут, идут, почти и сошли все... Только смотрю я — оттуда, сверху свет несильный и спускается... Матерь Божья. Встает. Я аж обмер. Белая-белая. Шевельнуться не могу. Руки, ноги отнялись. Грудь жар раскрыл. Спрашивает меня строго. Матерь-то Божья... «Меня послал к тебе Иисус Христос. Он спрашивает с тебя. Если ты пить не бросишь, в феврале помрешь. Понял?»

Тут Вадя сморщился, навернулись у него из глаз слезинки, он двинул рукой, скривился. Широко раскрыл глаза. Теранул кулаком по щекам.

— Заплакал тогда я горько, силушки уж нет, на сердце слабость... Поплакал я, значит, встал на колени и говорю ей: «Прости меня, Матерь Божья».

Припав на одно колено, Вадя крестится.

— Прости мою душу грешную, только передай ты Иисусу... Отнюдь я пить не брошу. Нет в том у меня никакой возможности. Так и передай, будь добренькой.

Юноша сидел, приоткрыв рот. Его друзья подошли к пешеходному переходу, остановились в ожидании «зеленого». Машины шли на поворот сплошным потоком. Юноша был поглощен рассказом.

— И она исчезла?

— Взяла и ушла. На пруд пошла, видать. Спустилась на берег. А у меня ноги отнялись. Так до ночи и просидел, пока Надюха не оттащила.

— Как ушла? Не... вознеслась? — юноша недоверчиво покачал головой.

— Ушла, ушла... Царица, — Вадя махнул рукой и вытер глаз.

Юноша сосредоточенно отсчитывает про себя число месяцев, бормочет:

— Декабрь...

Друзья окликают его. Подхватив рюкзак, он срывается с лавки.

VII

Вадя любит причесываться. Пока Надя умывается и трет пальцем зубы (делает это осторожно и вдруг морщится — болит коренной), — он сидит нога на ногу и орудует алюминиевой расческой без двух зубьев.

Долго, тщательно ведет густые черные волны наверх и вбок, правит ладонью, клонит голову, что-то высматривая в пудренице с колена. Потом осматривает зубья на просвет, с сипом сдувает перхоть, озабоченно, ловко прижимая ногтем побежавшую вшу, похожую на крохотную черепашку. Потом закуривает. Дым пускает исподлобья, с угла рта, щурится, — то подправляя пилочкой длинный, со спичку, ноготь на мизинце, то придирчиво обследуя расческу, постукивает ею, смотрит вдоль, выправляет изгиб. И, подумав, разглаживает ею бороду.

Вообще, Вадя имеет замечательную наружность. Это его и выдает окружающему миру, и сберегает одновременно, в зависимости от нарастающей ситуации. А картину обстоятельств Вадя превосходно чувствует и умеет с нею управляться в свою пользу. В восточных видах борьбы есть класс приемов, виртуозно использующих энергию атаки противника. Но если реальность неподвижна, если ее ничего не провоцирует на атаку, то слабому невзрачному телу нечего противопоставить миру — и оно задыхается под медленным завалом реальности.

Тело у Вади небольшое, сухое, увенчанное непропорционально большой головой, занимающей больше половины ширины плеч. Он носит аккуратную шевелюру и абрис, выразительным углом крыльев носа, широким ртом и особенной улыбкой, всегда живо совмещенной с глазами, напоминает какого-то великого человека, лицом известного абсолютно всем. Неясно, правда, кого именно. Причем напоминает разительно, чем смущает многих — наличием откровенной загадки облика, решение которой никто не успевает найти.

За исключением Королева, впоследствии разгадавшего скрытное сходство Вади. Этому открытию Королев ничуть не удивился, но мир вокруг словно бы стал прозрачным. Чуду Королев удивлялся меньше, чем простой реальности, так как считал, что чудесное находится в самой сути мира и удивляться ему значит проявлять неуважение...

Так же он когда-то не удивился тому, что в вагоне метро встретил человека, совпавшего с Иосифом Бродским, каким он оставался на фотографиях 1960-х годов. «Это его сын, — решил тогда Королев. — Или не сын, просто очень похожий. Какая разница? Лица, как и всё на свете, податливы классификации. В конце концов, человек, особенно одинокий, научается видеть вокруг себя не отдельные единицы, а классы типажей. Так нищий делит прохожих не на лица, а на классы щедрости, скупости, участия и равнодушия...»

VIII

Южный рукав Вадиной биографии печален. Согласно ему, он родился в астраханском поселке, на Стрелецких Песках. Над пустынными улицами гудели провода, дома слепо смотрели запертыми ставнями, сразу за околицей волынились пески, раскатывалось русло Ахтубы. На заливном берегу стелился пыльный жесткий ковер пастбища, овцы там и тут гурьбой и вразброд подъедали чуть подросшую под их губами траву, курчавились сизые островки верблюжьей колючки. Ребята по-над берегом гоняли в крючьях ржавые ободья, в палисадниках пылились сутулые пучки «ноготков», «золотых шаров» дуги, виноградные плети. На раскопе археологи обливались потом. Перекуривали, слыша, как жаворонок кувыркается в нестерпимом для глаз зените.

На сломе сезона ветер заводил свою дудку. За шоссе дымились озера оранжевых песков. Против теченья ветер гнал метровую зыбь в горло Ашулука. Буксир паромной переправы по часу зависал на плесе. Рулевой туда-сюда дергал ручкой хода, заклинивал коленом штурвал — и успевал выкурить полпачки, покуда машина по сантиметру перекрывала тягу заштормившей стремнины.

В мае в Ашулук заходила со взморья селедка. Кромка берега, чилим, осока — пенились молокой. Бочками, полиэтиленовыми мешками из-под суперфосфатных удобрений Вадя возил малосольный залом в Волгоград, Тамбов, Мичуринск.

Гонимые песчинкой в урагане эпохи перемен, вдвоем с корешком они вышли на трассу и стопанули фуру Внешторга, шедшую в Иран с грузом хохломы.

Соскочили в Дербенте. Сначала на кладбище «ло́жили бут»: ограды богатых надгробий, забор, обкладывали цоколь мастерской, где резали, травили, шлифовали черный мрамор. Бутовый камень подвозили с моря, в него уходила древняя стена. Разбирали ее по грудь, по пояс в прибое. Волнение сбивало мощно, нежно с ног, несли, почти до самой кромки не вынимая легкие в воде камни, удерживаясь за них при ударе шипящей, стукающей, цокающей волны.

Потом директор кладбища повез их к себе на дачу, в горы, — в кислое молоко и студеные высокие рассветы, синие полотнища снегов, в раскаты вдоха: обносили столбами овчарню, заливали стяжкой подвал, копали второй подпол с подземным ходом на зады огорода. В конце сезона — уже хотели соскочить до дому, — их посадили ночью на ишаков и, суля большой куш за два дня работы, — свезли в другое место.

Место это оказалось далеко в горах, приехали аж на второй день после обеда, и уши заложило от перепада высоты. Так они оказались в рабстве, в глухом ауле.

Ночевали в сарае с козами. В течение дня перестраивали большой дом, аляповатый, почти без окон. Ставили к нему еще пристройки, вскрывали крышу, тянули выше конек, укладывали черепицу, вокруг обносили столбовой фундамент, монтировали на него навесную галерею...

На закате, когда переставал кричать где-то дальше по улице муэдзин, бросали работу и садились ждать, когда вынесут им еду. Новый хозяин — кривоглазый небритый старик в папахе и пиджаке с тремя планками орденов — никогда не говорил с ними, только приносил чертежи: аккуратные, на миллиметровке, зеленой пастой.

Иногда старик, сердито глядя в веер чертежей, украдкой сверялся по ним с детской книжкой, где Вадя углядел изображенье синего замка. Во весь разворот был расписан в подробностях сказочный замок-домище, вылепленный из кутерьмы подвесных мосточков, башенок, мансард, мезонинов, флигелей, площадок, на которых стояли хрустальные оранжереи, пучились клумбы, белели резные голубятни... Крохотные человечки в островерхих шапках шастали туда-сюда по мосткам, пололи грядки, пасли шестиногих круглых овец, ловили рыбку, тяпали межи, заплетали плетни...

Вадя ничего не понимал в чертежах и полагался на кореша. Серега учился в строительном техникуме, сдавал курсовые. Но он тоже мало чего понимал в проектировании — и получалось так, что лепили они из фантазии, как выходило сподручней.

Старик ненавидел их, но относился сносно. Почти карлик, сухой, с крючковатым носом и красной, жилистой шеей; от злобы уголки его губ тянулись к ушам, открывая два ряда золотых зубов. Днем он пропадал на пасеке. Вечером, возвращаясь с миской, полной сотового меда, в облаке ос, проходил мимо стройки и, оглянувшись на работников, страшно хрипел, гаркал что-то и плевал под ноги. Снисходительность его была по большей части рациональной: чтобы не уморились до смерти, чтобы нарыв у Вади на пальце поскорей зажил...

2 Матисс

Однажды к ним пришла соседка — многодетная женщина. Смертельно уставшая, она вечно собирала по улице своих мальчишек. Казалось, женщина не обращала на русских внимание. Но однажды она пришла во двор с противнем, полным кукурузной молочной каши. Она поставила его перед ними, выпрямилась и сказала: «Я была вчера в городе — и так за день истосковалась по своим детям, как они там без меня, как они кушают. Так что я решила вот вам — принести. Вы же здесь дети без матери».

Старик видел и не сказал ни слова.

Внучке его — красивой девочке лет десяти — было интересно наблюдать за пленниками. Вдруг она дарила им то кусок марли, то папиросу где-то утащит, то обломки неспелых сот, с кисловатой пергой, то сырных крошек принесет полную газету. Один раз на первое мая принесла им свою игрушку — соломенного коника, повязанного красной лентой...

Под крышей у старика имелась клеть, в которой он держал двух соколов, обвешанных на плюснах бубенцами. Раз в день он подбирал со двора куренка, крестил его двумя ударами топора, складывал в миску и поднимался по лестнице к клети. Поставив миску, ждал, когда птицы насытятся, собирал пух, перья, кости в миску — и выпрастывал соколов одного за другим из дверцы. Полетав, посидев там и тут на крыше, на заборе, птицы возвращались за добавкой...

Старуха кричала на них по утрам: мол, они доят ее коз. Они не оправдывались. На самом деле коз отсасывали овчарки, могучие твари. Одна прикусывала козу за шею, и пока рогатая плакала, другая охаживала тугое, как колокол, вымя.

Сын старика был человеком образованным, хорошо знал русский. Внучка старика рассказывала, что ее папа был директором дома культуры в одном из нижних сел. Приезжая к отцу, он ругался на его пленников. Говорил, что их убить мало, потому что они строят не дом, а нагромождение ульев. Он орал:

— Это что, дом?! Я вас спрашиваю? Это бред, воображенье идиота. Тоже мне, Барселона! Отец, что ты делаешь? Прогони их!

В сарае козы сыпали катышками, лили кругом мочу, ни с того ни с сего вдруг принимались бодаться, приходилось хватать их за рога, заваливать и бить ногами по звонким бокам, учить. Бойкая старуха кормила пленников чечевичной похлебкой с чесноком. Старик выдавал вдоволь самосада и — на неделю — коробок с гашишем.

Дурман затупил и ускорил время. О побеге если и помышляли, то только как о трудной неприятности.

Через год он вывел их за околицу, дал каждому по коробку и мешок со старыми газетами и хлебом. Ткнул рукой в соседнюю гору и заклекотал...

Ходили они недолго, насилу вернулись. Тогда старик ночью повел их куда-то. Луна медленно выправляла их замысловатый путь. Они вышли на луговой склон. Впереди дыбились штормом силуэты лесистых гор. Старик что-то крикнул, побежал под горку, скрылся в лесу. Тогда они легли в росу и заснули до рассвета.

Пока шли, селенья обходили стороной. Питались каштанами, орехами. Заслышав кабанов, отсиживались на деревьях.

Через неделю вечером захлопали, зачертили по небу выстрелы.

Долго высматривали — что к чему.

Вдруг из-под обрыва взмыл вертолет. Они задохнулись, присели от неожиданности, отворачиваясь от удара воздуха.

Машина повисла, надвинулась.

Рванули вниз по склону, метнулись в сторону, обернулись.

Лопасти хлопали, сизая рябь бежала по верху, ветер нагоном вынимал воздух, от напора нельзя было дышать.

Повернулось дуло пулемета.

Кореша срезало. Вадя упал за ним.

Так он оказался в Чечне. Его оформили как освобожденного из плена. Вадя хранит напоказ в целлофане газетный лоскут, где сообщается об освобождении трех граждан России, в том числе и Беляева Вадима Сергеевича, 1972 г. р., уроженца села Стрелецкое Астраханской области.

С этой бумажкой Вадя объездил всю страну, начав с Минвод. Там на вокзале объяснил туристам, что, мол, прибыл отдохнуть, водички попить — по путевке реабилитационной программы для военнослужащих, сошел с поезда в шесть утра, пошел отлить в сортир, как вдруг — бац! кастетом по темечку, очнулся — ни барсетки, ни куртки, ни ботинок, ошивается по ночлежным вагонам, менты жалости не знают, страшное дело.

Что ж, туристы данью отмазывают его от проводника, подбрасывают деньжат, ведут в вагон-ресторан, где кормят-поят, смущенно расспрашивая о плене. Вадя пьет и, чинно закусывая, сдержанно повествует.

Так он покатался вдоволь, пообтесался на вокзалах конечных пунктов, поспал-пожил в гостиничных вагонах, полных людей, для которых дорога стала домом, — пока не встретил Надю.

Надя появляется начиная с Токсово, где его сбросили с поезда. Поезд только набирал ход от станции, и, отряхнувшись, Вадя пошел обратно, ночевать.

Дежурный по вокзалу натравил на него ментов: «Говоришь, от поезда отстал? Сейчас ты и от меня отстанешь. Понял?»

Его несильно били, потом утром он шел по запустелому городу, покосившемуся, мимо старых дач с проржавевшей кровлей, заглядывал за заборы, осматривался, запоминая дорогу обратно, к вокзалу. В заброшенном саду, перебравшись через обломанную жердь, он ползал на коленях, собирал антоновку, крупную, с медовым просветом.

Солнце стояло, расплывалось в оторвавшейся от земли пелене тумана.

Яблони плыли по грудь в дымке. На том конце сада старая белая лошадь, качнувшись со сна, шагнула за упавшим глухо яблоком. Хрупнула им — и заржала.

Вадя поежился, огляделся — и снова заспешил за паданками.

Тогда он поел яблок вдоволь. Надкусывал с мягкого битого места — и упивался соком, слюной оскомины. И потом просто нюхал, вдыхал раз за разом, и благоухание не истощалось, и яблоко казалось ему богатым, очень богатым.

Это яблоко он не съел, положил в карман, а потом оставил на подоконнике в зале ожидания. Вадя имел такую привычку, и Надю потом научил: оставлять что-нибудь съестное в аккуратном месте — так он делился. С кем? Не то с людьми, не то с Богом, — он не понимал, но делился, по закону.

И тут появилась Надя. Эта яблоня была ее добычей. По утрам она приходила к ней, брала из-под нее отборные плоды и несла на базар.

Надя подбежала к нему и толкнула. Он завалился на бок. Тогда она опустилась на колени и проворно по-

ползла, подбирая в густой мокрой траве плоды, запястьем смазывая с них слизней, складывая в кучки.

Ваде за ней было не угнаться, он подсел к одной из кучек и стал выбирать оттуда помягче, по зубам. Надя подползла, похлопала его по плечу:

— Трутень. Ты трутень, — и засмеялась.

В Питере они продали два мешка яблок.

На электричках подались в Москву.

НАДЯ

IX

Надя была почти немой. Ей настолько трудно было выразить свою душу, что, страдая, все сильнее сжимая челюсти, она вдруг начинала жестикулировать: то ли показывая, то ли собираясь вколотить в собеседника то, что для нее самой так ясно, остро. Случалось, что Ваде и вправду попадало, и было больно всерьез. Надя, только еще больше расстроившись, отбегала, тяжело дышала, переминалась на месте, словно собираясь куда-то быстро идти, — и вдруг останавливалась, взмахивала рукой, сжимая и разжимая пальцы.

Стезей, на которой он стоял, Вадя невольно обрел сердце Нади, была его любовь к Высоцкому и Цою. Почти все песни первого («Семеныча», так Вадя по-свойски именовал поэта) он знал с детства, по магнитофонным записям, которые слушал с пацанами, прижимая плечом портативную «Весну». Творчество второго озарило его пэтэушную юность.

Вадя любил петь песни Высоцкого. Точнее не петь, а мычать. Пел он их и в плену, и когда стал ходить с Надей. Особенно с ней. Он пел редко, стесняясь. В парке, на вокзале уходил куда-нибудь подальше, за кусты, на дальний конец перрона, и там, будто камлая, начинал просто мычать, без мотива, и потом распевался, его густой баритон набирал силу, глубину, вырисовывалась даже не мелодия, а речитативный рисунок, совсем не похожий на известную песню, но вдруг представляющий ее с иной стороны, по-иному раскрывая ее пронзительно драматическую суть, словно бы обнажая смысл слов, теперь лишенных мелодической анестезии.

Это было удивительно — как неумелое исполнительское участие Вади превращалось в режиссерское соучастие в этой песне, — и Надя ценила это, и слушала с открытым ртом.

А послушав, хлопала его по спине:

— Артист!

Но он не сразу подпускал ее близко к себе, никогда не пел на заказ, по просьбе, — всегда махал рукой, сердился, прикрикивал на нее и, стыдясь — или священнодействуя, — уходил поодаль размычаться. И только потом, когда сам погружался в медитативное распевание сильных слов поэта, терял бдительность и, прикрыв глаза, садился, — она подбиралась к нему и замирала от восторга. «Парус! Порвали парус!», например, пелся Вадей почти по слогам, с неожиданными эскападами, и непонятно, как у него хватало на это дыхания.

X

А вот песни Цоя он никогда не пел, ни разу. Зато они часто приходили их послушать к Стене Цоя на Старом Арбате. У этой исписанной «поминальными памятками» кирпичной стены собиралась бродячая молодежь чуть не со всей страны. Ребята были незлые, иные даже вдохновенные. Всегда имелся шанс, что нальют, — только если не наглеть, а услужить, подружиться.

Летом у Стены было веселее — со всей страны народ перебирался на юг, к морю, выбирая Москву перевалочным пунктом. В каникулярный сезон «народ Цоя» большей частью пропадал в Крыму, где на татарских базарах, под ногами отдыхающих они бряцали на гитаре, потрясая в такт железными кружками с мелочью. Какая душевная метель мотала этих ребят по городам, автостопом — из Уфы в Питер, из Питера в Москву, из Москвы в Новосиб, — было неясно. Вадя не задумывался об этом. Так человек никогда не задумывается о частях своего тела как о посторонних предметах. В его представлении вся страна куда-то ехала и разбредалась, брела — и только Москва пухла недвижи́мостью, чем-то могучим и враждебно потусторонним Природе, о которой он тоже ничего не знал, но когда задумывался, то о ней почему-то было складнее и потому приятнее думать, чем о людях.

Было немало таких ребят, что подвисали на Арбате с гитарами и ежедневным портвейном на несколько недель, месяцев, обретаясь по ночам в одной из многочисленных опустевших квартир в центре города, в домах, подлежавших капитальному ремонту. В ту пору едва ли не целые улицы — Пятницкая, Остоженка,

Цветной бульвар и окрестности — стояли выселенны-
ми. Власти города никак не могли найти денег на ре-
конструкцию. Покинувшие их жильцы забрали с собой не всю мебель, не всю утварь. И кое-где оставили
целыми замки, с торчащими в них ключами от руша-
щегося будущего.

XI

Надя и Вадя сначала обосновались в бывшем общежитии МВД неподалеку от Цветного бульвара. Это
было здание XIX века постройки — длинное, волнами
просевшее там и тут по всей длине, как-то даже изог-
нувшееся. Будучи в начале века дешевой гостиницей
«Мадрид», здание имело унылую коридорную систему. Длиннющий безоконный туннель шел больше сотни метров, кривясь, заворачивая, был освещен только
тремя тусклыми лампочками, от одной из которых
почти не было толку, так как она пропадала за поворотом. За него Наде жутко было повернуть — и она таска-
ла с собой Вадю всякий раз, когда шла в туалет.
В нескольких местах при свете спички, как в обла-
ках — в разрыве облупившейся многослойной покраски, можно было увидеть роспись. Видна была лубоч-
ная глазастая испанка с веером. Неподалеку, в другом
провале, можно было разглядеть переднюю часть бы-
ка, завалившего набок морду с бешеным бордовым глазом. Коробок спичек сожгла Надя, изучая стены кори-

дора. Она сумела щепкой извлечь из-под штукатурки испанку — и обнаружить красные тупоносые туфли на толстых каблуках под кипенными оборками, видными из-под лиловой траурной юбки.

Во многих комнатах лежали горы строительного мусора, через которые было сложно (приближаясь вплотную к потолку — и пригибаясь) перебираться к окну, — на широком подоконнике они умудрялись спать валетом.

Много разного люда обитало в этих руинах. Все они были разобщены — и в нефтяном сумраке коридора, настороженно минуя друг друга, напоминали призраков. Случалось, Надю пугала фигура, отделившаяся от стены, или — так и оставшаяся неподвижной, — или когда вдруг ближайшая дверь распахивалась от удара, слышался возглас — и оттуда, судорожно захлопывая за собой проем, открывший хлам, нагое тело, вздевал над грудью локти, выбегал аккуратно одетый юноша, с белыми зрачками и перевернутым лицом...

Потом они перебрались на Петровский бульвар.

Коммуна художников с бешеными от счастья глазами, с которыми Вадя и Надя делили лестничную площадку, дала им прозвище Слоники. Они и не догадывались, отчего это произошло. Видимо, в подвижном представлении художников они не ходили, а слонялись.

Потолок в местах, где обваливалась штукатурка, был завешен маскировочной сеткой. Скромно, сторонясь всех, Надя садилась в самом темном углу. Сутки напролет неприметно сидела тихой мышью, прикрывая ладонью блеск глаз. То улыбалась от смущенья, то жгуче краснела от внезапного стыда.

Куски штукатурки падали в провисавшую сетку. Тонкая девица в длинном черном платье, сидевшая на подоконнике с альбомом в руках, вздрагивала. Надя восхищенно рассматривала ее текучую фигуру, руки, ниспадавшие на бедра, мечтала о том, что́ раскрывают в себе страницы ее незримой книги — и вдруг бросалась сметать рукой с дивана крошки штукатурки, садилась снова в угол. И снова скрипели мелованные страницы.

А то вдруг в квартиру влетала девушка и, схватив одной рукой художника Беню за рукав, другой судорожно рылась в спадавшей с колена сумочке, ища сигареты, и косилась на Надю.

Но Беня успокаивал:

— Это ничего, это свои ребята, хорошие.

После чего, хмыкнув, девушка чиркала спичкой и выпаливала:

— Куйбышев на «винт» сел! — и тут же, пыхтя, окутывалась спорыми клубами дыма.

Беня — рыжий парень с лицом убийцы — качал головой и уходил в другую комнату. Он шел дальше вырезывать коллажи, — бешено расхаживая, бросаясь вдоль стены, прикладывая тут и там лоскуты на пробу контраста. Он кроил их из цветной бумаги, журнальных иллюстраций, этикеток, кусков материи, пингвиньих и гагачьих перьев, бересты, картона, осиных гнезд. На пестрых просторных пучках и букетах коллажей кружились ракеты и космонавты, дома и церкви, трактора и башни, поля и небо, рыбы и люди, цветы и бесы.

Надя любила наблюдать за Беней, чье занятие так ей было понятно. Она отлично помнила, как в детстве соседка по парте гремела ножницами, разрезая бархатную бумагу...

XII

Вадя не любил торчать у художников. Он приходил в конце дня и заставал Надю за чаем, которым ее всегда угощал Беня. Чаю с сушками перепадало и Ваде. Малахольный Беня ставил перед ним чашку, громадно склонялся к его приземистой большеголовой фигуре и, заглядывая в неуловимые глаза, страшно спрашивал:

— Что? Не обижаешь девку?! Смотри у меня. Мирно живи.

Надя ежилась от его громогласности, а Вадя словно бы и не замечал, словно пустое место для него был этот Беня. Он сидел болванчиком, с высокой волнистой шевелюрой, и, сгорбившись, толстыми губами втягивал со свистом чай.

Одним из главных людей этого полуподпольного творческого сообщества был музыкант, гитарист. Теребя струны, он ходил дозором по всей огромной квартире — с гитарой, волоча за собой шнур, который соединял его с далекими колонками, надрывавшимися согласно дребезгу звукоснимателя.

Был там еще один невероятный человек, который пугал Надю до смерти. Вадя же чувствовал к нему трудно выразимую близость. Это был низенький робкий человек, с редкими блеклыми волосами и резкими чертами лица. Один глаз его был чудовищно крив, ходил он, нетвердо держась на кривых ногах. Лоб его был повязан полоской материи, на которой, выведенный тщательно шариковой ручкой, красовался ветвистый иероглиф.

Он как раз и заинтересовал Вадю, который терпел две недели.

И не выдержал. Подсев на корточки на пути проходящего мимо Зоркого Глаза (так звали этого человека), Вадя уважительно нахмурился:

— Слышь, браток, я тут давеча всю дорогу дивился: а что это у тебя во лбу горит?

Зоркий Глаз покорно присел к Ваде, сложил ноги «лотосом», ткнул пальцем себе в лоб и прохрипел:

— Это — буква стихий. Символ Инь-и-Ян.

Вадя пошире раскрыл глаза.

Зоркий Глаз замер и четко прибавил:

— Сложная штука!

— А ты расскажи, не таись, — кивнул ему Вадя и приложил к уху ладонь.

— Короче. В каждой точке вселенной есть Инь и Ян. Белое и Черное. И вот они сношаются. Вот таким образом, — Зоркий Глаз изобразил локтями волнообразные движения и кивнул: — И так в каждой точке пространства бытия. Тут. Там. Здесь. Вот здесь. В космосе. Везде. Белое — Инь осеменяет Черное — Ян. И наоборот. Счастье зависит от того, с какой частотой они это делают.

Вадя отвел палец Зоркого Глаза, чтобы тот не мешал ему рассматривать иероглиф.

— Так значит, прямо так и сношаются? — спросил недоверчиво Вадя, пытаясь понять, какой глаз у собеседника главный.

— Да. Но жизнь, счастье зависит от частоты. Как быстро они это делают, — Зоркий Глаз перевел взгляд на музыканта, выпавшего в коридор с гитарой в руках.

— Слушаю, друг, скажи, — вежливо напрягся Вадя.

— Частота должна быть такая: единица, деленная на «аш с чертой», на постоянную Планка, — понизил голос Зоркий Глаз, вывел рукой плавный зигзаг и перечеркнул его ребром ладони. — Это очень большая частота, — он важно поднял вверх палец.

Вадя сокрушенно провел ладонью по волосам и сказал нараспев:

— Понял, братишка. Ну, бывай. Будь осторожней, брат. Будь.

Вадя хлопнул себя по колену, встал.

К Зоркому Глазу молча подсел гитарист и принялся страдальчески надрываться пальцами по грифу, клоня голову и кивая в сторону комнаты, где стояли колонки, подвывающие его дребезжащим пассажам...

XIII

Когда Надя долго оставалась одна, лицо ее постепенно становилось глуповатым — взгляд останавливался, и если ей вспоминалось что-то с усилием, то лицо бледнело, приобретая ошеломленное выражение, или — краснело, и выраженье становилось тягостным, как у человека, который сдерживает сильную боль. Оставаясь одна, Надя старалась скорее заснуть. В одиночестве она претерпевала какую-то трудность, бедственность которой состояла в неизъяснимом беспокойстве, слишком текучем и неподатливом для внутреннего овладения. А если заснуть не получалось, старалась читать. Читала по складам все, что попадало под руку — этикетки, квитанции. Читала яростно, пыхая, шевеля губами, едва успевая переводить дух, читала даже газету. Широко открывала глаза, смаргивая, поводя головой, устремляя взгляд на время в сторону, сверяя слова с пониманием...

ОКТЯБРЬ

XIV

С художниками они дожили до осени, а с наступлением холодов нашли теплый чердак на Пресне. Низенький, засыпанный мелким гравием, — в нем приходилось ползать на четвереньках между отопительных труб, обернутых стекловатой, среди снующих, гудящих утробно, хлопающих голубей, которые в неудобной тесноте, упруго трепеща, подворачивались то под руку, то под локоть, живот или колено. Зато было тепло, и через оконце Надя весь день могла смотреть на реку, на дома Трехгорки, на многоярусные дворы, с помощью подпорных стенок поднимавшиеся на кручу. Для этого газетой натерла стекло до свинцовой прозрачности.

Дворы и парк у здания Верховного Совета — большого белого дома — были полны рассеянного, дремлющего солнца, желтых листьев и горьковатой дымки. Голуби гулили, дудели, наскакивали друг на дружку, хлопотали, спали, подсунув под крыло голову. В мглистом свете утра река раскрывалась излучиной за мостом, серебрилась и вспыхивала там и тут острыми углами, которые, проникая в высь, насыщали блеском воздух. Липы вдоль набережной, под пирамидальной высоткой, трепетали, ссыпали пестрые шлейфы листьев на вдруг подернувшуюся рябью реку.

В начале октября что-то случилось, танки подъехали к Белому Дому, забегали люди с автоматами, на набережной выстроились в ряд машины «скорой помощи», толпа высыпала к мосту.

Вадя тогда всю ночь и утро провел на Казанском вокзале — и теперь возвращался к Наде. Самое неходовое время он проторчал у камеры хранения, поджидая клиентов, вооруженный ручной тележкой. Он арендовал ее на подработок у носильщика Скорыча, знакомца. Таджикская мафия, по словам Скорыча, постепенно захватывала носильное ремесло на Трех вокзалах. Они не тыркались гуртом, грызясь как кутята, в молочную сучку, как наше дурачье, а наседали на пассажира складно, полукругом, хватали вещи, не давая опомниться. И одолев, выделяли из своих рядов одного, очерёдного. Вознаграждение он не присваивал, а нес, как все, в общий котел. Выручка распределялась и на зарплату, и в кассу взаимопомощи. Тем юнцам-носильщикам, которым родители денег не доверяли, выделялась только мелочь на цацки. Старший дядька сам выдавал зарплату сына отцу или матери, раз в неделю. Так рассказывал Скорыч, и Вадя теперь шел с вокзала, обуреваемый неясной возбужденностью, досадой и вместе с тем роковой уверенностью в неизбывности той бестолковой безнадеги, с какой русская нация упивается наплевательским отношением к жизни.

Скорыч, по обыкновению, еще много рассуждал сегодня ночью. Это был старый, сухой как щепка человек с веселым прищуром в глазах. Пальцы его рук все были в перстнях татуировок. Под прилавком его приемного оконца стояла спиральная плитка, на которой он скручивал себе чифирь и, дымя, поджаривал ломти черного хлеба, превращая их в угли. Откусывал, хрустел, кривясь беззубым впалым ртом, — и с хлюпом запивал чифирем.

Скорыч любил рассуждать с отрывистой декларативностью:

— Я вот Зойке-то и говорю. Я тебе что — еврей, все домой тащить?! А? Молчишь, курва?! Вот то-то и оно... Молчи тогда.

Или:

— Нет, паря, русский человек что? Да ничего. Муха! Русский человек на голодный желудок работать не может. Это раз. А на сытый — не хочет. Это два. А ты говоришь: страна... Ничего ты не кумекаешь, — Скорыч постучал сухарем по прилавку, оббивая обугленную корку. — Ты — тютя еще. Тю-тя.

...Танки стреляли, окна Дома дымились, повсюду виднелись оранжевые цистерны поливальных машин, выставленных в качестве заграждения.

То и дело тарахтели автоматные очереди, и вся густая россыпь людей, как пленка жира на бульоне, шарахалась к подворотням большого углового дома, к реке, на набережную.

Вадю охватил трепет, эйфория. Военные действия — при всей их отвлеченности — были зрелищем.

Вскоре паника рассасывалась, волна откатывала. Люди, затертые собственным множеством, возвращались к мосту. Они снова всматривались, вытягивали шеи, тянулись на цыпочках.

Волнообразные всполохи толпы доносили невидимый источник паники. Находясь внутри, Вадя вместе со всеми заражался страхом в чистом виде, — невидимость источника обескураживала, жестокая легкость носилась над площадью, рекой, городом.

Танки при развороте, газуя, окутывались сизым облаком, поворачивали башни. Черные столбы копоти подымались от пылающих окон Белого Дома. Военные в оливковой форме, похожей на скафандр, на полусогнутых, перебежками приближались к боковым подъездам.

XV

Поезда метро дальше «Пушкинской» не шли. Выйдя по Бронной и Спиридоновке на Садовую, Вадя поравнялся с двумя пожилыми иностранцами. Они озирались. Недоуменные, испуганные улыбки жили на их лицах. При них была собака, пудель. Один — толстый, в плаще, с женскими часами на волосатой руке — нес на плече видеокамеру.

Спрятавшись за двумя составленными вплотную поливальными машинами, пятеро военных в касках и бронежилетах вслушивались все вместе в приказы, раздававшиеся по рации.

Черный пудель путался под ногами иностранцев. Семенил, царапая асфальт, будто на цыпочках, нервно цокая, оглядываясь.

Внезапно военные развернулись, высыпали из-за «поливалки» и, упав на колено, дали залповую очередь по верхним этажам арбатской высотки.

Задрав голову, Вадя видел, как с верхних этажей брызжут стекла, как на верхотуре мелькнули локти, голова, что-то сверкнуло, замельтешило, посыпались солнечные зайчики... Как долго падала, сорвавшись блеснувшим колеблющимся параллелограммом, спланировала черная пластиковая панель.

Стрельба разом прекратилась, и автоматчики, пригнувшись, нырнули один за другим под задний мост «поливалки». Упавший последним судорожно подползал на коленях, прижимая к груди автомат, свалился. Как безногий.

Грохот хлобыстнул откуда-то еще раз — и пудель сорвался на проезжую часть, посеменил зигзагами, останавливаясь, забегая, возвращаясь.

Пожилой иностранец в тонких очках, с кашне под горлом, что-то нерешительно бормоча, подался, потом вдруг кинулся за собакой — через всю Садовую, протягивая руку, посвистывая, припадая на полусогнутые, быстро оглядываясь вверх, по сторонам, возвращаясь, спугнутый накатившим от обочины БТРом, и снова решаясь продвинуться. Он уже было настиг собаку, и та, оглянувшись, дернулась, подалась и готова была кинуться в руки хозяину, как снова зачастили хлопки, быстро поредели, — и вдруг пудель подлетел в воздух, кувыркнулся, раскинул лапы, от него что-то отлетело, он прыгнул снова, на месте, на трех ногах — и закинулся навзничь. Иностранец разом рухнул, заерзал животом по асфальту, быстро пополз, замер, встал на четвереньки, засеменил, подкидывая ноги, и кренделями вернулся на тротуар. Его испачканное лицо было перекошено, на щеке горела широкая ссадина. Он тяжело дышал и не проронил ни слова.

Мимо, громыхая по тротуару, пробежали трое военных в шлемах. Двое тащили за собой треногу с дисковым противовесом и ротационным устройством, похожим на телескоп. Третий пригибался вразвалку под крупнокалиберным пулеметом. Припав под парапет подземного перехода, они стали устанавливать оборудование в наводку.

Толстяк продолжал снимать, подкручивал видоискатель. Второй, прижавшись к фасаду, нерешительно переминался. Им было страшно удаляться от военных, но и страшно, хотя и интереснее, было оставаться.

Внезапно сзади, топоча, возник боец. На бегу он скомандовал:

— Все в подземный переход. Сейчас атака начнется.

Иностранцы кинулись по ступеням вниз, Вадя за ними.

Наверху, за спиной, вдруг загрохотало, забахало, зарокотало, уши заложило. Переход наполнился звоном, гулом, посыпалась пыль.

Иностранцы так и остались в переходе, а Вадя вышел и, не глядя по сторонам, свернул к реке, к Трехгорке.

Высокий ясный воздух, медленный рассеянный свет, полный взвеси серебристого состава, внимательно тек над Москвой.

Из-под моста на набережную регулярно вылетали с воем «неотложки».

От Белого Дома выбегали люди, шли, подняв вверх руки. Несли носилки. У спуска к реке военные обыскивали сдавшихся. Несколько раз ударив по шее, под ребра, под дых, под зад, они сталкивали их по ступеням на набережную.

Надя привыкла к голубям. Они садились на нее, спали на ней, как лодочки, поджав ноги. Очнулась она от того, что голуби заволновались.

Люк приоткрылся, показалась голова. Голуби вскипели, остыли. Один сел на крышку люка и плюхнул кляксу. Перепорхнул.

Женщина поднялась по плечи, установила беззвучно чемоданчик, выжалась на руках.

Короткое каре, джинсы, кожаная куртка. Под волосами видна белая пружинка наушника.

Свет, разъятый щелями, косыми балками, ломтями разнимал объем чердака.

Световая полоса пересекала грудь Нади, сложенные руки.

Боясь шевельнуться, одними глазами она оглядела себя, развела в стороны руки, подтянула вверх подбородок.

И широко раскрыла глаза в потолок, вверх. Будто мертвая.

Женщина собрала винтовку, проверила установку прицела, сняла с предохранителя — и уперлась в Надю взглядом.

Подумав, она приложила палец к губам и стволом приоткрыла створку.

XVI

Вадя сначала испугался, проскочил по другой стороне, но потом вернулся. У подъезда сгрудилась группа военных. Усатый майор-коротышка деловито снаряжал гиганта-спецназовца. Снаряжал тщательно, как ребенка перед зимней прогулкой. Затянул на нем бронежилет, дернул лямку каски, проверил гранаты, нож, вынул из кобуры пистолет, открыл обойму, вложил, вручил бойцу, тот убрал его в карман. Майор еще раз все осмотрел. И хлопнул бойца по груди, снизу вверх.

Спецназовец козырнул, шагнул в подъезд.

Вадя подошел поближе, стал что-то мычать, тихо говорить военным, потом рыпнулся, его сдернули с лестницы, пнули.

Он сел на бордюр, схватил голову руками, встал, пошел кругом по улице. Снова сел, хлопнул себя по шее, встал, кулаком ударил воздух. Сорвался с места, ринулся в подъезд, его сбили подножкой — вышвырнули с разбитым лицом. Наверху щелкнул выстрел.

И еще один.

Вадю погнал от подъезда боец, вышагивая с автоматом на груди, гнал до конца квартала, а Вадя озирался и отбегал от него, если тот подходил слишком близко. Вокруг было полно зевак.

У моста, вздымая облачка дыма, разворачивались, меняли огневую позицию три танка. Рассредоточились, открыли пальбу. Звучный, хлесткий выстрел сопровождался звоном выброшенной на асфальт гильзы.

Толпа гудела, ахала, то и дело срываясь с места. Казалось, Белый Дом от выстрелов не получает никакого ущерба.

В какой-то момент Вадю подмяла гурьба, понесла, надо было поворачиваться, бежать, чтобы не опрокинули, не затоптали. Страх разливался в толпе от заполошного бега, выражения взбудораженных лиц.

Снова хлобыстал выстрел, снова звенела, блестя и подпрыгивая на мосту, гильза.

Ваде страх мешал думать о Надюхе. У слета на набережную он прибился к подворотне, перегороженной «поливалкой». Военный с взмокшим испуганным лицом, пропадавшим в каске, помогал людям перебираться через площадку над задним бампером.

Вадя вернулся дворами.

Из подъезда вынесли носилки.

Поставили. Сложили рядом винтовку, чемоданчик.

Вадя подошел ближе. Военные курили. Взмыленный бугай-спецназовец в расстегнутом бронежилете присел на корточки над носилками. Затянувшись сигаретой, приоткрыл клеенку. Выпустил дым. Сплюнул в сторону. Задернул.

Его каску, словно таз, обнимал майор-коротышка. Он что-то крутил, щелкал тумблером на радиотелефоне. Приложил к уху.

Вадя услышал:

— Сирень. Сирень. Я Верба. Докладываю. Одного сняли. «Белый чулок». Баба, да. Так точно, без потерь. Да. Да. В Глубоком переулке, Чередниченко... Так точно.

Сверху боец под руку вывел Надю.

Она не узнала Вадю. Будто во сне, медленно, приложив руку к горлу, обвела взглядом солдат и на негнущихся ногах пошла прочь.

Вадя нагнал ее. Шел рядом, куря в кулак.

Прохожие оглядывались, увидев круглое мертвое лицо Нади, простоту ее горя.

Вечером они вернулись. Пьяные военные шатались по улицам. Возбужденные смертельной опасностью, они сметали все на своем пути. Так они вымещали злобу на самих себя — за пережитый в эти дни животный страх.

Невдалеке, у «Музея кино» омоновцы громили пивной ларек.

Один из бойцов поставил бутылки с водкой «Зверь» на тротуар и, валясь, нетрезво набросился на них. Двое других стали ему свистеть, орать, чтоб бросил.

Наде досталась оплеуха.

Вадя не очень-то и сопротивлялся, приговаривал, нагибаясь, недалеко отскакивая от ударов:

— Бейте, ребятушки, бейте, только не убейте, доглядите, будьте добреньки.

Омоновец дрался как мельница: медленно, враспашку мотая кулаками, ногами. Не больно. В какой-то момент он навалился на Вадю, обмяк, стал душить. Его опустошенные белые глаза ничего не видели.

Задохнувшись, он бросил Вадю, взял, звякнув, водку и отпал догонять своих.

Надя, от усердия выпятив нижнюю губу, подняла Вадю, повела его на чердак. Уложила, голубиным пометом намазала ему ссадины, ушибы.

Оглянулась. Кинулась. Потеки крови у слухового оконца ожесточенно, расцарапывая ладони, затерла гравием, песком, пометом.

Спугнутые голуби вернулись ночью.

К утру приморозило, пятнышко инея легло на стенку, к которой Надя повернулась ртом.

Проснувшись, она долго смотрела на игольчатую звезду, зажегшуюся изнутри тлеющим рассветом.

XVII

Ни тогда, ни после они не воспринимали эти события разделенными на правое и неправое. Они были на стороне горя.

И вообще, все, что происходило с ними, вокруг, не входило в их внутреннюю природу, как что-то постороннее им самим, навязанное. Неизвестно по какой причине все дурное осознавалось как последствие собственной совести. В большей степени это относилось к Наде. Вадя временами бунтовал, взбрыкивал. Но каждый раз на следующий день вставал усугубленный пристыженностью.

Потом, когда они сойдутся с Королем поближе, в один из таких заполошных дней Вадя ему изложит свою идею Бунта. Отвлеченную идею отвлеченного Бунта, обусловленного неизвестно какими силами, осуществленного двояким сгустком Народного Духа, обосновавшего свои светлые цели мощью темных сил разрушения. Король слушал Вадю с вниманием, лелея при этом ухмылкой какую-то свою особенную мысль. Он не задавался вопросом, кто будет участником или предводителем и почему, собственно, восстание не будет тут же разгромлено войсками. Вадя и сам не знал подробностей. Он живописал картину Бунта областями умалчивания и ссылками на неизвестное. Особенное место отводилось одиссее взбунтовавшегося корабля, с могучим оружием неприступно ушедшего поднимать — по окраинам к сердцу — людской праведный гнев.

Точно так же он рассуждал об НЛО — еще одна тема, могучей пустотой терзавшая его воображение. Лишь несколько положений в рассуждениях Вади имели вид утверждений, а не вопросов, умножающих молчание.

А) У нашего государства имеется сверхсекретный вид вооружения, неслыханный настолько, что после его обнародования во всем мире наступит тучная жизнь. Б) Во время бунта необходимо не упустить момент, когда станут опорожнять магазины. (Брать только долгохранящиеся продукты: крупы, соль, сыры, растительное масло.) В) Оснастившись припасами, следует отправиться в Брянские леса, под Ливны, искать места, где в войну располагались партизанские отряды. Там, обосновавшись на старом хозяйстве, в землянках, следует ждать Будущего. Г) Окончательное Будущее увязывалось Вадей напрямую с инопланетной, хоть и ангельского, неопределяемого характера державой, объединившей усилия с передовыми частями Бунта, которые преодолели к тому времени примесь мрака и насилия.

В ответ на это Король, который понимал, что в своих просвещенных рассуждениях он продвигается не намного дальше, чем Вадя в своих варварских, отвечал так:

— А я тебе скажу, что бунт внешний ничего не даст. Бунт должен быть внутренним, направленным внутрь, такой силы, чтобы кишки распрямились. Только тогда у нас появится шанс стать собственными детьми — детьми своей мысли, когда мы решимся стать иными.

УЛИЦА

XVIII

С той поры они так и прикипели к Пресне. Этот район Москвы оказался благодатным. Хоть улицы и превращались постепенно в «палубу первого класса» (открывались повсюду дорогие магазины, рестораны, вдоль набережной — казино, бары, злачные места: сказывался жирующий лоск, навлеченный на район учреждениями власти), — здесь имелась просторная — вглубь — «палуба третьего класса», «трюм», «кочегарка».

Где они только ни ночевали.

В закрывшемся на ремонт планетарии. В куполе его зияли дыры, сквозь них сыпал блестящий снег. Чашеобразная аудитория стояла вздыбленная оторванными рядами стульев. Над кафедрой реял обесточенный, разоренный планетариум, похожий на гигантскую шишку. По углам, заметенным снегом, в разбросанных картах туманностей шуршали мыши.

Ночевали в списанных почтовых вагонах, стоявших в разгрузочных тупиках Белорусского вокзала. Это было отличное место. Топили титан, подбирая куски угля у склада, откуда проводникам — за булку, за путейский рафинад, за кило картошки — развозили уголь по вагонам на тряской тележке.

В котельной Музея революции 1905 года. Музейный сторож, выступавший на дежурство по сложному графику, вычислением которого жречески обладал Коляныч, — благоволил к ним как к благородным экскурсантам.

Это были особенные ночевки, очень интересные для Нади. Когда наставал день дежурства, их находил Коляныч, знавший, что старику требуется приличная аудитория.

Похожий на коромысло сторож Ходя владел артистическим умением. Выпив залпом свое, он нетерпеливо ждал, когда гости разгужуются, после чего заставлял разуться и подымал на экскурсию.

Шамкая и упоенно впадая в нечленораздельность, сторож вел их по экспозиции. Самозабвенно, как ребенок, подражающий взрослой речи, он захлебывался революционным вдохновением неизвестной экскурсоводши.

Разомлевшие от жары и выпивки, они стояли, покорно внимая этому высокому неопрятному старику в клетчатых тапочках. Слабый Коляныч клевал носом. Вадя давал ему подзатыльник, от которого тот выпадал на шаг вперед, но после вставал прямо, минут на пять.

Это предстояние перед сумасшедшим стариком было их данью за теплую чистую ночевку под шум «Ура!» и выстрелов, и залпов, и цоканье копыт казачьей сотни, — раздававшихся от диорамы пылающей

Пресни, звук которой сторожу заменял пение ангелов.

— Хо́дя, хо́дя сюды, — говорил им, махая рукой, сторож, когда собирался перейти к следующей части экспозиции.

XIX

На Грузинах тогда еще оставались столетние усадебки с высокими крылечками, деревянные мещанские дома. В них то сидела архивная конторка, то ремонтный склад ЖЭКа, иные пустовали. Один из таких пустых домов стоял на Малой Грузинской и был целехонек благодаря тому, что охранялся псом.

Некий чинуша из местной управы решил попридержать этот дом до поры до времени и поставил во дворе конуру, гигантскую, из которой, судя по ее виду, должен был выскакивать медведь с огненными булыжниками в лапах.

На самом деле оттуда вылетал ротвейлер, кидавшийся всеми четырьмя пудами на рабицу огражденья. Брыли пса слюнявили оцинкованную сетку, воздух грохотал, клацал, дрожал.

Надя не боялась никакого зверья, и этот пес лизал ей руки, пока Вадя, сторонясь и содрогаясь, пробирался на крыльцо, нащупывал проволоку звонка, и по его жестяному дребезгу распахивалась дверь, смущенный призрак впускал их вместе с ветром и вертлявой охапкой пурги, и по холодной лестнице они взбирались в холодную комнату, где разломанный стул или ящик, заброшенные в садовую печурку, через полчаса оттаивали глыбу воздуха, веточки пальцев, сучья рук, сложную клетку неуклюжих объятий.

Но вот пса отравили — и место их раскрылось.

Вадя сначала бодался с непрошенцами, но те одолели. И дом этот скоро сгорел. И Коляныч погорел, не выбрался, кореша́ не добудились, дыму полно, потемки, пламя стены лижет, куда нести?

Случилось это в конце ноября. В то утро малиновая заря высоко пылала над Пресней. А потом выпал снег. Как обморок.

Дом уже заливали, когда они вышли из подъезда и побрели по улице к Белке. Там, у цветочного базара, их ждала работа — сортировать мусор, выносить, грузить, откатывать на тележке на свалку багажной станции.

Снег сыпался в жерло обугленного, дымящегося сруба.

Пожарные курили. Один только, чуть присев, водил струей с упора груди туда и сюда, обмывал стены.

Вадя достал папиросу, подошел к пожарникам.

— Сгорел кто? — спросил он, прикуривая у одного из них.

— Есть у-у-у-голек. Из ва-ва-ва вааа-ших, — ответил чумазый пожарник-заика.

Вадя кивнул и отошел. Надя рассматривала снежинки, упавшие ей на сгиб локтя. Поднимала руку, водила, подставляя глазам под разным углом, любовалась искорками.

Сегодня она плохо спала. Кидалась во сне, попала ему локтем в висок. Но он уж привык. Да и раньше неудобства не было, только пугался. А сейчас и не очень-то даже и страшно, привык, одним словом, — решил про себя Вадя и почувствовал удовольствие от этой мысли.

Толпа зевак потихоньку рассасывалась, но поспевали новые прохожие — и лица их колыхались. Со зрением у него творилось неладное, оно почему-то ослабло — и опрокинулось внезапной белизной, и глазам было неловко, ломило, и лица прохожих оплыли перед ним одно за другим.

Струя била, шипела, резала воздух, ломала обгорелые щепки с проемов окон, с косяка. Все лица походили одно на другое, у всех, кто смотрел на пожарище, было одинаковое выражение, словно бы обугленное. Губы их шевелились — и не проходили, а смыкались полукругом, теснили. Раздались где-то причитания, женский всхлип, снова потянулись, закивали. Вадя сделал шаг — и в этой веренице выражений, глаз — в небе, запрокинувшемся треугольником, над плоскостью дымящейся стены — показалось и поплыло лицо тети Оли. Она смотрела на него грустно, с печальной, смущенной улыбкой, пока не смешалась с толпой. И тогда Вадя зашатался — и едва Надя успела под него подскочить, взбагрить под локоть.

3*

XX

Они сторонились улицы, как умели, но совсем бежать ее не могли — улица была их кормилицей. И все-таки большие подвальные сообщества они избегали. В них непременно надо было «вписываться»: при определенном количестве людей (которое зависело от их отдельных качеств) всегда учреждалась надсада власти. А Вадя любил свободу для себя и других. Любил ее не интуитивно, не задаром — и вот этот труд свободы, который был ей недоступен, Надя ценила в Ваде, понимая его как последнюю опору жизни для себя.

В общаках непременно имелся один или несколько «пупов», собиравших дань с дневной выручки. Происходило это в конце дня, когда все рассаживались вокруг котла, в который каждый опускал то, что было им добыто за день.

Ваде и Наде трудно было оплачивать себя. Милостыню они просили в редких случаях: собирая деньги на дорогу или на лекарство. Или Ваде — на спирт, на крайняк. (Надя не пила и ругала Вадю, но помогала ему с этим.) Так что Вадя наседал на байки — и непременно находил слушателей.

В общажных подвалах было сносно: имелись диваны, раскладушки, ковры, стены обклеивались газетами, старыми плакатами. Но наличие «пупов» и насекомых отваживало от выгоды общего тепла. Большинство ночлежников всей своей дневной целью имели вечером напиться, часто до помешательства. К тому же, однажды, ночуя на общаке, Надя проснулась под утро от какого-то цокающего звука, раздававшегося подле нее. Она открыла глаза. Перед ней на полу сидела исполинская крыса: гладкая такая, размером больше кошки, безглазая. Крыса умывалась. А когда стронулась с места, то, приволакивая задние лапы, стала чертить и клацать когтями по бетонному полу. Совсем как Тёрка с Савёльника — безногий жирный инвалид, не имевший тачанки.

На Пресне, особенно на Тишинке и Грузинах, хватало богатых помоек. В них отыскивались хорошие вещи: с пятнышком или лопнувшим швом, а то и совсем новые. Так что с одеждой проблем не было. Однажды Вадя в кармане добытого пиджака нашел тяжелый портсигар и темные очки.

Надя его не узнала. Она хлопнула его по спине и засмеялась:

— Ты артист!

Среди бомжей особенной удачей слыло найти в мусорном контейнере или на автобусной остановке документы, выброшенные карманниками. Тогда можно было рассчитывать на вознаграждение от владельца, если только он еще не успел их себе восстановить.

А Надя однажды нашла парасольку. Она ходила с ней, как с воздушным шаром за ниточку — подняв локоть, и то и дело заглядывала со стороны на это ажурно-шелковое сооружение. И Вадя важно поглядывал на нее.

МАТЬ

XXI

Перед смертью мать оживилась. А то все ругалась. Теперь давала советы. Дикцию ее сократил паралич, она шепелявила занемевшим языком, и Надя, понимая не сразу, иногда смеялась, объясняя матери, что и как у нее получается неправильно.

— На дворе октябрь, не ходи нараспашку. Не форси! Повязывай голову.

— Имей свои мозги. Не поддавайся влиянию.

Мать давала отрывистый совет — и после замолкала, обдумывая следующий.

— Помни — хороших мужиков нет. Сходись с незлыми.

Слегла мать тотчас, как они въехали в комнату.

В Псков они приехали к единственной родне — троюродной сестре мамы. Но тетка оказалась в беде: разделе имущества при разводе, и была им не в помощь.

Из Азербайджана они прибыли налегке: квартира в пригороде Баку ничего не стоила. Здоровья матери едва хватило на хлопоты: ночевали сначала то в рабочем общежитии, то на вокзале, то при реставрирующемся монастыре. Тетка приходила поплакать: она оказалась бездетна, и муж, прождав восемь лет, был теперь неумолим.

Мать ходила по школам, детским садам — без прописки никто не хотел брать на работу. Она думала возвращаться. И это тоже была тьма, но своя, знакомая, можно даже сказать, солнечная. И море там было. Рядом с морем легче.

Наконец в собесе открыли программу помощи беженцам, они въехали в коммуналку.

Надю, хоть она и закончила техникум, нигде не привечали. Черты лица — наследие слабоумия, побежденного неистовыми усилиями ее матери — с порога обеспечивали ей репутацию дурочки.

В квартире жили еще две семьи. За стенкой обитала тихая въедливая бабушка, из комнаты которой разлетались по квартире попугаи и вышагивал ворон Яшка размером с курицу. Бабушка эта наведывалась к ним с инспекцией:

— Пардон, птички к вам не залетали?

Ворон был говорящим — он подскакивал в кухне на подоконник, кромсал герань и выхаркивал: «Будь готов! Всегда готов!»

Вторая комната была занята двумя стариками, каждый день громко спорившими о том, придет к ним сегодня сын или не придет. Иногда они взрывчато ссорились. После затишья в их комнате, грохоча, катались пустые бутылки.

Мать разбил инсульт, она отлежала полгода и померла.

Перед смертью мать всполошилась. Звала к себе сестру (Надя, ревя, бежала нараспашку по первому снегу, привела), медленно целовала ей руки, просила не оставить дочку.

Сестра охала, плакала и скоро ушла.

Мать высушила слезы и два дня давала дочери наказы.

— Не опускайся! Процесс необратим.

— Тренируйся! Читай. Читай без устали. Решай кроссворды.

— Считай! Счет — это важно. Помнишь, я тебе читала про Пифагора? Он тоже все время считал.

— Следи за газом. Уходя — проверяй. Не держи керосин в комнате.

Мать умирала долго. Волнами. Скулила. Сбрасывала одеяло. Надя ничего не понимала. Она поднимала, укрывала. Снова поднимала. Большое дряблое тело матери сводила судорога. Надя снова поднимала одеяло.

Когда затихла, губы вытянулись и стали оплывать.

С неподвижных глаз текли слезы.

Надя никогда не целовала мать.

XXII

На Пресне у них было несколько регулярных занятостей. Одна из них состояла в том, что они присматривали за самоделковым мемориалом, посвященным погибшим в дни Октябрьского восстания.

Однажды весной, на родительскую субботу, с раннего утра они околачивались на Ваганькове. Вадя время от времени бегал через дорогу на Армянское кладбище, надеясь еще там подгадать какую-нибудь бросовую службу. К полдню Надя нарвала березовых веток и с таким веничком стала украдкой подходить к могилам, на которые никто не пришел. Она обметала их от прошлогодней листвы, вырывала сухой бурьян и украдкой, стыдливо морщась, что-то шепча, с изобильно украшенных могил перекладывала конфеты, печенье, яички, искусственные цветы.

И тут приметила ее тетка, смотрительница.

— И-и-и, что ж ты, окаянная, делаешь-то, а? — тетка набросилась на нее через оградку.

Надя всполошилась с испугу и стала кланяться в пояс.

Тетка недавно стала работать здесь смотрительницей и крик подняла для того, чтобы услышали сторожа, чтобы поняли ее усердие.

Но когда она уже нешуточно увлеклась, Надя обернулась и закричала на нее:

— Сахла, тетя! Не надо, сахла! — нервничая, Надя вставляла слова из азербайджанского языка.

Тогда пришел один из сторожей, здоровый парень в военном камуфляже, подозвал перепуганную Надю, сходил вместе с ней за Вадей, дал ему клещи, лопату, моток стальной проволоки и привел их к Белому Дому.

У правого крыла, в парке, напротив подъездов, у которых больше всего погибло от снайперов людей, были установлены щиты с красными вымпелами, усеянными фотографиями, с кратким описанием, как и где погиб, неказистые оградки — то вокруг крашеного железного креста, то вокруг деревянного резного, с коньком. Стояли пыльные венки, стенды с описанием октябрьских событий, памятными фотографиями, списками и биографиями погибших. Все вместе напоминало небольшое сельское кладбище.

Вадя вскапывал клумбы, Надя граблями чесала траву, рыхлила землю. Мужчины с траурными повязками на рукавах, женщины в черных платках тихо переговаривались и, шурша целлофаном, хлопотали у стендов.

С тех пор они стали время от времени приходить сюда — присматривать, подновлять, поправлять, укреплять. Надя прибирала вокруг, подклеивала фотографии. Вадя поправлял памятные сооружения, подбивал гвоздиками полиэтилен, подновлял стержнем с черной пастой буквы в списках, выцветших за год.

Один раз Вадя призадумался, набрал со стройки досок, сколотил ко́злы, намотал вокруг космы колючей проволоки, насовал в нее несколько труб, примотал еще каких алюминиевых обрезков, — и потом весь день ползал вокруг на коленях, подвязывая к проволоке обрывки красного флага, насаживал кусочки фольги, вправлял поломанные гвоздики, которых набрал у знакомых торговок на цветочном базаре у Белорусского вокзала.

XXIII

Потихоньку Надя забывала мать. Сначала она не помнила совсем. Как мать умерла, так Надя встала и ушла. Помнит только вокзал. Как ходила по перрону, мычала. Не могла ничего молвить — только слышала себя, свое страшное мычание, и постепенно глохла.

К ней подошел милиционер, взял под локоть, пробовал увести, что-то спрашивал... А она мычит.

И больше ничего не помнит, совсем. Ни похороны, ни тетку. Память долго спустя — частями стала проявлять ей происшедшее.

Начиналось все с яблок. Как собирает в саду яблоки, как ползает в мокрой траве, как видит огромного слизняка, покрывшего яблоко — агатового, с рожками, упругого, пупырчатого, как язык.

Она кладет слизняка в рот. Держит замершее холодное тело. Вынимает. Слизняк расправляется в длину, показывая рожки. Ей отчего-то смешно, и, хохоча, она заваливается в траву, ее сокрушает рыдание.

Начиналось с того, как жадно, упиваясь, хрупая, ест яблоки. Как идет мимо лошадь, косится, не оторвать глаз: от колышущейся гривы, от течения холки, спины, крупа. Как ступает копыто, как из-под валкого хвоста выпрастываются, разваливаются шматы дымящегося помета.

Как торгует яблоками на базаре в Токсово. Как берет крупное яблоко сверху. Ладонью, лодочкой. Поднимает, переворачивает — и поверх него, ведя из стороны в сторону руку, — чуть улыбаясь, обводит взглядом покупателей.

После чего медленно подносит ко рту и, прикрывая глаза, вдыхает.

XXIV

Страшно было то, что нельзя было понять, где кончается человек. Она догадывалась, что, если честно, — это не так страшно: потом будет все равно, кто. Что она не заметит грани. Точнее, когда перейдет — ей будет уже все равно. Вот это — при совершенной беспомощности: ни ударить, ни укусить — вот это и был страх. И даже не совсем это. А то, что не выразить, кому сказать? Вадя слушал ее, но не понимал. Он не понимал, как может стать хуже, чем есть. И она тоже этого не знала.

Ей нужно было, чтобы с ней говорили: рассказывали, спрашивали. Всю жизнь с ней говорила мать. Всегда. Читала, общалась, рассказывала, обсуждала. Заставляла читать книги. Наде было тяжело читать книги. Ей было трудно отвечать. Мука выражения жила в ней больным, жгучим комом. Слова жили словно бы отдельно от нее. Они не приносили удовольствия, так как никогда не были похожи на то, что их породило.

Страшно было то, что она не заметит грани. Вадя говорил с ней. Он говорил, хоть и не слушал — и не очень-то хотел, чтобы она с ним говорила. Иногда пел. Но этого было недостаточно. Требовалась та методичность, с какой мать выцарапывала ее из небытия.

В этом была жизнь матери. Она вся была вне себя: в своей речи — в своем выражении, в говорении с дочерью: обо всем. О родственниках, о еде, об экзаменах, об умении о себе позаботиться, о том, какие бывают люди: добрые, злые, равнодушные. Она помнила, как мать говорила ей, больше она почти ничего не помнила:

— Сторонись худых. Они потому худые, что чем-то расстроены. И это расстройство может повлиять на их отношение к тебе.

С помощью зубрежки и двух взяток в приемной комиссии они с мамой поступили в техникум. Там над ней смеялись, но учиться она стала сносно. Учителя пожимали плечами. Студенты, иногда сами плохо понимая по-русски, все равно смеялись, но уже подтрунивали друг над другом: дурочка, а учится лучше некоторых.

И никто не знал, что все, что она выучивала, забывалось на следующий день. И к экзаменам приходилось начинать все заново.

Вся ее жизнь была учебой, погоней за нормой, за жизнью. И воспринимала она свою участь безропотно, с механической незамысловатостью.

XXV

Надя хорошо помнила только малозначащие вещи. Например, она отлично — стоило только прикрыть глаза — помнила, как пах изнутри футляр маминых очков. Он пах тем же дубленным замшевым запахом, каким благоухал магазин спортивных товаров — в глубоком детстве, в одном каспийском городке. По изнурительной от зноя дороге к прибрежному парку (взвинченный йодистый дух горячего, как кровь, моря и густой смолистый запах нагретых солнцем кипарисов). После раскаленной улицы, с асфальтом — топко-податливым от пекла подошвам, — блаженство пребывания в магазине начиналось с прохлады и именно с этого будоражащего запаха. Далее следовал завороженный проход по двум волшебным, заставленным спортивной утварью залам: бильярд, теннисный стол, боксерская груша, корзина с клубками канатов и — тумба, крутобокая, обитая бордовым плюшем — с свисавшими, как с пугала, суконными рукавами — нарукавниками, как у писаря без головы, стянутыми в обшлагах резинками. Тумба эта предназначалась для слепых операций на фотопленке. Особенно увлекательными на полках были наборы нард, шахмат и бадминтона. Невиданные, перисто-пробковые воланы, кувыркаясь меж звонких ракеток по белой дуге стремительного воображения, отдавались на вздохе трепетом — легким, как шорох маховых перьев по восходящему пласту. Надя помнила незримо мать — уводящую за плечи ее поглощенность в сторону от засыпания — ко второму, обращенному к морю выходу.

И главное, что вспоминалось, — что так влекло ее внутрь этого замшевого запаха, исподволь и неодолимо, как затмение. Этим вожделением было солнце: великолепный кожаный, белый и тайный, как Антарктида, сияющий дробным паркетным глянцем волейбольный мяч.

XXVI

Теперь ум немел, она знала это, так как стала чувствовать его отдельность. Так человек, теряя координацию нервных окончаний, начинает относиться к своим членам как к частям постороннего тела.

Вот это расстройство ума обладало цветом, формой и голосом. Оно было большой серой птицей, подбитой палкой калекой. Птица садилась на крепкую ветку, росшую из правого виска и хрипло вздыхала, подтягивая перебитое крыло.

Думанье давалось все труднее. Птица садилась на ветку все чаще, все сильней из бокового зрения нарастала ее тень. Иногда Наде больно было думать. Когда раз за разом у нее не получалось сквозь боль найти решение «в столбик», она кусала себя за запястье, била рукой об руку, ревела без слез.

Но успокаивалась, и равнодушие появлялось в лице, тяжелое безразличие.

Слабоумие проникало в Надю онемением. Ей казалось, что она превращается в куст. Небольшой куст, неподвижный от непроходящей тупой боли. Что мир вокруг превращался в ветер — тихий или сильный, но только он — единственный, кто мог дотронуться до куста, потянуть его, отпустить, согнуть, повалить порывом.

А иногда у нее получалось. Страницу за страницей тогда она исписывала сложением в столбик. Для задач подбирала у магазина кассовые чеки, в конце чека давался ответ. Набирала их полную горсть — и суммировала все покупки. Тщательно, с высунутым языком, кусая авторучку. Она записывала ответы и приписывала в конце свое имя: Надя. Она не то что боялась себя забыть, но так ей проще было сопоставить себя с этими числами, с тем, что это она делает, а не посторонний человек. Это с ней случалось сплошь и рядом, когда забывала, что вот к таким предметам имела отношение. Что это она написала. Что это она вырезала ножом эту картонную куклу. Надя. Так зовут куклу. Написано вот здесь, у нее на коленке. Самое трудное — это дать имя. Надя не знала никаких других имен, кроме — Мама.

Не зная, насколько отдалилась, она все равно ободрялась.

Но отброшенный страх, упав глубже, скрытней, усиливался.

XXVII

Однажды, прикончив все набранные чеки, она вспомнила особенное. Как они с матерью поехали в другой город, в гости к маминой подруге. Подруги не оказалось дома, и они ходили по городу, гуляли в прибрежном парке, на пляже, вернулись, а ее все нет.

Поблизости находилась школа-интернат, они присели в ее дворе на скамейку. Вокруг бегали дети. Они играли в неизвестную игру. Надя никогда в нее не играла. Назначался водящий. Собирали по двору щепки. Небольшая доска укладывалась наклонно на кирпич. Щепки складывались на один край. Кто-то наступал ногой на доску — и, пока водящий собирал ударившие салютом веточки, все разбегались кто куда. Водящий укладывал палочки-щепки на доску — и уходил салить. Причем тот, за кем он гнался, мог подбежать на кон, к этой доске, наступить — и снова убежать, пока водящий был вновь вынужден собирать эти палочки. То есть игра была сущим мучением для водящего: он должен был со всех сторон охранять кон. Надя стала переживать за водящего — им был запыхавшийся толстый мальчик, при беге у него вытягивались губы, тряслись щеки, лицо его словно бы искажалось плачем, — и у нее заболела голова.

От площадки поднималась пыль и медленно стелилась перед ними. Вверху, в кроне акации гудела горлинка. Жук-короед, лаковый, крапчатый, похожий на кусочек звездного неба, свалился с дерева и теперь упруго и щекотно барахтался в пальцах Нади.

Две девочки, убежав от водящего, спрятались за ними.

Они сопели и поскуливали, то выбегали из-за скамейки, то с визгом возвращались. Одна девочка несколько раз смотрела на Надю, но, увлеченная игрой, переводила внимание на водящего.

Мама сказала:

— У этих детей нет родителей. Никто не следит за тем, чтобы они снимали после занятий школьную форму, они в ней играют.

— Мама, а где их родители?

Тут девочка выбежала из-за лавки и посмотрела прямо на Надю:

— А ты ведь дурочка, правда?

К ней подбежал водящий, шлепнул по плечу — и вторая девочка завизжала над самым Надиным ухом. Все умчались.

Они с мамой вышли со школьного двора. Пора было проверить, не вернулась ли домой тетя Аля.

У ворот на солнцепеке стоял маленький мальчик. Он плакал, вытирая слезы кулачками.

Мама подошла к нему:

— Мальчик, почему ты плачешь?

Мальчик посмотрел на нее и заревел еще громче.

— Мальчик, скажи мне, почему ты плачешь? — мать присела перед ним на корточки.

Сквозь всхлипы он сказал:

— Ко мне мама вчера должна была приехать. Я жду ее. Она обещала купить карандаши.

Мать выпрямилась, взяла мальчика за руку.

— Мальчик, пойдем. Мне твоя мама поручила купить тебе карандаши. Пойдем.

Они вместе пошли в магазин «Книги».

Окна в нем были завешаны тяжелыми плюшевыми занавесами, и потому было прохладно. Пахло корешками книг, казеином, гуашью. Полоса света — яркого, густого от плавающих в нем пылинок — выбиралась из-за портьеры, шла клином, перечерчивала лицо мальчика.

Он упрямо смотрел прямо перед собой.

В отделе канцтовары мать купила три фломастера, набор карандашей, линейку, ластик и альбом для рисования.

Надя все время смотрела на мальчика.

На улице мать купила им по стакану газировки с двойным сиропом.

У мальчика стучали о край стакана зубы. Временами он судорожно вздыхал.

Они отвели его обратно.

Он шел через школьный двор — маленький, щуплый, зареванный.

Карандаши бережно нес на альбоме.

Один раз мальчик оглянулся.

Надя увидела, как его лицо скривилось от плача.

ЗООСАД

XXVIII

Надя могла просто сесть на стул, или на чистый краешек — аккуратно, чинно, прямо, положить ладони на колени и, время от времени вздыхая, смотреть вверх, чуть улыбаясь, с сияющими глазами, чуть подвигаясь, ерзая на стуле, снова и снова, глубоко вбирая воздух, исполняться тихой радостью ожидания. Так она могла сидеть часами, широко раскрыв глаза в невидимое счастье.

Характером Надя была не робкого десятка, но неуклюжа. Не так делала, как хотела, а если скажет, то не так или не то, что надо. Так и Вадю любила — неловко: сказать ничего не умеет, а навспрыгнет, навалится, играючи, заиграет, защекочет: любит, хохочет, а потом тут же внезапно принималась плакать, плакать от стыда, бормотать, улыбаться, мычать, гладить Вадю — и его жалеть тоже.

Одно время Надя мечтала, как они снимут комнату, что у них будет свое хозяйство, электрическая плитка, что заведет она котенка, будет кормить его из донышка молочного пакета. Для Нади совершенство быта заключалось в обладании электрической плиткой.

У них с мамой в Пскове имелась электрическая плитка: в двух шамотных кирпичах шла петлями выбитая бороздка, по ней бежала спираль накала. Над плиткой, завороженная прозрачным свечением, Надя грела руки, подсушивала хлеб. Мать давилась свежим хлебом, ей проще было сосать сухарь.

Вадя и думать не хотел ни о какой комнате, ему непонятно было, зачем отдавать за пустое место деньги. Его вполне устраивала сухомятка (их рацион в основном состоял из хлеба и сгущенки) и ночевки на чердаках, в брошенных вагонах. Правда, доступных подъездов становилось все меньше, но все равно к зиме можно было что-нибудь подыскать: Пресня большая, есть на ней и Стрельбищенка, и Шмитовские бараки. Был в конце концов теплый туалет на Грузинской площади, к ключнице которого, Зейнаб, у Вади был свой ход. Там он любил поваляжничать, налив себе в подсобке кипяток, а то и кофе, — чтобы посидеть в тепле под батареей (небольшие, хорошо прогреваемые помещения всегда ценились бомжами).

Нельзя было только болеть. Болезнь обрекала на смерть: улица больных не терпит — бросит, забудет.

Тем не менее Надя потихоньку от Вади копила денюжку — и, чтобы не отнял, с собой не носила, прятала. Тайник она устроила в недоступном месте, у медведицы.

XXIX

Жизнь на Пресне многим была связана с зоопарком. Началось с того, что однажды в воскресенье на рассвете Надя спустилась с чердака и побрела к Площади Восстания.

Она не пропускала воскресных утр. Неотрывно вела календарь, отмечая в блокноте ряды букв и чисел. Цеплялась за календарные метки, как за жизнь, и когда пропускала — или сомневалась в том, что пропустила день или нет, — это было сущим мороком, так она маялась неизвестностью. Соотнесенность с днями представлялась ей опорой жизни. О воскресенье она вздыхала, думая о нем среди пустой и бесконечной недели.

Только в этот день ранним утром Москва проглядывала своим подлинным обликом. На рассвете Надя шла в парк им. Павлика Морозова, бродила по газонам, деловито собирала мусор, укладывала подле переполненных урн. Выходила на Пресню: просторная улица открывала перед ней высоченный параллелепипед розоватого воздуха, дома — череда ребристых фасадов, как шершавая каемка раковины — чуть поддерживали этот реющий воздушный простор. Светлая пирамида высотки крупно приближала даль. Асфальт отдыхал от мчащихся, толкающихся днем автомобилей. Поливалка ползла вдоль обочины, брызжущим усом взбивая пыль и мелкий мусор.

Пройдя дворами за Волков переулок, Надя усаживалась на лавку. Высокий бетонный забор очерчивал скалистый остров. Он увенчивался горой, покрытой шишками лепных хижин, ульев, черными зевками пещер, столбами с протянутыми между ними снастями: веревками, подвесными мостками, мотоциклетными шинами и «тарзанками», развешанными на обрезках труб.

Начинали пробуждаться макаки. Они вылезали из хижин, усаживались у порога, умывались, почесывались, застывали. Сонное просторное выражение их тел с благодарностью принимало первые солнечные лучи.

Внизу в вольерах просыпались орангутаны. Ухающие, гугукающие, протяжные вопли оглашали окрестность.

В верхних этажах захлопывались форточки.

Кричал павлин, крякали гиены, гоготали гуси, скрипели лебеди, клекотали хищные, заливались певчие.

Утренний гам пробуждал воображение Нади. Какофоническая разноголосица пронизывала прозрачные шары радости. Она качала головой, вздыхала...

Посидев, нерешительно поднималась, тихо шла, проходила сквером, смотрела с улыбкой то под ноги, то вверх, на раскаченное в колеях улиц небо, смотрела на дома, на окна, в каждом ей хотелось аккуратно пожить. Недолго, чуть-чуть, зайти с благоговением, осмотреть жизнь, участок ее святости, а может, даже и не зайти, а только заглянуть, затаив дыханье, выйти, выдохнуть, двинуться дальше... И она шла, скользила вдоль зыбкого течения витрин, проносящийся автобус вдруг трогал воздушной волной зыбучую глубину отраженья, размешивал строй уличных происте-чений, небо, ветки бросались вниз, улица, качнувшись, задиралась косо в асфальтовое озеро, ломались бордюры, ограждение сквера, опрокидывались автомобили — и Надя, содрогнувшись (вдруг кружилась голова, и медленно, неумолимо исчезала, — кого просить убыстрить, нам помоги, смерть, медленная поступь), — шла, выправившись, отпрянув, шла отчего-то с удовольствием, как Вадя отвечал дворнику: «Мы уличные, дядя. Уличные, понял?»

И вновь дыхание подымалось струйкой вверх, в пустую ослепительную голубизну, как ей хотелось, чтобы это неуловимое истечение пропало, наполнив ее обратным легким ходом. Она не знала, куда она утекает — и что в ней пропадает бесследно, тому не было слов, одна только холодная веточка протягивалась внутри — от плеча через грудь к тянущейся ладони. И потихоньку влекла сквозь себя нитку города, через глаза, навылет, ничего не оставалось.

Однажды на дерево шумно села большая серая птица. Одно ее крыло повисло. Посидев, покачавшись, птица вытянула вверх длинную шею, раздула зоб, кивнула — и страшный ее вопль поднял Надю с места. Птица снова закивала, раздувая шею, ревя и плача. Покричав, она слетела и захлопала одним крылом по земле.

Надя обняла, понесла ко входу в зоопарк. Милиционер привел к ней мужика в очках и плащ-палатке. Он походил на неопрятный заржавленный механизм. Дужка его очков была прикручена проволокой. Он с опаской оттянул птице крыло. Птица рванулась, поднырнула под плащ, он выпутал ее и, морщась от испуга, гаркнул:

— Чего смотришь? Неси к Матвееву гусыню!

XXX

С тех пор как Надя принесла выпь, зоопарк стал ее вотчиной.

В зверинце ее приветил ветеринар Матвеев. Это был грозный, толстый, пьющий человек, ненависть к людям возмещавший любовью к животным. Из всего ветперсонала только он мог подойти к носорожку в присутствии его мамаши — для обследования. Только он мог дежурить сутками напролет подле шимпанзихи, тяжело переносящей беременность. К Наде он благоволил по неизвестной причине.

В зоопарке, надев оранжевую спецовку, она разносила по вольерам кормовую свеклу. Толкала тележку от кормушки к кормушке, перебрасывала, схватив за длинную крепкую ботву, розовые шишковатые головы. Антилопы гну, бизоны, яки, зубры, длинномордые куланы сонно подходили к яслям, толкались страшными мордами, хрупали, скрипели сочной ботвой. Для джейранов полагалось тесаком рассекать свеклу. У Нади рубка не получалась. Никак она не могла решить, в какой руке держать тесак, и от напряжения замирала.

Покончив с кормежкой парнокопытных, Надя спешила к медведице. В глубоком вольере, пустом и просторном, в серой пустоши ходила, приволакивая левую заднюю лапу, медведица. Больное животное было полностью лишено волосяного покрова. Доступ зрителей к вольеру по распоряжению дирекции был закрыт фанерными щитами. Отталкивающий, жалкий вид медведицы не был предназначен для посетителей. Отчего-то Матвеев запретил ее усыплять. Сказал директору, что скорее сам всех усыпит.

Для медведицы доктор через день выдавал Наде горсть ундевита и аскорбинки. Она тщательно пересчитывала таблетки и записывала на ладони.

Медведица была похожа на голую старуху. Цвета она была серого, как камень. Ее не сразу удавалось разглядеть на ровном месте бетонного пространства. Надя сама стала ходить к медведице, никто ее не просил. Время было голодное, и хищных зверей в зоопарке кормили моченой соей, предлагалось перейти на кормежку трупами собак. Бродячих собак тогда — с голодухи — развелось видимо-невидимо. Бомжи их боялись как огня. Помойки в городе были пусты, бездомные собаки свирепствовали. Ходили слухи о стаях, обитавших в заброшенных ангарах Южного порта. Эти стаи окружали, загоняли в угол прохожих. Некоторые владельцы отказывались от своих породистых питомцев. В стаях нередко можно было увидеть отощавшего до неузнаваемости ротвейлера, московскую сторожевую, даже сенбернара. Живодерня на улице Юннатов, благоухая травным хлором, предложила обслуживать зоопарк, поставляя собачье мясо. Матвеев отверг предложение.

Медведица не ела мяса. Не ласкаясь, она подходила, взглядывала Наде в глаза. Беззубая, вытянув губы, неохотно тянула, лакала соевую кашицу, которую наминала ей чурочкой Надя.

Бедствуя, зоопарк пустовал. Большую часть зверей отправили в подмосковные питомники на подножный корм. Посетителей почти не было — нечем им было забавляться, глядя на пустые вольеры. Только по выходным в зоопарке собиралась молодежь с окраин города — посидеть на лавках, выпить пива.

Лысая медведица слонялась по бетонному кошелю. Отвисшие складки, морщинистая кожа, узкая голова, круглые кожаные уши вызывали жалость, которую побеждало отвращение.

Когда медведица ослабла совсем, Надя стала к ночи загонять ее в задник, на полати, устланные сеном. Набрасывала на нее свое пальто, ложилась рядом. Медведица тоже ерзала, подвигалась. Так они вместе грелись.

Утром Надя отодвигала доску, проверяла заначку. Пересчитывала, засовывала и долго потом еще сидела смущенная, с красным лицом.

Ночью в зоопарке было страшно. Медведица всхрапывала, перекладывалась большим дряблым телом, скользила вонючим дыханьем по шее. Всюду мерещились расползшиеся из террариума гады. Надя видела, как тесно змеи живут — в коробках с лампочками.

Понятно, что они выползают в потемках на простор. Плакали шакалы, вздыхали яки, выпуская облака пара, волновавшие слой тумана, растекшийся им по колено. Дробно перебегали из угла в угол зебры, с треском бились в жерди ограждения. Взбалмошные утки хлопотали у воды. Всплескивали выдры. Фыркали моржи. В кормушках шуршали и чавкали хомяки — хомяки были повсюду в зоопарке, никаких крыс.

В последнюю ночевку на рассвете Надю охватил озноб. Она открыла глаза. Было тихо. В щелях серое небо тлилось рассветом.

Она выпросталась и обернулась. Раскрывшись всем безобразным голым телом, медведица лежала навзничь с неподвижными мокрыми глазками.

Губы тянулись вверх, словно к миске. Постепенно они обмякли, открылась улыбка.

Матвеев поделил медведицу на прокорм волкам и гиенам.

Ветфельдшер Поливанов — дядька в сломанных очках — разнес медвежатину.

Надя ходила от вольера к вольеру. Она как-то двигала рукой, раскачивалась, и губы ее плясали, беззвучно, будто пробуя что-то — не сам воздух, а что-то в нем, далеко.

Красный волк до медвежатины не дотронулся.

Тогда Поливанов перекинул его долю грифам.

Надя стала собирать кости. Пока забирала, гиены ее подрали.

Матвеев перевязал ей лодыжку и сам добрал остальное.

Смрадный мешок с костями она затащила на чердак в Стрельбищенском переулке. Вадя вскочил, закружил, вытолкал мешок, он громыхнул на площадке. Надя стояла зареванная, хватала его за плечо и тянула вниз, притопывая.

— Ты что, совсем одурела, ты что? — Вадя толкнул ее в грудь.

Надя бессильно ударила его, замычала.

Вадя вытолкал ее с чердака. Спустился сам. Закурил, завалил на спину громыхающий мешок и, пуская дым под нос, быстро потащил на Мантулинскую, в парк. Раскачиваясь, Надя шла за ним. Она ускоряла шаг и, дотянувшись, трогала мешок.

В парке, дождавшись, пока пройдут прохожие, Вадя закинул мешок в пруд.

О деньгах, спрятанных в вольере, Надя не вспомнила.

КОРОЛЬ

XXXI

Королев не всегда был живым трупом. В школьные и студенческие годы он с отрадной поглощенностью оставался открыт миру мыслей, их конструкций. Мир людей долго казался ему простым, не требующим никаких усилий, кроме добра и честности. Эти категории долго и неэкономно понимались им как аксиоматические, не требующие вникания.

Королев добросовестно считал, что ему в жизни повезло. В детдоме с ним жили нормальные дети, учили его добросовестные учителя. И воспитатели относились к нему снисходительно: как к сумасшедшему, но способному ребенку.

Поселок Яблоново под Коломной. В детдоме восемьдесят четыре воспитанника. Отсюда уют и внимательность надзора. Память о младшей школе сопряжена с лесными, речными походами (на байдарках по соседней Калужской области, по партизанским местам: поисковый отряд «Кассиопея», лесистые берега Угры, болота, дебри, белые рыхлые кости, крепкие челюсти, стальные, холодные в ладони коронки, обрушенные землянки, канавы окопов, сорокапятка на целом, колесном ходу, гаубичные снаряды, выплавка тола, взрыв, оторванная кисть Игната, фашистский «Тигр» по башню в трясине, похороны руки на берегу, посадили у холмика иву, гибкую, стройную, как рука, как пальцы) и, конечно, с физикой и математикой.

Королев питался задачами. В седьмом классе в журнале «Юный техник» он прочел условия вступительных задач в заочную физико-техническую школу при МФТИ и с тех пор не мог остановиться. Чтобы заснуть, он прочитывал условия двух-трех задач — и утром, еще в постели, записывал решения. В восьмом классе, после областной математической олимпиады его пригласили в лучший в стране физмат-интернат. И он поступил. Так прослыл Королем.

Королев обожал вспоминать, он жив был тем сильным чистым огнем, которым его наполняло детство. Несколько лет ездил в оба интерната на школьные каникулы, на День учителя. Огонь постепенно гас. В младший интернат он приезжал уже не как домой, но все равно ездил регулярно, пока не расформировали. Тогда стал наведываться к своей «классной», в Коломну. Зимой третьего курса Мария Алексеевна умерла. Родственники ему телеграмму не дали. Он приехал через месяц, пришел на кладбище, сел у могилы в сугроб. На ограду уселась галка. Так они и просидели до самых сумерек, озираясь на заставленную крестами, зарешеченную белизну.

XXXII

Другой класс Королева, несмотря на горячую дружность, со временем оказался разобщенным, как если б его и не было. Многие разъехались по стране и миру, остальных жизнь растащила в углы. Ровно то же произошло с его институтскими однокурсниками. Их море жизни разнесло еще неописуемей. Кто-то, как он, впал в прозябание, кто-то стал богатым, кого-то — по части бизнеса — посадили вымогатели или конкуренты, кого-то по той же части убили, и лишь немногие сумели остаться в науке, да и то ценой эмиграции.

Воспоминания о школе, об институтском времени долго питали Королева, пока не остыли до понимания скуки как интереса. Школьная жизнь обрела меньший градус окрашенности, зато возникла отстраненная занимательность, позволяющая погрузиться в малые каверны, выследить неведомые царапины — вместе с жизнью снятого с мира слепка. Так, расставшись с любимым лицом, оказываешься не в силах вспомнить, и тогда пунктир проблесков, деталей, ракурсов — чуткий профиль, дрожанье подбородка, кружевная оборка, носовой платок, глянувший из-под рукава, — крохи мелких, незначащих черт замещают собой щедрость целокупного облика.

Как следопыт погружается в поведенческий рельеф следов кем-то другим убитого зверя, как планерист вписывает взгляд в пылающий вулканический ландшафт, возносящий его вместе с горячими токами воздуха, — так, вспоминая школу, Королев не помнил ни детства, ни его быта, ни желания иметь родителей, так мучившего, снедавшего его друзей. Королев был созерцательно поглощен походами и высокой учебой, он тянулся к познанию, как другие дети — к теням родителей, он был покорен стремлению к тайнам разума и мира.

Из быта остались в памяти только несколько произвольных вещей. Прорванная батарея отопления, чудом не ошпарившая тех, кто на ней сидел. Алюминиевые ложки, закрученные архимедовым винтом, которые тут же на раздаче нужно было сунуть, прорвав пенку, в стакан с какао — для сбереженья тепла. Мышиные хвостики среди мослов и жил (узорно-тектоническое плетенье — как в бумаге из волокон и плотных соков древесных жил), из которых состояла пайковая колбаса цвета марганцовки. Грохот воробьиных свадеб, подымавших за окном рассвет. И тошнотворный запах пригоревшего молока в столовой, отваживавший его от завтрака.

В выпускном классе Королев был вынужден откликнуться на моду, в которую вошли рассуждения о духовности, и ознакомился с Библией. Вскоре вопрос о религии был решен при помощи следующего рассуждения, которое он произвел в качестве ухаживания (лунная ночь, Кунцево, окрестности сталинской дачи, дорожки, высоченный зеленый забор пер-

вичного ограждения, вдалеке за деревьями шоссе про-
блескивает пунктиром фар, белые ложа скамеек, на
которых постигается пылкая наука любви, сухие
пальцы бродят у пояска, скользят вверх, встречая
нежную упругость):

— Может быть, я изобретаю велосипед, но из теоретической физики ясно, что мощные, головокружи-
тельные, малодоступные модели мироздания, порож-
денные интеллектом, если повезет, оказываются
«истиной», то есть чрезвычайно близкими к реально-
му положению дел во Вселенной. Не потому ли именно так обстоит дело, что разум, созданный — как
и прочее — по образу и подобию Творца, естественным способом в теоретической физике воспроизво-
дит Вселенную — по обратной функции подобия? Тогда проблема строения мироздания формулируется
как поиск своего рода гомеоморфизма, соотнесенного
с этим преобразованием подобия...

Дальше его рот окончательно был закрыт пытли-
вым поцелуем — и больше о религии Королев никогда
не рассуждал. Никогда вообще.

XXXIII

Память редко обрушивалась на него лавиной. С по-
степенной последовательностью он перебирал классы
чувств, на пробу запуская их в мерцающий крупица-
ми узнавания колодец памяти.

Школа начиналась с осязания. Запах пасты шариковой ручки — потекший катастрофой стержень, пальцы вытираются о форменные брюки, синие, как измаранные ладони, как зимние сумерки уже на пятом уроке. Плюс металлический запах самого шарика — загнанного до белого каленья бесконечным, как Шахразада, диктантом, старательно выводимым носом по крышке парты: клонясь все ниже и ниже, он начинал этот привкус различать. Не лучшие страницы Паустовского, одну за другой, до ломоты и сведения в кисти, они гнали на галерах факультатива под стрекот стартера задерганной до тика лампы. Какой там «Мы писали, мы писали, наши пальчики устали», — едва успевал тряхнуть на весу авторучкой, как градусником, и вновь строчил в догонялки за сладострастно уносящейся в декламацию училкой.

Тошный запах мокрой ветоши, размазывающей по доске синтаксический разбор, или пикирующих чаек Фалеса, — вместе с самим этим запахом.

Таинственный, влекущий вкус разгрызенного мела: под микроскопом скол его чешуйки, замещая рыхлый витраж едкого склизкого лука, оказывается фантастической мозаикой, составленной из планктонных ракушек раннего палеозоя. Отмершая ослепительная белизна зажатой в кулаке осадочной равнины: скорлупки нулей россыпью датировки.

Габариты ранней зрелости, скосившей половину женского населения — из системы мер Пантагрюэля.

В классе — повальный матриархат, устанавливаемый не столько рыцарским соподчинением, сколько физическим доминированием.

На переменах — необъяснимо вкусное сочетание песочного коржика и томатного сока. Ранец всегда пах казеиновым клеем, которым подклеивались корешки учебников, и раздавленным яблоком, взятым с полдника.

Кроме яблок, на большой перемене — вкус фруктового кефира из огромного жбана, с суриковым иероглифом инвентарного номера. Савелий гусарски выпил одиннадцать кружек, вычитав в «Знание — сила», что в кисломолочных продуктах содержится алкоголь.

Запах стружки, волшебно осыпающей верстак — шелково-прозрачными кудряшками Пиноккио: от вжика рубанка сосна поет. Запах горячего, с короткой прядкой дымка, потемневшего под разогнанным лобзиком лекального среза фанеры. Увлекающая вонь горючки, вливаемой в бачок кордовой авиамодели. Паленый визг рванувшего с пол-оборота движка, разбег, отрыв, винт карусели, «бочка», вертикаль, занос на тополь, миллиметраж под веткой, вираж, лихой заход на «мертвую петлю» — безвыходно и бесконечно, после — тычок в пике: и запах клея от горстки лонжеронов.

Солоновато-сладкий вкус — во рту, от распухшей губы и шмыганья разбитого носа: «стукалки» происходили у гаражей, за забором, у проржавленной «Победы». Из того же закоулка — вкус разжеванной вместе с клятвой земли.

Осень тоскливо пахнет антоновкой и листьями, которые дети сгребают в городском парке на физре: шаляй-валяй — кто в салки, а кто в прятки. Разбегавшись, Ритка увлекает прыжком на кучу пылающих кленовых листьев, уже пошедшую с одного боку косичкой дыма: барахтаться в ней горячо, и мягко, и невозможно сладко, но вдруг вспышка губ и немота, и куртка прожжена, и стыд, и потрясение, а после, в раздевалке невероятный — неведомый гул в груди от жемчужного пятна на трусах, невероятно проступившего от поцелуя. (Почему-то «рыбий жир фонарей» всегда маячил вокруг отсвета того пятна и перламутровых пуговиц на рубашке.)

Пресный, немящий вкус снега — с варежки: на катке или на финише лыжной пятикилометровки. Петля ее шла вокруг газоперекачивающей станции, подгонявшей отрыжку недр по проводу из Уренгоя в Ужгород. Все школьное детство станция беспрерывно выла заунывной поминальной сиреной. Летом этот звук был хорошим ориентиром для заплутавших по грибы — по ягоды. Когда-то на станции произошла авария, от которой выгорели окрест десятки гектаров леса. Вокруг этого унылого пожарища они и наворачивали круги скучной дистанции. Среди усыпанного снежным волшебством леса это огромное пепелище наводило под-

спудный страх. Неосознанные призраки мертворож-
денных надежд, недоноски идей, ломящихся в жизнь,
бродили меж густого частокола обгоревших стволов
под тоскующий вой турбин. Тогда Королеву было неве-
домо, что дело не кончается пограничным Ужгородом,
что зычный труд станции несся по трубам дальше —
в Варшаву, Прагу, Берлин, Белград, Дубровник, Три-
ест, Венецию, распускаясь желто-голубыми кувшин-
ками в конфорках квартирок и паллацо, вознося над
кастрюлями, соусниками, кофейниками ароматные
пары, растворяющиеся над лагуной, над каналами
и площадями «размокшей баранки», «красивой утоп-
ленницы», Цивилизации.

XXXIV

Шквал больших перемен застлал юность Королева.

Грязно-голубой цвет ее стен полз над ним, как пас-
мурное небо над пустой шлюпкой.

Иные воспоминания обжигали. Так ладони горят
от тарзаньего слета по канату из-под потолка спорт-
зала.

Звон разломанной палочки мела.

Грохот парт.

Гром звонка.

Салют.

Салют происходил на пустыре, в низине, у берега
Сетуни, где находились специальные бетонные пара-

петы для установки залповых расчетов. Они подбегали почти вплотную. Видели отмашку командира. Задирали головы вслед за воющей вертикалью взмывшего стебля, который спустя задыханье увенчивался сияющими астрами, накидывавшими на огромный воздух световую путанку, как гладиаторскую сеть. Сразу после вспышки следовало присесть на корточки и накрыть затылок руками, чтобы уберечься от шпонковых гильз. Невдалеке над Сетунью они строили весной «верховки» — шалаши на настиле из досок, прибитых к ветвям подходящей ветлы. Там, дурачась, нацепив ермолками обгоревшие полусферы салютовых гильз, «монстрили» первый том Ландафшица, щелкали вступительные на мехмат, маялись со стереометрической задачей из физтеховского сборника, играли в преф, курили, читали Сэлинджера, упражнялись с гравицапой или просто бесконечно смотрели в высоченное, пустое и влекущее, как будущее или нагая дева, небо.

Королев не раз думал вот о чем. Однокашники его родились — приблизительно — в 1970 году. И благодаря истории учились думать тогда, когда думать было почти не о чем, то есть некогда: кингстоны арестантской баржи были открыты, команда уже отплыла, не оставив ни одной шлюпки. Люди, родившиеся в окрестности 1970 года, отличаются от тех, кого было бы можно в обиходе назвать их сверстниками. Хотя после тридцати эта разница почти улетучивается, но еще несколько лет назад люди 1967 или 1973 года рождения были — первые заметно «еще не», вторые разительно «уже не» такими. В юности происходит невероятное ускорение роста впечатлений, мыслей — время замедляется, будучи сгущено жизнью, — словно в точке предельной опасности. Именно поэтому в 18—20 лет, рассуждал Королев, они оказались на верхушке цунами, опрокидывавшего известно что: они развивались параллельно с временем турбуленций, они были первым лепетом этого Времени — и, нехотя пренебрегая переменами, они все на них невольно озирались, рефлектировали, оглядываясь на самих себя — и могли, в отличие от остальных, более свободно, более одновременно обозревать: неясный — то ли камни, то ли рай — берег, и унылый, отстоящий вечно горизонт. Иными словами, у них была уникальная составляющая движения — вдоль волны. Хотели того или нет, но на свое развитие они проецировали развитие/разрушение окружающей среды. То есть их набиравший обороты возраст вполне можно было тогда измерять степенью инфляции. Именно из-за этой естественной деструктивности породившего их времени раньше он не думал, что от их поколения можно ожидать чего-то примечательного. Королев считал, что в лучшем случае — он хороший наблюдатель и, видимо, только подробный фенологический самоанализ — его удел. Но склонность к саморазрушению в целом оказалась столь же доминирующей, как и созидательное начало. Свобода их все-таки искупила. Сейчас, оглядываясь вокруг, перебирая образы, дела, направленья, Королев понимал, что существенная часть того малого лучшего, что сделано в стране, — сделана руками именно его поколения.

И оттого еще горше пустота спазмом сдавливала, шла горлом.

Он видел повсюду страх. Видел его воочию, везде. Сначала думал, что это от одиночества, что его несознаваемой части души просто скучно и в среде несбыточности она ищет боли. Но скоро понял, что не все так просто.

При совершенной безопасности, при полном отсутствии внешней угрозы, при окончательной невозможности конца света, которым питалось старшее поколение и который сейчас обернулся пшиком, — повсюду, тем не менее, был разлит страх. Ежедневный страх стоял прозрачно по глаза, страх вокруг стыл студнем, дрожа зыбкой, густой безвоздушной массой. Люди — уже нечувствительные к обнищанию, к ежедневному мороку тщеты — боялись неизвестно чего, но боялись остро, беспокойно. Действовал закон сохранения страха. Боялись не отдаленных инстанций, не абстракций властного мира, а конкретного быта, конкретных гаишников, конкретного хамства, конкретного надругательства, вторжения. Причем это была не просто боязнь. Через эти заземленные страхи проходил мощный поток непостижимого ужаса. Пустота впереди, пустота под ногами, память о будущем у общества — и тем более власти: меры ноль. Страна никому, кроме Бога, не нужна. Все попытки обратиться к Нему окунают в пустоту суеверия.

ВАДЯ

XXXV

Хоть и любил ее, но намеренно грубо обращался. У него было убеждение, что жена — с ней цацкаться не моги.

За немногословность ласково прозвал ее: немтыря.

Ходил иногда с ней за руку.

Говорил, шутливо выражая чувства:

— Зря ты дура, а то бы я женился.

Хоть и груб и порой жесток был с ней (и то, и то — в меру), но без нее не мог. При том, что беспомощность ее как-то потворствовала его душевному комфорту. Он понимал это так, как если бы эксплуатируемый физический недостаток его собственного ребенка давал ему удовольствие приработка.

Но и потерять ее он не боялся. В этом он себя убедил. Есть баба или нет — дело случая. А случай в судьбе, судьба — индейка, да и та в супе, — как говаривал Скорыч.

По большому счету, Вадя вообще ничего не боялся. Своей бесстрашностью он обязан был не безалаберности, но только опыту: знал наверняка, что опасаться стоит увечья, но не смерти. Единственное, чего он боялся всерьез, было вещью невсамделишной. Вадя боялся снов о несуществующем отце.

В этих снах почти ничего не происходило, да и отца в них не было. Фигурировал он там не как образ, и не как действие. Существенность отца была больше его физического присутствия: он был источником.

Все эти сны состояли из дороги и начинались с обочины. Вадя не видел отца, но незримо получал от него, как краюшку, сгусток тоски, призыв выйти из этого места и идти по дороге. Это место у обочины — с глубоким кострищем, обложенным кирпичами, с пучком жердей, сидушкой из чурки и доски — скрытое придорожными кустами и отгороженное от ветренного простора поля перелеском, — некогда было стоянкой отца. Прежде чем отправиться в путь, Вадя осматривал это место и укладывал в мешок те предметы, которые он помнил из детства. Это было самой сносной частью сна: поиск ценностей. Вадя бродил, всматривался в придорожный мусор и время от времени что-то подбирал, рассматривал. То это был веер из четырех ржавых перочинных ножей «Белка», к которым присохли рыбьи говорящие головы, несчастливые, с перламутровыми щечками, шепчущие: «Ветер, ветер, ветер...» То вдруг из-под вороха листьев вынималась одновременно и целая, и прозрачно разбитая фарфоровая девушка. В полой ее пятке каталась, дребезжа, дробинка, которой он расстрелял статуэтку из «воздушки». То это был плюшевый медведь с оторванным носом, издававший заикающийся рев. От этого плачущего рева начинала душить врученная отцом тоска, и на глазах выступали слезы. То из старой стиральной машины (с эбонитовой звездой лопастного привода и скрипучими валиками отжима) вынимался старый японский транзистор. Из него вытряхивалась труха окисленных батарей, и станции перелистывались роликом, чутко ползшим под подушечкой большого пальца. Фокстрот и диксиленд брызгали, били в уши, и он бережно укладывал приемник на дно рюкзака. Последней из находок непременно оказывалась складная дудка. Она вынималась из разбитого футляра, колена ее составлялись защелкою вместе — и, дунув на пробу, Вадя перевоплощался в сочинение звуков. Его импровизация длилась долго — он играл с упоением, звук, взмывший душевной мыслью, продолжал его плоть, как вдруг он поражался тому, насколько складно у него выходит музыка, при полном неумении въяве. Он тут же терял это волшебство и давал «петуха»: мощный рев бил из раструба в лицо — оглушительный, тревожный, он пробирал, перетряхивал нутро, закладывал уши. И теперь в полной глухоте Вадя следовал призыву отправиться в путь.

Рюкзак был полон, вздымался за его спиной. Рюкзак, полный жизни, всех ее стробоскопических мгновений, всей ее вещности, мнимости, муки, глупости, зла, пустоты, тепла, — весь этот мириадный мусорный космос громоздился за его плечами, шлейфом тянулся, брячал, клацал, пел, влачился. Он шел с ним по обочине, с сожалением проходя мимо автобусных остановок, понимая, что с таким грузом на рейс не пустят. Прицепные грузовики, тряско разбрасывая за собой битый кирпич, бесшумно страшно мчались, обдавая воздушной волной. Рюкзак увеличивал парусность, и Вадю кидало в сторону, как перышко.

Время от времени на обочине попадались горы. Тропинка начинала забирать все круче, и он уже удивлялся тому, как это с таким грузом ему легко удается управляться на крутизне. Как вдруг склон почти упирался в грудь и, ища обход, Вадя забирал ближе к полотну дороги, которая шла не так отвесно, а прорезывала в холме пологое ложе.

Все эти сны заканчивались одним и тем же.

Вадя с кручи спускался к дороге, которая шла теперь рекой, потом разливалась морем, высокий рюкзак вдруг запрокидывал его на кочке, он оказывался в воде и теперь медленно плыл вдоль все выше уходящего в небо обрыва.

Отец невидимо стоял над обрывом и следил за тем, как его сын учится плавать. Вадя очень старался плыть, хотя проще было утонуть. Тяжко давался ему каждый следующий гребок — но вскоре море начинало замерзать, теперь он не плыл, а обламывал все утолщавшийся лед, с трудом прокладывая себе свободный ход. Он хотел, чтобы отец зацепил его за рюкзак, за шиворот, как сумеет, взметнул высоко вверх, поймал, спас.

Но отцу не нравилось, как сын его плавает, и он покидал Вадю.

Он просто уходил с обрыва, махнув рукой, и шагал, огромный, невидимый, по голому полю в серебряный лес. Была поздняя осень, иней, сверкая при шаге, покрывал жухлую траву, стволы, ветки.

Отец с звериной ловкостью взлезал на сосну, на самую верхушку, подвязывал веревку, продевал ноги в петлю — и сбрасывался вниз.

А Вадя так и оставался внизу, вмерзший в белый искрящийся лед, уже вздыбивший горизонт, уже надвинувшийся на берег колючими торосами.

Солнце заходило за лес, медленно пропуская между стволов снопы лучей.

Труп отца чуть поворачивался, загибая, шурша, щекой сшелушивая со ствола прозрачные чешуйки.

Лоснящийся ворон внимательно кружил над полем, низко раскатывался над мерзлой пашней — и вдруг спохватывался и валко, зигзагом кувыркаясь, перелетал к лесу, садился на откинутый подбородок.

Всматривался неподвижно в темнеющий горизонт.

И вдруг один за другим, клевками выкалывал глаза.

XXXVI

— Молвишь ты или нет?

— Да...

— Не пихайся, пусти, пусти.

— Добрый, добрый дяде-енька...

— Побью, Надька!

— Не тронь, ты добрый.

— Чего ты решила, что добрый, глупня малая? Как там эти... елки твои? Кипарисы?

— Да. Море. Кипарисы. Самолет на дороге стоял. У-у-у-у...

— Да не пихайся ты. Ну, чего шебуршишь?..

— Не-е-е тро-онь. Когда ты мне бисер подаришь?

— На что тебе бисер? Рассыпешь все, потеряешь.

— Нет, я шить буду. И пуговицы подари.

— Да лежи ты смирно, кому сказал...

— Я шить буду. Вот куплю подушку, вышивку пущу...

— Я тебе пошью, я тебе такие подушки пошью. Говори! Скажешь?

— Море... Идешь берегом, а ему конца и краю...

— Я тебя отлуплю. Дура.

— Идешь берегом, море поет, рыба лежит. Боа-альшая рыба. Царска така-ая! Воню-юча, страсть. У вас нет такой рыбы.

— А ну говори. Чего горюешь, а?

— Горюю? Как это, Ва-аде-енька?

— А плачешь чего? Чего ревешь-то, а? Ну чего ты?.. Во заревела! Да подумаешь, делов-то — раз-два и купил пуговицы. Бисер — тот, поди, искать надо. А пуговицы — здесь они. Ну-у глупая...

— Вадя, добрый, почему?..

XXXVII

Вадя открыл глаз и зажмурился. Луч крался по виску, трогал ресницы. В полукруге пыльного окна, разъятого на солнечные доли, поднималось утро. Похожее на пароходное колесо, гребное, лопочущее плицами в листве — окно совместилось с послесоньем, выплыло над парадным, покатилось над двором, над сквером, — вернулось потихоньку обратно.

Надя потянулась во сне, залопотала страстно, сердито, замолкла.

Не меняя позы, нащупал сигареты. Дым пыхнул, раскудрявился, пополз, стелясь, остывая кисеей над лестничным провалом.

Пепел упал Наде на ботинок, покатился под шнуровку.

Послюнявил палец, тронул, снял.

Он всегда вглядывался в нее спящую. Когда она бодрствовала, он не хотел так на нее смотреть.

Сейчас задумался: почему мертвые красивее живых? Отчего лица их, больше не искаженные мимикой желаний, страха, радости, равнодушия, гнева, — оказываются умнее, значительней, краше, порой до неузнаваемости. В смерти, что ли, правда?

Нет, он твердо знал, что жизнь — это хоть что-то, — по сравнению с дыркой от бублика.

Может, какой важного движенья сок уходит из щек, мышц лба, подбородка? Или — как море в тишь лучше зыби, так и лицо мертвое лучше отражает внутреннее небо?

Вадя зажмурился, но скоро распахнул с усилием глаза. Он не мог представить Надю мертвой. Вместо нее перед глазами оказывалась не дурочка, а чужая красавица.

Он посмотрел в окно. Попробовал еще подумать.

Зря он на нее ругается. Зря кричит. И напрасно сердится на себя: оттого только кричит еще больше.

Ваде не с чем было сравнить, но ему казалось, что думанье у него должно неплохо получаться. Он связывал это не только с головой, а с ловкостью, какой обладало все его невеликое тело, большие руки, которые он подносил словно на пробу ко лбу, вел к виску. Он не мог выразить это точно — и, стараясь обдумать еще, шевелил губами на пробу, словно бы помогая себе вытянуть на язык прилипшую к ним невесомую ниточку. Думанье для него всегда начиналось с того, что было под рукой — и развивалось созвучием емкости тела и ближайшего пространства, в котором оно находилось. Неким излучением протяженности, позволявшим телу строить свое расширение на области, удаленные настолько, что там, на краю, захватывались обратные токи времени. Вадя считал, что время и пространство только здесь — вокруг рук, глаз, ног — трутся друг о дружку. А если забраться подальше — там они увиливают от пары, пускаясь в околесицу, способную увести хоть в детство, хоть к мертвым.

Утро Вадей неизменно отводилось для роста пространства. Думанье, шевелящееся сверкающим, льющимся пузырем, он рассматривал с уважением, как изысканное удовольствие. Он так это думанье и называл про себя: мечта.

Ему нравилось само слово, но его общепринятая суть улавливалась темно. В детстве много раз смотрел кино о гонщике, выступавшем на мотоцикле «Серебряная мечта». Вот этот мотоцикл и мотался внутри хрустального шара, раздувая его бешеным верчением, как ураганное дыханье стеклодува.

Его удивляла непохожесть того, что он думал, на те слова, которыми он мог бы это передать Наде. Мир думанья вообще представлялся ему потусторонним — тем, который ближе к правде, — и потому он берег его, не расходовал грубым усилием.

Сначала он представлял, чем они займутся сегодня. Или вспоминал детство. Или думал о том, какая Надя бестолковая, как научить ее, как направить.

После победы в гонке мотоциклист разбивался.

Сейчас ему хотелось отлить. Но он знал, что надо потерпеть, потому что если не потерпеть, то все равно два раза бегать. Вдохнул. И выдохнул. Снова закурил.

У него возникло ощущение, что сейчас он подумает еще более приятное, — и постарался не сразу все вспомнить, а пожмуриться на солнечный свет. Солнце наполнило ресницы, разрослось лучистым зайцем, он сморгнул.

Да, сегодня они снова пойдут за стекляшками. Красота.

Третьего дня они наконец напали на то, о чем Вадя мечтал: на клад.

Вадя нащупал в кармане флакон, потер о рукав. Поставил, залюбовался. Грубое, с йодистым отливом стекло просияло. Мутный свет наполнил склянку и рассеял ореол, тронувший дым от сигареты. Флаконы в кладе были разноцветные — белые, синие, зеленые, коричневые, с притертыми оббитыми пробками, с печатками герба, образов, надписями АПТЕКА, PHARMACIE. Это было целое сокровище.

Сызмала Вадя хотел найти клад, представляя его частью потусторонней, скрытной жизни. И не богатства ради ему был он ценен. Вадя считал доступный окружающий мир оплотом неправды. Он был уверен, что правда находится где-то далеко-далеко, что она зарыта, как собака. В силу чего не столько клад, сколько светлое усилие, с которым он искал — заглядывал с лавки на козырьки подъездов, нагибался перед скамейками, заученно проводил рукой под сиденьем троллейбуса, — не что-то ценное, а только малодоступное, невидное общему глазу, пусть бросовое — даже пудреницу, треснутую, выскобленную до жестяного пятнышка, даже детские часики, подобранные в песочнице на бульваре, он рассматривал подолгу, внимательно представляя, как обрадовались бы владельцы находке — тому, что частица правды вернулась к ним. И откладывал в сторону.

Вадя поднаторел в мусорных кладах, в отличие от Нади. Она не умела искать, не было у нее интереса к вещам. Он с удовольствием ворчал, найдя что-нибудь ценное, — это был лишний повод утолить сердитую любовь...

Месяц назад Вадю осенило. Он понял, что клад нужно искать там, где ведутся подземные работы, где ухает свайная «баба», где хлобыстает отбойный молоток, глумится над панелью экскаватор, взлетают лом и лопата, где тарахтит компрессор — и ноги шатко перебираются по мосткам, грохоча железным листом, оскальзываясь, зыбко чуя метры паденья.

Вадя по ходу вспомнил, как один кореш во рву теплотрассы откопал спинку кровати и, свернув «шишечку» со стойки, добыл стопку серебряных рублей. И еще вспомнил одного бича-погорельца из подмосковной деревни Пятикресты у речки Семиславки. Дедушка сказывал, что при Мамае деревня его ославилась семью подвигами пяти богатырей, полегших один за другим на погосте. Так вот, дед говорил: когда водоводчики трубу через огород прокладывали, то вынули кольчугу, шлем и челюсть; археологов позвали. Дедушка иногда ездил к себе в деревню, только ходил поодаль — то на речке посидит, то в лесу на взгорке: все боялся подойти к пепелищу. Там и землянку где-то вырыл, да пропал потом.

Много раз Вадя рассказывал Наде историю про серебряные рубли, додумывал ее, показывал, как не откручивалась «шишечка», как кореш ее оббивал, зажимал, смазывал, отмачивал в керосине, калил в костре, потом вытряхивал, стучал, бил, доставал монеты, застопоренные ржой. И пока описывал, водил ее по бульварам, по задичавшим монастырским подворьям, складам, подвалам, по старинным домам в переулках Петровки, на Дербенях изучал брошенные бараки, в Ленинской слободе они бегали от железнодорожной милиции. Бродили они в поисках мест, где строятся подземные стоянки, подземные переходы, дорожные туннели, прокладываются трубы, вскрываются фундаменты. Приметив, дожидались, когда ночная смена уходила в отбой, часа в три ночи.

В кладоискательстве Наде нравилось, что они ночуют на улице. На улице на них никто не орал, на улице было интереснее. Вадя ставил ее на атанду, а сам перелезал через частокол арматуры, торчавшей из опалубки, сложно спускался в котлован — по приступкам и железным лесенкам, зацепляясь за кабели, витыми пучками струившиеся от компрессора.

Надя незряче осматривалась по сторонам, как велел ей Вадя, но потом забывала и, открыв рот, смотрела, как на отвале грунта он разбивал доской куски, как шарил там и сям. Потом отвлекалась на работу помпы, которая дребезжала, чавкала, отхлебывала глинистую воду из разверстой ямы через драный, дышащий брызгами гофр.

И вот вчера в одном из переулков у Покровского бульвара они обнаружили холм свежей земли, желанный, как стог хлеба: здесь перекопали сквер и начали строительство подземного гаража. По холму уже ползал искатель с фонариком на лбу и с лотком в руках. Брал саперной лопаткой землю, разминал, сыпал, протирал через сетку, интересное откладывал на газету, камушки отшвыривал. Время от времени брался за металлоискатель, зажимал плечом наушник, водил там и сям по склону, морщась от зуммера.

Вадю на холм не пустил.

Молча сильно пихнул его. Вадя слетел, а когда попробовал подойти с другой стороны, мужик кинулся и снова толкнул, подскочил еще и постоял рядом, тяжело дыша, поводя руками у боков, но не тронул.

Вадя упрямо стал в сторонке. Надя подошла к нему.

Завтра землю должны были вывезти. Мужик проворно раскурочивал отвал. Молча. От азарта он сопел, плевался.

Вадя умел стоять насмерть. Он так милостыню просил: неподвижно. Никогда не попрошайничал, а становился на колени у стены, клал шапку, не смел поднять взгляда. Только кивал, когда подавали. Его большие руки свисали как отдельные тела — он их бережно подбирал к себе, укладывал у колен, как клешни. Надя тем временем ходила туда-сюда с целлофановым пакетом, с подсобранными, как на чулке, полями. Набирала она крохи. Одно время они почуяли уловистое место — отель «Мариотт» на Тверской. Здесь постоялец мог, возвращаясь с прогулки, сбросить и доллар, и десять. Легенды ходили о сотне, сорванной Катюхой-сычихой.

С прямым лицом Вадя становился на колени у стены за углом. Место было злачное: то бабки трясли пластмассовыми коробочками с мелочью перед прохожими в дорогих пальто, то солдаты, кучкуясь у лотков с мороженым, посылали гонца-стрелка. Он отходил на квартал, высматривал в толпе донора, садился на хвост, попадал в ногу и, вкрадчиво заговаривая, просил помочь деньгами. Иностранец не соображал, что от него ласково хочет военный, ускорял шаг и, случалось, только чтобы дать понять, что до солдата ему нет дела, черпнув мелочи из кармана, ссыпал ее Ваде в шапку. Солдат тогда спадал с ноги и, возвращаясь, молча пинал Вадю сапогом, оставляя у него на боку, животе или плече еще один подошвенный след.

Большой Трехсвятительский дыбился лесенкой припаркованных машин, подымаясь горой к бульвару, убегая вниз и влево, к реке, где тянулись, пыхая, лохматые гнезда фонарей, текла красными стоп-сигналами набережная и синела над речным простором крылатая громада высотки, похожая на вздетую в небо птицу. Окна домов у Нади в глазах расплывались, дрожали желтыми икряными зеркалами, в которых она силилась разглядеть себя, но они не допускали взгляд, превращаясь в яркие дымящиеся ломти мамалыги, — сытно плыли, утягивая ее за собой, — она сопротивлялась, ей нужно было остаться с Вадей, куда она без него?

Наконец искатель сделал перерыв. Сел на землю, вытянул ноги, как торговка на тюках. Стянул с хлопком резиновые перчатки, закурил.

Надя подошла поближе, потянулась посмотреть — что там на газетах. Руки у мужика дрожали, затягивался жадно, распаренные сырые пальцы освещались затяжкой, как утопленники рядком на траве — фонариком.

— Слышь, а ты там вон глянь, там стекляшек море. Аптека тут что ли была, — крикнул мужик Ваде и махнул рукой назад.

Вадя постоял, затем недоверчиво подошел к яме.

Надя осталась смотреть на искателя.

Мужик спросил:

— Чего смотришь? На, покури.

Надя взяла сигарету, послюнявила, сунула за ухо.

— Иди сюда, чего встала. Вот дура. Сюда иди, бестолочь... — Вадя осекся, замучившись от своей грубости.

Надя подбежала. От испуга у нее дрожало все лицо.

Вадя сидел в яме и жег спички. В глиноземе, как конфеты потерянные в песочнице, как желанный детский «секрет» — с жуком и листиком фольги от кефирной крышки — виднелись цветные стекляшки.

— Ну, ты... это. Ты чего... — решил он как-то смягчиться, но не знал, как ему поступить, и рассердился от своего замешательства, так что замахнулся снизу на Надю: — Дура ты!

Надя стояла завороженная.

— Ну ты чего!.. — бесполезно повторил Вадя, чтобы себя взять в руки. Он задыхался, скованный волной, вдруг пошедшей со спины, схватившей затылок.

КОПЕНГАГЕН

XXXVIII

Королев всю жизнь был жертвой и питомцем мелких и крупных заблуждений, мир вокруг него был искажен сильной линзой воображения. Прозрачная кривизна выписывала невероятную траекторию, увлекавшую напористость Королева в потустороннее русло действительности.

Например, первоклассником он был убежден, что Италия, Испания и Бразилия — разные названия одной и той же страны.

Был уверен, что число детей в браке зависит от страстности супругов.

До двадцати семи лет верил, что у девушек не бывает похмелья.

На третьем курсе три дня верил в то, что Китай напал на СССР. Его разыграли друзья, сообщая во всех подробностях об успехах вторжения Армии КНР. Была жуткая зимняя сессия, не было ни минуты, чтобы проверить. Думал, что перед мобилизацией надо успеть сдать квантовую механику — чтобы потом не возиться.

Почти до восемнадцати лет глубинно связывал половые признаки античных статуй с фиговыми листочками. И потом, когда впервые увидел инжировое дерево, напрямую соотнес его плоды и шершавые листья с вознесенной красотой музейных статуй. Так они там и застряли, в кроне. Весь Давид, изваянный Микеланджело, исполненный литой прозрачности, остался в просвеченных солнцем инжировых листьях.

Но все очевидные его верования были ничто по сравнению с его главным заблуждением: жизнью.

XXXIX

К четвертому курсу стипендия превратилась в пыль. В общаге они питались пшенкой и маслинами, мешок с которыми сосед, любитель спелеологии, привез из Орджоникидзе: месяц отмачивали в поташе, окунали в рассол ветку лавра и сырое яйцо, чтобы всплыло по мере посола.

В академическом институте, к которому он был приписан, — из сотни сотрудников в стране остался десяток. Но только после того, как в третий раз сменили научрука, Королев поддался общему поветрию и решил уехать за границу.

Сдав все тесты, пять раз бросал жребий над списком университетов. Положительный ответ пришел только один: из Дании.

Летнее время до отбытия коротал разнообразно. Ездил в Крым с другом-спелеологом, лазил по узким, как чулки, пещерам: выдыхая, чтоб протиснуться, пуская слюну, чтобы сориентироваться относительно вертикали. (Тогда никакой клаустрофобии у Королева не наблюдалось.) Шатался по Москве. Водил девушек в Дом художника, в только что открывшийся «Макдональдс». Решил включиться в кооперацию. На это его подвигла влюбленность в девушку Наташу, которую он называл сестрой. Она была красавицей-гречанкой, умной и нервной. Королев горячо дружил с ней. Наташа жила одиноко в Кунцево и отвечала ему сестринской взаимностью. Отношения их напоминали атмосферное явление: страстно-медлительное содружество двух родственных удаленных стихий — облаков и водоема.

Наташа звала его братом. У них была общая проблема. Наташу мучил друг Королева — Боря, который с ней его и познакомил. Борю она тоже любила, причем не как брата. Королев помогал ей улаживать последствия бурных ссор. В квартире Наташи повсеместно обитали белоснежные мыши и рыжая крыса, которых Королев неустанно боялся. Денег у Наташи не было. По этой причине он и вознамерился торговать лосинами, которые в ту пору вошли в женскую моду.

Для открытия торговли нужно было добыть денег. Триста долларов под высокий процент он занял у гопников, залетно терщихся в общаге. В те времена город Долгопрудный искрился и темнил криминальной атмосферой. На младших курсах Королев не раз выскакивал вместе со всеми на улицу — по призыву, разлетавшемуся на этажах: «Долгопа наших бьет!». Несколько сотен студентов проносились по городу, метела эспандерами, прыгалками, нунчаками всю местную шантрапу, без разбору. Но в смутное время отпор ослаб, прекратился. Шпана теперь работала и в милиции. Королев отлично помнил, как на первом курсе гопники зарезали студента-старшекурсника (тот, кто убил, проиграл убийство в карты, в электричке). Зарезали у гаражей, на тропинке, по которой студенты всегда возвращались со станции.

Королев закупил лосины, целый мешок, продать их не сумел и попал на счетчик. Дважды его привязывали к стулу и били. Иногда он падал вместе со стулом. Бил его незлобный, но непроницаемый молотобоец Паша — кулаком, затянутым эластичным бинтом. Двое других сидели хмуро на койках, цыкали под ноги и дружелюбно объясняли ему ситуацию, в которую он попал.

Пока его били, Королеву мерещился взвод гренадеров, шагающий по Ленинскому проспекту мимо взлетающего памятника Гагарину. Он осыпал их с тротуара лосинами, выбрасывая пачки вверх, как конфетти, над строем. Ему кричали «Урраа!» — и Пашин кулак уже бесчувственно разламывал череп.

Королев сознавал свою вину и терпел. Денег достать ему было неоткуда. Одна вещь его волновала всерьез — что голова повредится и он не сможет заниматься наукой. Скоро ему объявили край.

Тогда заплывший синяком Королев сумел отключить на третьем этаже Главного корпуса сигнализацию. На этом этаже размещался ректорат. Семьдесят метров ковровой дорожки были скатаны ночью и выброшены в окно. Внизу Паша рухнул под свитком, чуть его не раздавило.

Долг был погашен, и Наташа с облегчением проводила «брата» в Шереметьево.

Через два года Королев обнаружил себя в шлюпке у северо-восточного окончания набережной Копенгагена. Охапка тюльпанов пылала на корме. Стальное море тянулось в небо, горизонт кружился заводскими трубами, мышиный эсминец выходил на рейд, над ним вертелся локатор. Отчаянно загребая веслами воздух, Королев кружил перед скалой со статуей Русалочки. Неупорядоченно табаня, он попытался пришвартоваться. Попробовал еще раз, окунулся по плечо в ледяную воду. Умылся, перевел дух и снова занялся швартовкой. Наконец бросил весла, зашвырнул скульптуре в ноги цветы, достал из-под скамейки спортивную сумку — и охапками взметнулись вверх скользкие стопки целлофановых упаковок с отменными польскими лосинами...

Королев откинулся навзничь. Низкое рыхлое небо поползло над ним, как тафта на крышке гроба.

Вечером следующего дня он радостно шел по берегу Клязьминского водохранилища, пешим ходом покрывая обратную дорогу из Шереметьевского аэропорта в Долгопрудный. Огромные лопухи, шатры и колоннады зарослей медвежьей дудки скрывали его рост. Быстроногим лилипутом он входил в травяные дебри, будто съеживаясь перед накатывающим валом будущей пустоты.

XL

Пока он был в Дании, Наташа с Борей поженились и отбыли в Калифорнию.

Королев сменил кафедру, засел за диссертацию.

Но через месяц остыл и погрузился в дрему. Жил он уже не в Долгопрудном, а в аспирантском общежитии — небольшом флигеле на территории академического института, занимавшего простор древней московской усадьбы. Дворцовый английский парк с прудом и Эрмитажем скрашивали и усугубляли меланхолию Королева.

День напролет он бродил по дорожкам прекрасно расчерченного парка. Сначала обдумывал диссертацию, потом просто чутко блуждал, внимая сложной топологии паркового пространства. Внимательно наматывал на себя кокон траекторий своих прогулок, линий выверенности ландшафта: предоставлял глазу предаться партитуре элементов паркового ансамбля — искусной последовательности, с какой открывались перспективе пилонные ворота, лучевые клумбы, мостки, беседки, павильоны, церковка, Конный двор, Чайный домик, полянки, холмики, дорожки, аллеи.

Он садился на берег пруда, курил, скармливал булку двум чахлым лебедям и селезню. Бешеный селезень, яркий, как обложка журнала, наскакивал, поднимая бурную воду, хлопотал, щипался, мотал шеей как помелом, ряпая вокруг хлебную тюрю. Лебеди, похожие на худых гусей, отплывали переждать буяна.

В 1945 году по приказу Берии усадьба Голицыных была передана физикам-ядерщикам. Здесь был создан один из центров разработки атомного оружия: началось строительство атомного реактора. Позже Институт стал одним из ведущих в отрасли по фундаментальным исследованиям строения ядра и физики элементарных частиц.

На обширной, почти нетронутой территории, за дворцовым комплексом скрывался линейный ускоритель, давно не действовавший. Он размещался в пустынном корпусе, в зале с чередой иллюминаторов, шедших под потолком по периметру. Вот это храмовое освещение над задичавшими внутренностями «ядерного» ковчега, коленчатыми, величественными, как стылое колебанье звука в органном строе, — как раз и привлекало Королева. Он всходил ареной, взбирался в бельэтаж, садился повыше на стопку опечатанных ящиков, похожих на такие, в каких хранят артиллерийские снаряды, — закуривал, читал, поглядывал по сторонам. Динамичная пауза, полная драматичного беспорядка, занимала его взор. Умный хаос разнообразного хлама в зале ускорителя выглядел панорамой поля битвы. Груды твердого желтого пенопласта, взгорки и холмы брезентовых чехлов, скрывавших экспериментальные установки, клети детекторов, спеленатых в мотки и косички проводов, обставленных стойками с осциллографами и пыльными терминалами, — все это взметывалось и расходилось в конусе кильватерной волны, рассеченной бронированной тубой линейного ускорителя.

Королев сидел, поглядывал на страницу с формулами, осматривал потолочную лепнину, следил, как распускаются кисеи дыма, как стынут вверху на солнечных валах слюдяные плоскости; посматривал за пепельным котом, пересекавшим поле археологического боя, то пропадая, то непредсказуемо появляясь среди сложного ландшафта, а то вдруг взлетая прыжками в гору и съезжая на хвосте с брезента.

XLI

Королев мог часами сидеть над ускорителем. Случалось, он видел не то, что было перед ним. Сама по себе геометрия обзора была ему приятна. И вот почему. Пока он учился в Дании, ему удалось месяц провести в Израиле — на научной летней школе. Это была прекрасная поездка, во время которой он почуял, что если его плоть и сделана из земли, то именно из той, что у него теперь под ногами. Впервые тогда он смог вообразить себя лежащим в земле без того страха, который в детстве у него вызывало это представление.

Прожил он те дни в небольшом домике — црифе. За ним, у мусорных ящиков вертелись худые с огромными ушами кошки — будто спрыгнувшие с египетских горельефов; вначале они сильно его напугали. Несколько каркасных бараков среди эвкалиптового леса стояли вокруг овальной впадины, поросшей травой. Такая же ровная, только круглая яма — элемент английского парка — имелась и здесь, в усадьбе. Она располагалась на вершине взгорка, в виде кратера, вокруг которого стояли несколько скамеек. По всей видимости, обе эти впадины по замыслу должны были быть наполнены водой, но они пустовали. Королев в шутку воображал, что вогнутые эти лужайки — приемники космической энергии. Каждый вечер, спускаясь в центр земляной миски, он навзничь наблюдал стремительный южный закат, не похожий на закаты среднерусской возвышенности. Он понимал, как рассеяние Рэлея на атмосферных взвесях определяет палитру зорь, но знание впервые не взаимодействовало с необыкновенной гаммой немого впечатления.

Сразу полюбил бродить в окрестностях института, попечением которого проходила летняя школа. Гулял в обществе лохматой собаки Лизы, кормившейся у студенческих общаг. Дымчатые холмистые дали открывались перед ним со склона, принимали в себя, отливая в звонкое стекло, душу.

В подножье холма размещалась обрушенная усадьба. На втором этаже он подобрал несколько желтых клочков писем, написанных химическим карандашом по-английски. На обрывке конверта удалось разглядеть штемпель: 1926, London. Он положил листки под куски штукатурки, где лежали, и оглянулся.

Лиза, забравшись на развалины и пропав в косматом протуберанце, кусала зевком солнце.

Взор его парил. Он утопал в световой дымке, стремясь усладой вобрать весь ландшафт, весь — до последней различимой детали. Апельсиновые сады тянулись внизу сизыми кучевыми рощами по обеим сторонам петлистой грунтовой дороги. Закатные солнца в них висели на ветках под густой листвой: срываешь один плод, разламываешь, выжимаешь в подставленные губы, на пробу, утираешься от сока, идешь дальше, от дерева к дереву, выбирая. Лиза, носясь под деревьями, заигрывается со сторожевыми собаками, берет на себя их вниманье. Черные дрозды с желтыми клювами, оглушительно распевая, перелетают, перепрыгивают от куста к кусту в сухой блестящей траве. В ней он однажды наткнулся на огромную, как телевизор, черепаху...

Там, в окрестностях Реховота, на взгорье он мог также несколько часов просидеть на возвышенном месте — перед ландшафтом заката, тектонически вымещавшим его лицо, его сознание. Что думал при этом, он никогда выразить не мог, но ощущения сообщали, что происходило рождение нового стремления, нового движителя. Однажды это совместилось с тем, что во время легкого дождя он увидел над холмами шаровую молнию. Ничуть не удивился — знание физики газового разряда обеспечило его хладнокровие, но в ту же секунду он подумал: «Господи, какая чушь», — и тут же сорвался с места, кинулся вниз по склону, взлетел на другой — и снова в мути неба выхватил взглядом красноватый тихий шар, крупней человеческой головы, который то медлил, то скатывался, то поднимался, словно бы всматриваясь в подробности ландшафта...

Шар он тогда не догнал и не слышал взрыва, но видение это отчетливо воплотило в себе чудовищное, предродовое напряжение сознанья. И сейчас, когда подымался в амфитеатр над ускорителем, он прежде всего старался так — хотя бы геометрически — снова вызвать в себе ту важную силу осознания. Но здесь все было тщетно. Сколько ни пытался, сжигая куски проволоки между конденсаторными полюсами, почти ослепнув, увидеть в вольтовой дуге хоть кусочек той силы — той молнии, чтобы хоть как-то — эхом подражания вызвать ту силу сознания. И во впадине — в сухом пруду — закат не ощущался внутренне, а был лишь пленкой на сетчатке. Только сильная память той невиданной и непонятной тяги, впечатлившая тогда тело где-то в солнечном сплетенье, удерживала его на плаву. И он боялся когда-нибудь ее понять.

XLII

Однажды в углу, под самым потолком Королев заметил неприметный пепельный обвисший колпак, мушиный куколь. Он стал следить за ним. Под вечер неясный предмет начинал шевелиться — и вдруг вспархивал, неистово кружил, маялся, опахивая плоскости лабораторных столов, беспорядочными волнами ощупывая стометровый цилиндр ускорителя, стопки свинцовых плит, обстоявших вокруг камеры с мишенью, по которой когда-то бил пучок частиц.

Сначала Королев и не догадывался, что это там висело — темно-серое пятно, капля, похожая на осиное гнездо. Он просто взялся смотреть на него, покуривая, думая о чем-то, что только потом, несколько дней спустя появлялось перед ним отчетливой скороговоркой — и пропадало задаром. И когда зашевелилось, стронулось, — Королев вскрикнул.

Ради этих неуравновешенных, как у бабочки, порханий, ради мгновенной виртуозности, состоявшей не в стремительности и стройности, а в неправомочной, аляповатой точности, выглядевшей гирляндой совершенного везенья, — Королев стал чуть не каждый день под вечер приходить в машинный зал. Неподвижно выжидал этот момент медленного пробуждения, этот умственный выпад летучего мыша. Сначала оживала слепая мошонка — две морщинистых шишки потихоньку набухали, обтягиваясь кожистым черным глянцем. Затем прорезывались блестки зенок, вдруг дергалось рукастое крыло, внизу приоткрывалась долька сморчковой рожицы нетопыря.

Через час бутон распускался и разом срывался скомканным веером, картой, распахнутым кентавром полушарий, бесновавшимся то задом наперед, то выпадом вбок, на манер стрекозы, с низким хлопающим гулом, который был слышен только потому, что мышь близи изучал Королева, оглядывая путаницей зигзагов, молниеносных наскоков, то заходя с затылка, то целясь, — и, потеряв интерес, вышмыгивался в узкий скол в верхотуре окна, освещенный лучиками трещин: проем этот был настолько узкий, что казалось, будто мышь прошивал закрытое окно...

Отчего он жил здесь один, почему ни разу не порезался при пролете через стекло, — то ли ему было выгодно отшельничать, то ли никто, кроме него, не умел так точно пролетать в щели отрицательной ширины, и где он собирался зимовать?! — все это было неясно, и оттого чувствовалась в нем одушевленность, по крайней мере, одушевленность умысла.

XLIII

Флигель — Молочный дом, где ночевал Королев, к счастью, стоял в отдалении от проходной, у которой слонялась ненавистная ВОХРа. По всей стране стервенели охранные службы, осознавшие, что утрачивают хлеб секретности. Открытое место для них было как пустое. Шинельная институтская охрана минуты по две мусолила пропуска: зыркая, беря на извод, создавая очередь. Даже днем Королев предпочитал перелезть через ограду.

В их общажке не было ни душа, ни горячей воды. Мыться приходилось в умывалке — в тазу, подогревая кипятильником в ведре воду. При сноровке хватало одного ведра для тщательной помывки.

Два его соседа-аспиранта — худой спортивный малый и белобрысый увалень, обретавшийся все время на постели, на которой и ел, и писал, — были взвинченно погружены в тесты по английскому языку и специальности, необходимые для поступления в зарубежные университеты. Оба они бредили отъездом и воспринимали Королева как ничтожного неудачника, пренебрегшего или не справившегося с великолепным шансом. Они ненавидели Королева — и ненависть их была замещеньем боязни: так живые брезгуют мертвым не столько из гигиенических соображений, сколько из-за того, что боятся оказаться на его месте.

Королев понимал это и внутренне соглашался — да, он мертвец.

Он перестал с ними разговаривать.

Соседи перед сном мучили его стрекотом электрической бритвы и дребезгом бардовских песенок, издаваемых диктофоном. Задор этих гитарных дуэтов, простроченных глупыми стишками, однажды поднял Королева над койкой. Диктофон пробил окно.

В начале августа оба соседа один за другим получили приглашение в Университет Южной Калифорнии. Они купили помидоры, две бутылки марочного вина и призвали к застолью Королева. Он понуро сидел вместе с ними, слушал их лепет о предстоящем путешествии, о том, как завтра они пойдут сначала в посольство и сразу после — покупать валюту, что им надо успеть съездить домой — одному в Курск, другому в Сумы — попрощаться с родителями.

Повалившись спать, вскоре они заблевали проход между койками.

Королев спасся тем, что ушел в город: он любил на рассвете пройтись по пустым улицам, пересечь сквер, пойти вдоль слепящих трамвайных путей, над которыми вставало солнце, — вдруг медленным взрывом помещаясь под задним мостом поливальной машины, распустившей радужные мохнатые струи.

XLIV

Королеву нравился усадебный парк, он бескорыстно изучал его, подобно энтомологу, погружающемуся в узорный ландшафт мотылькового крылышка. Из куска толстой фанеры, картонки, рейсшины и проволоки он соорудил полозковое приспособление для съемки местности, — из листов миллиметровки составил альбом видов. Подолгу сидел над ним, штрихуя фасады, расставляя пометки, вытягивая стрелки, прорисовывая лебедей, а вместо селезня — кувшинку с жареной кверху ножками уткой. Составил он и себя на берегу пруда — из гибких веточек и бусинки головы. Но на следующий день стер.

Все эти занятия, связанные с кропотливой мелкой моторикой, ему были нужны для успокоения. Это был подходящий род медитации. Ни о чем особенном он в это время не думал, просто старался нащупать, выстроить внутри некую структуру сознания, которая сама бы продуцировала забвение. Дело это подвигалось трудно, но с верной постепенностью — иногда, правда, обжигая вспышками воспоминаний.

Например, о том, как каждый год в конце мая он натачивал о кварцевую лампу нож, брал две газеты, выходил из общежития, переходил железную дорогу и входил в березовую рощу.

Молодая листва печальными косичками свисала вверху на фоне гаснущего неба. Несколько парочек — студенты располагались там и здесь на опушках. Брезжили костерки. Слышался стеклянный звон: кавалеры поили подруг портвейном и березовым соком, который собирали в литровые банки, прикрученные проволокой под язычком надрезанной бересты.

Соловьи заливались по кустам. Щелкали, прядали, утькали, хлестали, взрывали воздух тугими многогранными объемами. Светлые стволы, прогнувшись в широком охвате, вели вокруг хоровод. Распознав ближайший источник трели, Королев пригибался, стелился. Остроносый комочек, подвижный крылатый карлик, блеснув на ветке глазом, вздувая зоб, закладывая клювик, задумываясь, спохватываясь, взметывая шейкой, выводил череду переливов.

Разглядев, Королев прокрадывался в сторону и ускорял шаг через редеющий лес к озеру. Выкупавшись, пронзив нырком и процарапав кролем топаз ночной воды, не обсохнув, улавливая от кожи тинистый запах, Королев пробирался на зады полей Опытной агрономической станции.

Три стеклянных параллелепипеда пылали в стороне жаром оранжерей. В этих высоких световых дебрях чудилось чириканье тропических птиц, трепетание колибри, шипение и шорох древесных змеек: там росли остролистые ананасы, розы, манго, пальмы. Алхимическая виртуозность помогала селекционерам выращивать химеры растений. Грядовые межи были уставлены шпалерами, увитыми невиданными видами лимонника, мальв, хмеля, гороха, омелы. Королев забирал левее, в темень, крался, покуда ноги не утирались тугим, холодным, лиственным ходом.

И тогда Королев припадал к земле, стелился пластуном. Вверху на отмели лунного света веско раскачивались островерхие бутоны. Листья, стебли поскрипывали, как мачты. Роса блестела ртутью. Вымокнув, он выбирался туда, где повыше и гуще, развертывал в несколько слоёв газеты — и начинал жатву. Он подрезывал на ощупь тюльпаны, ерзая, потягиваясь, распространяясь вокруг на несколько своих ростов. Он берёг хрупающий, покряхтывающий звук, скрадывая нежно в ладонях тугие стебли. И после не мешкал, обжимал ведерную охапку цветов и выкраивался, то пятясь, то прыгая — прочь.

Обычно, запрятав в орешник ворох цветов, он коротал ночь у костерка в роще и ранней электричкой вез букет в Кунцево.

В последний год, перед отъездом, в воинство королевских тюльпанов затесался черный принц. Как собачья пасть, черно-багровая сердцевина открылась из-под газет в пучине алого.

Он закурил, то закусывая фильтр, то расслабляя челюсти для судорожного вдоха.

Она постояла, глядя на цветы. Вынула из строя черный тюльпан, выпустила его в форточку и, обернувшись, глядя прямо близоруко-раскосыми, ставшими еще огромней от слез глазами, распустила поясок, шагнула и, слепя волной нахлынувшей наготы, притянула его голову к груди, дав жаждой соска погасить всхлип затменья.

XLV

Вениамин Лозик был озабочен больше курительной трубкой, чем последним своим аспирантом.

Виделись они два раза в неделю — во втором этаже Эрмитажа, в библиотеке. Вид парка и пруда, в три окна и балкон открывавшийся Королеву с дивана, скрашивал часы беседы.

В кресле, свистя и хрюкая трубкой, обжигая пальцы догоравшими спичками, Лозик раскладывал пасьянс повествования. Обреченное на несходимость, оно носило характер анамнеза неизвестного заболевания. Десять лет назад группа, в которую входил Лозик, провела уникальный эксперимент по измерению массы нейтрино. И до сих пор было неясно, что же им удалось измерить. Прочие участники давно разъехались по мировым научным центрам. Лозик медлил, только поздней осенью собираясь в Швейцарию.

Окутавшись клубами дыма, он вновь и вновь обдумывал вслух результаты эксперимента, его интерпретации. Нейтрино регистрировались в результате обстрела мишени высокоэнергетическим пучком протонов. Ускоряемые протоны поставлялись в синхротрон источником. И мишень, и источник содержали долю «примесей». Вопрос состоял в нечистоте: насколько эти примеси могли повлиять на результаты измерений.

Было приятно смотреть в парк. Только Королев иногда съезжал с кожаной спины дивана и приходилось поерзывать.

Лозик говорил медленно, но упоенно, повисая в сетях внутренних малопонятных перекличек, чувствуя себя в них как в гамаке: лениво и вдумчиво. Его рассуждения время от времени перетекали в посторонние области, но к этому Королев относился с интересом, так как не читал газет и не слушал радио. Обычно это были косные, но азартные суждения о современности. Не раз они переходили то в экскурсы по истории создания Института, по истории усадьбы, то Лозик вспоминал послевоенное детство, округу Старосадского переулка, где вырос...

Высокий кабинет, обставленный книжными шкафами, взмывавшими до потолка, наполненный в большие окна светом, летучей тектоникой ландшафта, горящими в садящемся солнце деревьями, вызывал отчетливую геометрическую тягу. Она подхватывала, кружила, несла поверх парка, пруда — в стародавние помещичьи времена, в село Бояроши, располагавшееся над глубоким оврагом, полным кипенных зарослей благоуханного боярышника...

Здесь, на краю лощины в мае останавливался царский поезд. Владычица любовалась цветеньем, затем обедали в усадьбе Федора Голицына и ехали ужинать на Воробьевы лесистые горы, над раскинутой песней ландшафта, заведенной вокруг столицы свитком реки, — там уже были установлены шатры и куролесили фейерверки. Возвращались за полночь, уже тихо — без гоньбы и иллюминаций. В загородной усадьбе своей Голицын оказывал Елизавете Петровне интимную услугу: именно здесь императрицей был приближен и испробован в деле паж — Иван Шувалов.

Королев однажды ночью проник в Эрмитаж: ему вздумалось с балкона обозреть вид ночного парка. Скоро глаза его вбирали бледные потемки, в которых проступила дубовая лестница, с высокими, как подножка пассажирского вагона, ступеньками, тяжелая дверь, открывшая светлый объем, заблестевшие параллелограммы книжных омутов, кожаную мебель, холмисто лоснившуюся под лунным светом. Парк был полон жидкого серебра, еж пыхтел и шуршал под балконом, палый лист ложился на поверхность пруда; на дорожке показался охранник, но скоро повернул вправо, к дворцу. Королев закурил в кулак...

Ничто так не захватывало его, как простая идея машины времени. В детстве кадры кинохроники представлялись буднями канувших веков, снятыми через скважину в воротах эпохи. Черно-белая пленка, ливень штриховки, рывки и суета повозок и немых крестьян, кланяясь, снимавших шапки у Сухаревой башни, — все это рассматривалось им не как несовершенство тогдашних кинокамер, а как несовершенство машины времени, с помощью которой удалось подглядеть жизнь Сухаревки сто лет назад.

Стремление сквозь время пришлось под стать мизантропии. Королев всегда держал в уме операцию по устранению донных наслоений ландшафта. Его зрение, благодаря настройке, не замечало исторических деформаций. Он шел по Москве — и повсюду для него открывались то деревня, то перелесок, то роща, то овраг, то пахотные земли, болотца, вместо шоссе — распутица многоколейного тракта, отражавшая полосы мокрого неба, снежные облачка, редкий лес...

Королев считал, что люди — движители времени, что они мешают ему. Что это они своей мелочной цивилизованностью пригвождают его к настоящему. Будущего не существовало. Сколько он ни пытался его выстроить, все время наталкивался на нехватку материала. Будущее время должно было состоять не из прошлого, а из выбора прошлого, его осмысления, собранного по точкам созидающего отчуждения. Так пространство состоит не из протяженности, а из выбора окрестностей чувств, его взрывающих творением. Королев задыхался от недостачи будущего. Он не мог его выбрать, он нащупывал впереди пустоту. Так в темноте на плоскости человек натыкается на провал — и ползет вдоль края, временами останавливается, затаив дыхание, дотрагивается кончиками пальцев до невидящих глаз — и по локоть опускает в бездну руку: пальцы остервенело хватают пустоту.

Он догадался наконец, что будущего не существует потому, что человек перестал себя понимать, не справляется с собой. Что он перестал быть производной коллективной междоусобицы. Что его отъяли от пуповины родины. Что он утратил свою модель, теорию себя и теперь обречен маяться вне самопознания, придумывая себе допросные листы: «Кто ты?» — «Где ты?» — «Каков твой интеллект: искусственный, естественный?» — «Как ты предпочитаешь назвать завтра: вчера? пустота?» — «Не пугайся — если ты умрешь, ничего не произойдет».

Пока человек-умерший не был в силах создать человека-нового, пустота будущего отшвыривала его в непрожитое прошлое. И чем дальше, чем меньше вокруг оказывалось людей, тем было покойнее.

Когда-то в детдоме, в младших классах им показывали диафильмы. Один из них рассказывал о мальчике, наказанном тем, что он остался один-одинешенек на свете. Королев обожал представлять себя этим мальчиком, представлять, как идет пустыми улицами, как пронзительное одиночество открывает ему путь не к могуществу, но к самому главному — к воле времени. Сейчас он понимал, что эти соображения заменяли ему обоснование, что Бог не имеет к людям никакого отношения. Но это не умаляло знание этой странной, неопределяемой «воли времени».

Во время прогулок по парку его не раз занимала та же мысль. Он усиленно представлял себя в совершенном одиночестве. День заканчивался, надвигались сумерки, птицы примолкали. Ощущение усугублялось в пасмурную погоду — угрюмость требовалась для убедительности впечатления. И однажды вера пронзила его. Парк замер, что-то сдернулось в толще прозрачности, новое зрение промыло глаза — и гигант в цилиндре, с тростью, с лицом покрытым густой волчьей шерстью, возник в конце аллеи, ровняясь плечом с кронами лип...

И еще однажды его посетили фигуры воображения. Тогда, на балконе, над ночным парком. Он прикурил еще одну сигарету. Просвеченный лунными спицами дым потек в кружевную тень листвы. Поверхность пруда там и тут тронулась кругами: сонные карпы жевали ряску. Как вдруг послышался грудной женский смех, топот босых ног, звон шпоры, пружины скрип и хлопок ладошки по дивану, быстрый вздох — и шепот, скорый, страстный, уносящий плоть его видений в горячие царственные ложесна, охотно зачавшие многие идеи расторопного камер-юнкера — и Университет, и Академию Художеств, и «Оду стеклу»...

XLVI

Долго Королев основывал содержательность своего существования на приверженности научно-естественной осознанности мироздания. Само наличие математики и теоретической физики было для него доказательством незряшности бытия. Человеку он не доверял, но преклонялся перед разумом как перед носителем следа вселенского замысла.

И вот там, перед Лозиком, эта уверенность стала сбоить.

Равнодушие разверзлось перед ним.

Равнодушие это стало самым страшным, что он испытал.

Королев крепко задумался. Он думал так, как сломанная машина, не в силах двинуться дальше, перемалывает саму себя в неподвижности.

Вся его научная жизнь (а никакой другой у него никогда и не было) пронеслась перед ним феерическим скоплением моделей, теорий, разделов, отраслей, отдельных ярких задач. Проблема Лозика — понять, что было «нечистым» в эксперименте: мишень или источник — попала под понесшие шестерни.

Наконец он пробормотал:

— Цель. Или источник.

И ускорил шаг.

Весь день набрасывал петли по парку. Ничего не видел вокруг.

Вечером влетел в машинный зал. Метался понизу, останавливался, снимал с установки брезент, сдергивал, валил ящики, стойки; снова принимался выхаживать.

Наконец понял, где находится, что это такое громоздится вокруг.

Забрался на ускоритель. Постоял, то наклоняясь, то отпадая на пятку. Взмахнул — и ринулся по тубе, взметывая руки, спуртом выдыхая, выжимая еще, еще — и «рыбкой» швырнул себя в гору оборудования, облепившего камеру с мишенью.

Чудом не раскроил череп.

Очнулся поздно утром.

Голова была ясной. При касании болела шишка, на ощупь казавшаяся размером с четверть головы.

Выбираясь наружу, глянул вверх. Мыша нигде не было.

Пошарил глазами. Мышь торчал в окне, в щели, которую всегда прошивал навылет. Он еще слабо трепыхался, не в силах вырвать крыло из ранящего клина.

Королев попал в окно с третьего раза.

Зашиб он мыша или спас — его не интересовало.

XLVII

Плюс все это житье в Боярышевой усадьбе сопровождалось трагикомическими попытками бежать безденежья, угнавшись за пустым рублем. Но, как выяснилось, эта его факультативная работа в Президиуме Академии наук не стоила и гроша: там чиновные проходимцы пытались привлечь его в разворовывание академических фондов, выделенных на проведение научных конференций.

Но само здание Президиума над Андреевским монастырем, над рекой и Нескучным Садом, над Воробьевыми горами, усыпанными искрящимся снежным светом — стоило того, чтобы там бывать. Ошеломительные виды из окон — с разной, порой головокружительной высоты, в зависимости от кабинета посещаемого академика, плюс само здание, баснословное по вычурности и топологической замысловатости: сплошь мрамор и золоченый дюралий, исход имперских времен, апофеоз позитивистской выспренности. Всякий раз Королев с испугом, как в тропические дебри, выходил из комнаты. Даже поход в столовку — не то что на верхние этажи — не гарантировал возвращения. Структура здания была переогромленна, но в то же время невероятно продуманна с какой-то шизоидной выверенностью и потусторонней рационалистичностью, от которой — от противного — у Королева тут же начиналось вертиго и паника.

Вся эта дерзновенная колоссальность неудержимо обрушивалась на него, отчего-то напоминая построения Третьего рейха. Бесчеловечная тщета и горделивая бессмыслица этих железобетонных, стеклянных конструкций и мыслей, уничтожающих человеческое достоинство, заживо хоронили Королева. Все это действовало сочетанием дикого интереса и удушения его тягой: бесконечные переплетающиеся лестницы, отсутствие сквозных сообщений, множество вновь и вновь, с каждым проходом мимо, первооткрываемых элементов архитектуры; прогулочный дворик на приставной крыше, лучи, ведущие к постаментам, на них статуи великих ученых: Ковалевская, Вейерштрасс, Остроградский, Ньютон — в полный рост, как грации вдоль дорожек и скамеек пустующего висячего сквера, над которым носится бес метели, вьюжит, крутит, поливая, уматывая все снежным шлейфом. Летний сад при Большом концертном зале, где обычно выпивали академики, представлял собой аквариум высотой метров тридцать, полный зарослей — пальм, магнолий, олеандра, лимонника, бегонии...

Создавалось впечатление, что академиков моложе ста лет на банкеты не допускали. Зал был полон циолковских с ушными трубками. Они спутывались бородами, опускали лица в блюда с устрицами, официанты распутывали им бороды, раскрывали артрические объятия. Кто-то из старцев танцевал, кто-то пел пьяную польку с профурсетками, поставляемыми массовиками-затейниками, кто-то отдыхал, завалившись в островок с целой рощицей фикусов.

Стеклянная Ротонда на втором этаже, полная хрустальных люстр и кадок под тропическими деревьями, выглядела как некий колумбарий с бюстами мертвых академиков по кругу, в натуральную величину, выполненных с изобразительной точностью — как Иван Грозный, воскрешенный антропологом Герасимовым. Королев боялся туда заходить: жуткое зрелище; он убедился там, в ротонде, что скульптура по сравнению с подражательной копией — это жизнь по сравнению с трупом.

Вдобавок Королев наслышался от сотрудников, что здание якобы построено на монастырском погосте, а подвалы внизу неисчерпаемые, проходящие под рекой в немыслимые катакомбы и бункера, предназначенные спасти имперскую науку от ядерной бомбежки. Он верил этому, всюду видя невероятные вентиляционные и силовые системы, латунные склепы автоматических станций пожаротушения, лифтовые шахты на каждом углу, в которых среди ночной тиши выл и рыдал, бесновался, толкал створки дверей запертый дух-сквозняк. К тому же поражал центр трансатлантической интернет-связи: гофрированные стояки, увитые кабелями, уходящие в двадцатиметровую ребристую высоту трансформаторов, питающих гиперболоиды космических локаторов-антенн, которыми был уставлен периметр крыши и проч. Королеву порой казалось, что он находится в декорациях гигантской космической станции, запущенной в недра преисподней... И по всем этим потокам кабелей и пневмотрасс, уложенных в алюминиевые лотки под потолком, по всему этому, когда открывались вентиляционные заслонки, ночью бегали крысы. Они пищали и взрывались веером искр на оголенных, прогрызенных местах силовой изоляции, которые, видимо, привлекали их поживой — обугленными тушками собратьев.

Половина площадей Академии была роздана фирмачам, внизу заседал перед телевизором отряд вышколенной охраны. Очевидно было постигшее запустение еще недавно новой вещи, ее позднеимперского шика интерьеров. Сами академики большей частью превратились в циников, не-государственников, это точно. Королев видел, что плакала его великая наука. Видел, как еще один костыль был забит в чело его родины. Клоуны продолжали громить великий цирк.

Да, эта мраморная башня с невероятными золочеными кучевыми построениями на крыше производила чрезвычайное впечатление. Вокруг здания был все время какой-то удивительный атмосферный пирог, всегда неспокойный воздух — могучие вихри в колодезных закоулках, а на выходе иногда такой прозрачный бес подхватывал и катил, волочил по гололедице — только держись; в общем, очевидно было, что там — невероятное место.

Вот так еще раз Королева поразила Москва.

XLVIII

Лозик уехал, и Королев теперь сам заполнял и подписывал ведомость, отвозил в аспирантуру. Приходил в библиотеку и, создавая ненужную видимость, с мелком в руке обдумывал ненужные выкладки, которыми покрывал стеклянную доску, матово-еловую, издававшую скрип, будто полозом по снегу, и белый прах ссыпался с округлого следа.

Никто Королева не спрашивал о диссертации, никто не оспаривал осмысленность его пребывания в Институте: эпоха равнодушия и стремительной заброшенности смаргивала все подряд. Так продолжалось почти три года, пока не пришел к власти новый комендант, решивший обследовать Молочный дом, чтоб узнали, какой он тихо-грозный, какие у него роговые очки, вкрадчивый шаг, текучий облик. Королев сомневался, что он вообще человек, настолько неоформленной была его фигура, не имевшая строгих границ, будто перетертая глина вдруг сама восстала в медленное путешествие. Заломив набок словно бы надрезанную шею, он предъявлял себя всей стробоскопической траекторией, напоминая больше скульптурную группу, чем отдельно взятое движенье тела. Его страдальческая набыченность, с которой он вытеснял действительность из своей окрестности, подобно слизняку, закатывающему стекловидным следом живую шелуху, — напоминала движенье бурлаков в связке. Королев шел на попятную, хоть и некуда было ему идти. Но и затравленность в себе еще не мог допустить: зачем сразу в рабство — есть свободный пеший ход. Да, хоть ноги и гудят к концу дня, зато ты свободен, поскольку движение чисто само по себе: томление не обволакивает, не обнимает ни тоска, ни злоба. Хочешь быть чистым и свободным — иди, движение очистит, воздух охолонет. Неважно куда: иди, не останавливайся, не заленивайся. Сволочь-бечева — волочет, бичует, тянет душу, загривок, со стоном подкладываешься под нее, сменяя сторону, перекидываешь на грудь и, погодя версту, снова на плечо, чтоб отдышаться от лямки, стянувшей грудину. Подскочив, наваливаешься в таску — нагнать, перед бичами-товарищами стыдоба погоняет. Вода низкая, песок трет ступни, то гудит-хрустит, то чавкает под пяткой, закатное солнце лижет мокрый висок, берег верстается, унизан рогатыми отмелями, полумесяцами ям, остист косами, перевальем, жерех подле бьет малька, скользит на пузо, — россыпь кипучего серебра полыхнет в глазу, и лобастый мечевым сверком хлобыстнет то плашмя, то дугой.

А бывает, и провалишься по пояс, по грудь — бечева провиснет свободой, — и окунешься с головой, прежде чем настичь рывком с колен певучий строй, позади втягивающий великую баржу небес в излучину. Впереди, с того берега, из-за лесистых гор вытягиваются купола, плес стелет свободней, легче, звон доносит по реке привал, вечерю, варится кулеш над костерком, дым тянется по кромке, дружит с паром: стелясь, пелена постигает теплое масло заката. Август — рыжеглазый благодарь дышит. Дышит тихо, то и дело замирая, боясь сдунуть тлеющие перья облаков в густой предночной лазури. Река замерла гладью, туманится, в ней остывает лицо небес. Ложка скребет дно, край котелка черпает воду, пусть до утра отмокнет, сладкий крепкий чай и сигарета навзничь, в разверстые, скачущие, лающие, бредущие, реющие созвездья, проступающие как сон, смежая веки.

Будучи выдворен комендантом, начав от Кремля, Королев до поздней осени брел вдоль Москвы-реки, ночуя по берегу под мостами, питаясь хлебом и уклейкой, пескарями, чехонью, которых вынимал из верши — складной каркас, сплетенный из ивы, обтянул капроновым чулком. Спал в будках заброшенных паромных переправ, в кабинах разгрузочных кранов, на приборной доске разводных тепловозов; в строительном вагончике однажды попались ему новая колода карт и две промасленные книжки: «Атлас атеиста» и «Остров огненной ящерицы» — о революции на Кубе, которую забрал с собой.

Дни напролет он валялся на песчаных увалах подле земснарядов, сквозь прищур посматривая, как убегает из-под ног вода, обнажая полосу дна, пролитые нити водорослей, пучки осоки, как идет низким гулом баржа — высокая порожняя или низкая груженая — холмами щебня, бегущими стволами леса, как на корме буксира полощется белье, кипит самовар, курит в гамаке человек с газетой, как трехпалубный теплоход пропадает в повороте под аркой моста, по которому, содрогая пролеты видимой дрожью, прокатываются циклопические «БелАЗы». Волна набегает раз за разом все слабее, все легче раскачивается лодка с браконьером: ручной лебедкой поднимается «паук», в оттянутой мотне качается и плещет густой жемчуг. Слепой дождик накрапывает дремой, лениво ставя теплые кляксы на чуткой карте загорелого тела: то щека, то рука, то локоть, то бедро... — и пусто, закат стекает за плечо, вечерняя прохлада подымает искать ночлег, но, раздумав, он раскладывает костерок тут же, на берегу, — и засыпает, укрывшись полиэтиленом, сорванным с разоренной теплицы.

Иногда он развлекался тем, что накапывал бурлацкие могилки. Сначала долго играл в песочек, строя на влажном урезе сложный замок — с мостиком и стенными башнями, по которым рассаживал жужелиц, стреноженных ниткой. Затем, наскучив этим, сламывал все в ком и насыпал могилку, которую выкладывал крест-накрест створками перловиц.

Королев старался не баловать по садам, хотя все время было охота поживиться клубникой, грушовкой. Неизменно держался реки. Идя по берегу, продирался через заросли ежевики, набирая полные горсти, вымазываясь черным ягодным соком. Припадал перед родничками, со дна которых дымились фонтанчики песчинок. Подымался в крапиве к разрушенным церквям, встречавшимся над берегом, интересовался остатками росписи, вглядываясь в череду бледных лоскутов. Копался в мусорных горах кирпичного крошева, штукатурки, пробовал подняться по обрушенной лестнице на хоры. Возле развалин однажды обнаружил каскад заросших прудов, где, опасаясь местных, поставил вершу на карася...

На подступах к Коломне выбрался в Черкизово, купил фруктового кефиру, буханку черного, пообедал на понтонном мосту. Прогулялся по деревне. В церковь заходили старухи, деловито управлялись с костром свечей: сплавляли огарки, тушили, переставляли, соскребывали с латунных тарелочек сталагмиты воска. Зашел и он. Постоял, не зная, куда девать руки с хлебом и пакетом кефира. Ему неясно было, почему в церкви так темно, так тускло льются свечи перед образами. Вдруг толпа расступилась, пропуская священника, размахивавшего кадилом, и он увидел покойника. Лицо его было закрыто черным капюшоном. В стороне стояла крышка гроба. На ней к материи аккуратно были приклеены створки перловиц, составлявших косой андреевский крест.

Королев поспешил уйти из церкви.

У притвора разговаривали две женщины:

— Димитрия болящего отпевают, из Москвы люди приехали, — со значением говорила одна.

— Клав, а кто это — Димитрий? — спросила другая, потуже затягивая косынку.

— Святой был человек, в Песках жил. Сорок лет парализованный лежал. За людей молился, — отвечала ей первая, косясь на Королева.

— А в церковь, парень, с кефиром нельзя. Иди с Богом, — посоветовала она ему.

XLIX

С холодами Королев вернулся в Москву, в Долгопе стакнулся с однокуром, что тот возьмет его потихоньку в сборочный цех — скрутчиком: свинчивать компьютеры, корпуса, детали — тайваньская контрабанда, пятьдесят долларов зарплата.

Так прошла зима. И склад, и сборка осуществлялись на втором этаже автоматической телефонной станции. Спал на стеллажах, за стойками с довоенными коммутаторами, находящимися на музейном хранении. Иногда вынимал штырьковые клеммы проводков в допотопной матерчатой изоляции и долго переставлял по гнездам, составляя наугад номер набора, бормоча: «Алё, барышня? Будьте добры 25-38 АГУ». Переставлял и буркал: «Соединяю». И, подождав, отвечал, чуть бодрее: «У телефона».

Ему нравились захламленный простор нового жилища, бесприкаянность округи, ноябрьская холодрыга и распутица Дегунина, белизна заснеженных пустырей, ступая по которым, превращаешься в точку, маячком выхватывающую впереди гурьбу голубей, взорвавшихся с летка над зеленой скрепкой гаражей; летучие паруса весенних занавесок, панельные дебри бело-голубых высоток, гул и вой электричек, трезвон и щебет детсада, распахнутость окраин, то встающих на дыбы бурьяном, то гонящих в спину к спуску в пасть оврага...

Третий этаж АТС занимала контора телефонных нимф. Нарядные, каждое утро они поднимались по лестнице, озаряя Королева, курившего на площадке с кружкой чая в руке.

Одна из них как-то попросила прикурить — и через неделю он перебрался в Сокольники, на семнадцатый этаж, над парком, где они по выходным выгуливали ее кокер-спаниеля. На обратном пути пес непременно находил глубокую лужу, замирал в ней по уши, и Катя совестила Джонни, грозила, хлестала по земле прутом, прося выйти, и Королев после, пронеся в охапке, мыл в ванной это шелковистое животное, от которого пахло гнилым сыром, но это ничего: в будни пса выгуливала и отстирывала матушка Катерины.

Закончив исторический факультет МГУ, Катя работала англоязычной телефонисткой-диспетчером в бюро, поставлявшем интимные услуги иностранцам. Мама содержалась ею в уверенности, что дочь работает экскурсоводом. Звонки поступали из дорогих отелей. Катя не только снимала заказы, но и при необходимости выезжала как переводчик.

Королев часто оставался с ней на ночные дежурства. Дважды пьяный охранник стрелял в потолок над их головами. Бедовое время захватывало, пьянило, перемалывало всех. Волна шла за волной, к мнимому прогрессу: «челноки» сменялись «лоточниками», бандюганы — ментами, бизнесмены — гебухой. Интимное агентство было семейным бизнесом, им владела супружеская пара: муж — помреж с «Мосфильма», жена — университетский преподаватель. Для повышения качества услуг они регулярно давали объявления о наборе в модельное агентство. На собеседовании проводились фотопробы и разведка по склонности. В обязанности Кати входило выйти покурить на лестничную клетку — осуществить предварительный отбор: во избежание душевных травм и растленья.

Некоторые девочки были с матерями. Она отводила настороженных мамаш в сторону и громким шепотом сообщала, что они привели своих дочерей в бордель. Очередь на какое-то время редела.

Весной они ездили на дачу в Томилино. Перед Пасхой развозили гвоздики на Введенское кладбище, на Армянское. Ему нравилась эта старая московская семья, с долгой несчастливой судьбой, иссеченной войнами и репрессиями, с антресолями, набитыми археологическим достоянием нескольких эпох убогого быта: мотками витых проводов в матерчатой изоляции, коробками, полными семейных дагерротипов, картонных открыток с видами Альп и чистописью на оборотной стороне, где прадед Феликс Бальсон, инженер паровых котлов, сообщал о своем путешествии по Швейцарии и велел кланяться тем и этим.

Дача в Томилино была семейной реликвией из прошлого века. Покосившийся бревенчатый дом оказался полон скрипучих призраков, иногда из пустого кресла-качалки в углу веранды внимавших веселью, кипевшему за столом под низким абажуром. В ветхих платяных шкафах тлели брюссельские кружева, которые нельзя было взять в руки: воротнички свисали подобно большим бабочкам — с них, казалось, сыпалась пыльца праха. Задичавший сад был наполнен просторной таинственностью, кладка дров, затянувшихся мхом, возникала в его дебрях, дощатый нужник имел прозвище — «Иван Иваныч».

Ездили купаться в Люберецкий карьер, утопший в отвалах песка под сосновым лесом, заплывали на островки, целовались в ивняке до исступленья и, обсохнув общей кожей, гнали велики галопом по корням на тропе, и пока собирали на стол, Королев бежал за бутылкой кагора.

Вечером играли в «верю — не верю», гуляли по поселку, бросали камушки соседскому пуделю Флику (неутомимая, вероломная помесь макаки и терьера), топили печку, задвигали вьюшку, мать Кати, наконец, протерев очки, гасила папиросу и шла укладываться в дальней комнате за шкафом с кружевами. В окна веранды наползали звезды — прислушавшись, они стелили на пол два каремата, становились на колени и, срывая одежду, сходились в безмолвной схватке.

Через полгода зарплата Королева утроилась, он купил себе компьютер, занял досуг программированием, но однажды Катя выехала на встречу с клиентом, вместе с девочкой пересела в джип, хлопнуло шампанское, водитель гоготнул и вышел покурить, американец цокал языком, звенел бокалом и шарил по коленкам, напротив, вынырнув из подворотни, заслепили два косматых шара фар, водитель, прикрыв лицо ладонью, отщелкнул бычок, качнулся, поспешно схватился за поясницу, сполз вниз.

Дальше только точки белой крупы затюкали, снежинки зазвездились по боковым и лобовому, лицо американца остановилось, стекло, ослепнув, провалилось и поток белизны накрыл — и смел ее, и вынес прочь из Замоскворечья, Сокольников, из города, из детства — вдаль от мамы, Королева: их лица утонули в белой мгле, которая бешено сгустилась в потемки — и разошлась пустым потоком.

НЕ-МЫ

L

Дальше ничего не было, и очнулся Королев спустя два года в городе Александрове. На заводе, выпускавшем телевизоры, он работал наладчиком конвейерной линии, на которой собирались компьютерные мониторы.

Для компании «Восход» выгоднее было покупать в Сингапуре детали мониторов и собирать их в России. Обычно Королев стоял в цеху на втором ярусе и наблюдал, как лента внизу несла расчерченные параллелограммы плат, как над ними водили руками слепцы с выразительными крупными лицами, в белых халатах, в синих целлофановых шапочках и нарукавниках. Вздев горе́ запавшие бельма, они опускали сырые пальцы в коробочки, проворно наживляли ножки транзисторов в монтажные гнезда, трогали, отжимали, погружали кисти рук в воздух, отправляли платы дальше — по направлению к участку глубокой пайки, где в травочной ванне темно дымилась «царская водка» — и чуть дальше сверкало раскаленное зеркало припоя...

Случалось, к Королеву подходил бригадир сборщиков — Семен Кустодиев и, глядя в пустоту, спрашивал разрешения петь во время работы. Репертуар слепцов ограничивался песнями Гражданской и Отечественной войн. «Катюша», «Щорс», «Темная ночь», «Полем вдоль берега крутого», «Журавли».

Заслышав распевку, Королев старался поскорей уйти из цеха.

Закончилось все тем, что заводскому Обществу слепых были выданы таможенные льготы. Таким образом, оформляя свои и чужие грузы на слепых, «Восход» мог заработать хорошие деньги. Сборкой мониторов руководил хваткий юноша — Петр Наливайко, недоучившийся студент Ленинградского матмеха. Узнав о льготах, он выпучил глаза, расчесал пятерней бородку и, подсчитав в уме годовую прибыль от аферы, яростно воскликнул:

— Да за такие деньги всему «Восходу» можно глаза повыкалывать!

Через два месяца сборочный цех превратился в таможенный терминал, а еще через полгода Наливайко ретировался в Сингапур, спасаясь от уголовного дела, заведенного попеченьем конкурентов на контрабандном поприще. На дорожку он прихватил где-то кредит под залог склада, и скоро в Александров приехали судебные приставы. Вывалившись из пропылившего «пазика», вооруженная команда фантомасов уложила слепых на пол. Как единственного зрячего, следователь взял Королева в оборот. Но тот настолько ушел в себя, в неподвижный взгляд и заиканье, что следователь выругался:

— Подонки, дебила над слепыми поставили матрешки собирать.

Приставы забили автобус мониторами — и провалились.

Слепые, хоть и были распущены по домам с сохранением зарплаты, привычке изменить не смогли. Они приходили утром к цеху и по стенке, оберегаясь от бесшумных юрких каров, пробирались внутрь, усаживались в «красном уголке» за длинный стол.

Слепые не пили чай, остерегаясь пролить, ожечься. Королев выставлял им пряники, сушки, карамель, лимонад. Бригадир Кустодиев исполнял роль концертмейстера. Однажды Королев закрыл глаза и попробовал вполголоса присоседиться к их пению. Через минуту его пробила дрожь.

Королеву казалось, что вокруг слепых зыбила, дышала воронка. Ему трудно было находиться рядом — реальность вокруг них была разрежена. Она запутывалась, заштриховывалась, заплеталась сверхточными движеньями пальцев, разносилась вдребезги по околесице разнобоя слепых взглядов. Он все время проваливался в их слепоту, невольно пускаясь в долгие лесные переходы, полные сумрака, полные то решетчатых, то пупырчатых, колких дебрей. Голова кружилась при выходе в открытое поле, отброшенное негативом, в лабиринт перелесков, в область сна наяву — и, очнувшись, Королев спешил податься прочь, на твердое зрячее место. И так однажды не стал останавливаться на задах за цехом, курить одну за другой в кулак, пинать проржавленную цистерну с надписью «Кислота!», выбивая из нее тягучий «бом-м, бом-м-м-м», — а вышел с территории, дошел до вокзала и сел в электричку — налегке, бросив пожитки на съемной квартире, в которую никогда больше не вернулся.

LI

В Москве он сначала снял квартиру в Бибирево. Не любил эту фатеру — приезжал только переночевать, весь день пробродив по городу. Покупал у метро на завтрак пачку крабовых палочек и майонез, заходил — и заваливался спать.

До него квартиру эту снимал один из сотрудников «Восхода» — ушлый парень, подключившийся к соседскому телефону и наговоривший с Сингапуром и Саратовом тысячу долларов. Вскоре пьяные дружки соседки избили Королева в подъезде, выместив на нем нерастраченный заказ.

На следующий день Королев устроился ночным сторожем в фирму, торговавшую электронными микроскопами. Ночевал он в демонстрационном зале, где стоял настроенный микроскоп. Ночью Королев иногда включал его. В окуляре плыло ослепительное поле микронного образца, по которому рельефной тенью, подобно Скалистым горам, залитым с орбиты солнечным светом, шириной всего в несколько атомов золота шли надписи: «АНГСТРЕМ», «АТОМ», «СЛАВА КПСС», «РАДОСТЬ».

Контора находилась в переулке у Большого театра, и утром он не отказывал себе выйти покурить в портик, на пустой театральный подъезд. Ему нравилась колоннада как таковая, ее возвышенность, устремленность, открытость городскому ландшафту, — он воображал себя стоиком, что будто бы гуляет в Стое, раскланиваясь с воображаемыми философами, оправляя тогу, подходит к кружкам Зенона, Хрисиппа, Клеанфа, слушает, спорит, поддерживает мнения.

Однажды летней ночью он вышел покурить в галерею, не включая свет, припал к открытому окну. Он уже собирался уходить, как вдруг услышал вкрадчивый лязг. Под фонарем приподнялась крышка канализационного люка и из него, не скрываясь, вылезли два человека. В пятне ртутной лампы они устроились играть в карты. Бомжи то переругивались, то шлепали козырями, то чинно спорили, то подходили к стене отлить. Прислушавшись, Королев понял, что ставка в их игре превышает его зарплату.

LII

Место работы Королев менял часто, как будто разгребал кучу хлама, поднимая, выпуская из рук бессмысленные вещи. Самой интересной была работа расклейщиком объявлений.

Держала эту рекламную фирму женщина с недавним академическим прошлым, довольно значительным: была она крупнейшей специалисткой в стране по прочности летательных аппаратов. Расчет первой советской крылатой ракеты составил в свое время ее диплом. Теперь она отпечатывала на ризографе объявления и нанимала для расклейки своих бывших сослуживцев. Королева, не имевшего научной степени, она взяла в виде необходимого исключения из правил. Главным клиентом их конторы была компания «ПиК», торговавшая бетономешалками. С банкой казеинового клея и пачками рекламок, на которых веселый гусь в кепке нажимал крылом кнопки пульта управления смесительным барабаном, он изъездил все Подмосковье. Дачная местность, изобиловавшая строительством, была особой заботой заказчика. Фаустово, Виноградово, Конобеево, Конев бор, Звенигород, Тучково, Салтыковка — на станциях он выходил, развешивал объявления на столбах и, поджидая следующую электричку, бродил в окрестностях. В хорошую погоду он пускался в недалекие приключения. Например, решил выяснить, откуда произошло название поселка «Фаустово». Для этого отправился разведать местность. Нашел пруд посреди сырого поля. Вода была синяя от неба. Рыбак один сидел под высоким берегом, швырял песок с овсом в поплавки. Горсти с шумом падали длинными косицами. Рыбак рассказал Королеву о том, что в здешних лесах имеется подземный завод. «Ракетные двигатели собирают. Рабочих везут на автобусах. Они проваливаются в туннель. Завод еще в войну стали строить. Для начала фаустпатрон содрали. Так и станцию назвали».

А самой беспросветной была его работа страховым агентом. Он обошел всю Москву, предлагая организациям подписку на страховочные сертификаты. От него требовалось нацелиться на производственные помещения. Никто не хотел страховаться, всем было наплевать: будущего не существовало. Зато где только он не побывал. Москва оказалась полна неведомых промзон, грузовых терминалов, складов, товарных станций, машиностроительных заводов — казалось, не было в ней места жизни. «В центре Кремль расползается пустотой, разъедая жизнь; окраины полнятся лакунами пустырей, заставленных металлоломом производства; где осесть жизни?» — думал Королев, обходя разливанные апрельские лужи, пробираясь страшными задворками завода Михельсона. Это был пустой и бестолковый, огромный завод — с дремучими корпусами, в которых скрипучие двери вертелись на блоках, приоткрывая пошедший винтом, захламленный коридор, прокуренную мастерскую, заставленную до потолка стеллажами, вздетыми на попа станками, стойками с электромоторами, испытательными стендами, верстачком, за которым едва было можно разглядеть пучеглазого мастера в сильных очках и выцветшем халате, с тремя прядями, протянутыми через трудовой череп, — с беломориной в зубах и паяльником в руке; на стене висела воронка пожарного ведра, полная окурков, и календарь 1982 года с пляжной японкой.

— Здравствуйте! Застраховаться не хотите? От пожара, от смерти?

Дрогнули, поплыли захватанные стекла очков. Мастер испугался, не ответил. Королев не очень-то и хотел, чтобы тот отвечал. Он с удовольствием вдохнул горячий запах канифоли.

— Извините. Не подскажете, где на территории произошло покушение на Ленина?

Мастер поднял глаза от пайки:

— Где памятник — видел? Там, — и он махнул паяльником в сторону стены.

Королев долго еще бродил по заводу, оглядывая, заходя в дырявые, выпотрошенные ангары, на ветру звенящие, оживающие в верхотуре висячими частями, — обходя всякую не опознаваемую рухлядь, вертикальные цистерны с красными черепушками и костями, пока не вышел к парадной площадке, с обелиском и доской почета. Здесь он, воздев руку над огнем зажигалки, поклялся себе больше никогда не быть страховым агентом.

LIII

Все трудоустройства Королева были так или иначе обусловлены его студенческими знакомствами. Где он только ни работал. Самое бешеное время с ним приключилось, когда, поддавшись уговорам институтского приятеля, он переехал в Питер.

Рустам был родом из Оренбуржья. Его опекала младшая сестра, вышедшая замуж за нувориша. Королев жил с другом в полуподвале на Большой Конюшенной, где они собирались устроить репетиторский класс, сезонно готовить школьников к поступлению в вузы, а полгода посвящать путешествиям: на Алтай, в Монголию, мечтали проделать путь Стеньки Разина — с Нижней Волги в Персию... Для этого сначала неделю заливали бетоном земляные полы, обдирали, прочитывая, со стен газеты 1889 года, затем пилили и строгали стеллажи, столы, топчаны, плели из проволоки ограждение перед окнами, чтобы забредшие в подворотную глухомань люди не мочились им под форточку. Июньской белой ночью выходили на улицу. Их двор был одним из многочисленных дворов-матрешек в округе. В проходе к Дворцовой площади худенькая девушка играла на гитаре Баха... Затем лето, питерское лето понеслось глупым счастьем. Питер предстал перед Королевым совершенно потусторонним прекрасным миром. До обеда они готовили школьников в вузы, в пух и прах разрешивая сборники вступительных задач, а после мчались в Петергоф, Царское Село, Гатчину. Королев мог часами бродить по Царскосельскому парку, заглядываясь на галерею Камерона. Ему вообще нравилось все, что напоминало портик: он обожал одновременность покрова и открытости всему ландшафту. Даже новые бензозаправки вдохновляли его на античные ассоциации. Родись он в Питере, думал Королев, этот город совсем по-другому бы его слепил, выпестовал — одним только пространством...

А потом началась промозглая осень — посыпались искрометные знакомства с китайцами-ушуистами, поклонниками стиля шаолинь-цюань: один из них вытекал из смирительной рубашки, а у другого было удивительное рукопожатие — ладонь его выливалась из руки, как подсолнечное масло. От китайцев они перешли к кружку самураев, — то по ночам ковавших мечи в металлопрокатном цеху Путиловского завода, то под дождем рубивших бурьян вокруг дворцовых развалин в Стрельне; а от них к гейше-любительнице, учившей Королева сочинять растительные стихи — икебана. Гейшу звали Татьяна-сан, была она средних лет и при всей непривлекательной нескладности источала такой тонкий аромат, что Королев в ее обществе терялся, задыхаясь от неясного жара, вдруг раскрывавшегося пылающим сухоцветом в солнечном сплетенье. Потом была девушка Оксана, год назад спасшаяся от рака йогой, голоданием. Королев гулял с ней вдоль каналов, следил, как фасады перетекают в дрожащие зигзаги кильватерной ряби, разбегавшейся от прогулочных баркасов, вникал в подробности ее титанической борьбы за жизнь. Оксана любила шить, он приходил к ней послушать стрекот челнока, последить, как ловко, будто печатью, ложатся на шов стежки. Содрогаясь от легкости, он брал ее на руки, нес на диван, тушил бра, и она жалась, стесняясь телесной своей ничтожности, а Королев наполнялся жестокой, любопытной жалостью, с какой он снимал с нее кофточку, пузырящиеся брюки, выпрастывал спичечное тело, вдруг начинавшее биться, складываясь в его ладонях со стыдливой, прерывистой горячностью, и все смотрел на ниоткуда взявшийся скелетик, словно бы недоумевая, и вдруг, как внезапные слезы, пробивало его неистовство, он словно бы попирал саму смерть, зверея над ней, над этой худышкой...

Потом были унылые девки с улицы Жени Егоровой, как на школьной линейке, гулявшие вдоль обочины: осовелые, бесчувственные, желающие только срубить на дозу. Везли их на такси через весь город, и наконец Королеву опостылело: однажды он весь сеанс просидел с такой подружкой в кухне, в то время как вторую в спальне Рустам гонял ремнем за нерадивость.

«Не убьет?» — спрашивала у Королева девочка, откусывая пирожное.

А потом они с Рустамом уехали в Оренбург закупаться пуховыми платками, войлоком и валенками — для открытия торговли на базаре. Но прежде заехали в деревню Рустама. От станции тряслись на телеге, упряженной мохнатым тяжеловозом, оглядывавшимся на Королева, как на знакомого. Возница тоже оглядывался — ревниво — и понукал, подстегивал

Гришку — так звали дряхлого, засыпавшего на ходу мерина.

Затем они окунулись в простой и важный мир, в котором жили дымящиеся стога запорошенного снегом сена, коровы, овцы, хлопотливые гуси, лошади — и ноябрьский буран в степи, разверзшийся из тучки-кулачка — как из раскрытой в очи жмени — ураганом колючих хлестких бесов. Теплая широкая печь, по которой так приятно было кататься поверх стеганого одеяла, сытная пища, дневной сон, тишина. Такая тишина, что закладывало уши — и специально самому себе приходилось подать голос: кашлянуть или мыкнуть — чтоб очнуться слухом. В этой татарской патриархальной деревне жители редко говорили по-русски. Но если говорили, язык их звучал необычайно чисто, парадно.

Вскоре Королев порожняком вернулся один в Москву: родители оставили Рустама, чтобы женить.

LIV

По большей части потому Королев не мог жить, что не способен был наслаждаться простыми сущностями. Он и сложной и радостной жизнью наслаждался не вполне, поскольку всегда принимал изобилие за предвестие недостачи.

Не любя себя, он не то чтобы не роскошествовал терпеть других, но чувства его всякий раз оказывались опосредованы: ревнивое тело одиночества всегда вмешивалось третьей частью в его связи с человеком. С женщинами его отношения строились по принципу карточного домика. Из-под их руин выбираться было просто, но такая тоска охватывала Королева снаружи, так ему было там просторно, будто отплыл он без привязи от космической станции. Постепенно он перестал испытывать себя и перевел эту часть жизни в область практическую. Но и в такой конструкции темперамент Королева проделал брешь, размером превосходящую бытие. И вот уже год Королев жил один. И даже думать о женщинах себе запретил...

Его общение с однокурсниками по причине всеобщего их отъезда за границу постепенно сошло на нет. Кто остался, тот мыкался там и тут, каждый на свой — необузданный или ничтожный — манер. Двое из однокурсников попали в следственный изолятор за экономические махинации, — и сидели там, пока родственники собирали деньги для откупа. Одного — Лешу Шварева, комсомольского вожака из Свердловска — застрелили. Барсуков и Данилов, сидевшие в Бутырке, временами звонили ему из камеры и шепотом просили привезти то продукты, то телевизор. Королев возил передачи, покупал на Митинском рынке портативный телевизор, электрическую бритву, десяток кипятильников... Один вышел через год. Другой — через полтора. И оба пропали.

Оставалась еще у него до поры компания из трех человек, для приобщенья к новому государственному строю поступивших в Школу международной экономики, — время от времени он наезжал к ним в общагу, где-то на «Октябрьской». Поездки эти, как правило, заканчивались игрой в «мафию» — ночь напролет, или — в шахматы, на деньги.

Последний друг, покинувший Королева, был ему особенно близок. Высокий, тонкий, красивый, горячий, чуть сутулый Эдик Симонян был сумасшедшим, подчас несносным, но неподотчетная симпатия Королева всегда действовала безотказно. Вообще, сумасшедшими его было не удивить: те или иные степени маниакально-депрессивного психоза были так же часты на его факультете, как грипп. Чересполосица циклотомии мотала всех поголовно по пикам эйфории и провалам беспричинного горя. Умственное переутомление, взвинченное бурей гормонов, многих подталкивало к краю безумия. Зимой третьего курса, в самую тяжелую сессию на Физтехе, через психдиспансер Яхромы в академический отпуск отправилась четвертая часть всех его однокурсников.

Королев всегда следил за психиатрической гигиеной. Лучшим заземлением для него была физическая нагрузка: волейбол, баскетбол, футбол по колено в снегу, до упаду, каникулярные походы, изнурительные и счастливые; девушки, случалось, с благодарностью, как трава росу, принимали в себя его буйство.

Эдик аристократически брезговал совмещать сдачу теоретических минимумов с физкультурой — и к концу четвертого курса заработал смещение сознания в религиозную сторону. Выражалось это сначала в его философии, развиваемой в коридоре общежития факультета общей и прикладной физики (мол, познание суть гордыня, а стремление к вершинам теоретической физики, выстроенное еще со времен Ландау на поляризации — кто умный, а кто дурак, — дерзновение низкой нравственности), и затем — в скитальческом поведении. Аскетически исхудавший, с мученическими кругами под глазами, своими воззваниями неофита он приводил однокурсников в трепет. Однажды унылые соседи прогнали Эдика из комнаты, — и приютил его Королев. Вдумчивой беседой он осадил его воспаленные речи, и когда соседи остыли, водворил на прошлое место.

С этого началось их приятельствование, далеко не сразу развившееся в дружбу. Не виделись они несколько лет, и однажды, когда Королев из ностальгии заехал прогуляться в Долгопу, он встретил Эдика. Жил тот по-прежнему в общаге, преподавал на кафедре теоретической физики. Они обрадовались друг другу и остаток дня проходили по Москве. С тех пор часто гуляли вместе — и сдружились не на шутку. Эдик говорил тихо, с глубинным горением, — и Королев слушал теперь бережно, осторожно подхватывал, но все-таки одновременно думал свою отдельную трудную мысль. Эдик рассказал ему, как одну зиму прожил в Ереване, у брата, сколько там было горя, униженья, нищеты. Как было холодно, как они воровали из заброшенных квартир мебель — на дрова, как налаживали «буржуйку», как брат однажды кинулся на него с топором — потому что Эдик замучил его разговорами о покаянии...

Однажды, разговаривая, они дошли от Воробьевых гор до Водников и на закате купались в Клязьминском водохранилище. Обсохнув, Эдик достал из рюкзака буханку, вяленого леща с лопату и персиковый сок. Королев навсегда запомнил наслаждение, с которым — после такого восхождения духом — он сыпал серебряной шелухой, срывал с хребта полоски просвечивающего от жира мяса, протягивал другу, как разломил пополам буханку, — и как, насытившись, они легли, глядя в бледное небо, высоко рассекаемое виражами стрижей, и закурили... И как потом пешком шли в Шереметьево-2, как высился за обочиной строй медвежьей дудки, как вышли они к посадочному коридору, означенному красно-полосатыми мачтами, батареями прожекторов, — и долго высматривали в рассветном небе серебряный крестик самолета, полого дымившего с посадочного склона над полями и лесом вдали, над широкой просекой на подлете, как, бесшумно нарастая тушей, шевелясь, подкручивая подкрылки, пропадал громадой за бетонным забором, как дико взвывали на реверсе двигатели... И как завтракали по институтской памяти в рабочей столовке аэропорта, на четвертом этаже (подняться на бесшумном лифте), где однажды Королев познакомился с группой шведов, транзитно дожидавшихся утреннего рейса. Среди них оказался актер, снимавшийся у Тарковского в «Жертвоприношении», — милый вдумчивый человек. Полночи они простояли перед темным панорамным окном, выходившим на взлетное, полное дрожащих огней поле, разговаривая на простом английском о простых вещах, — и на память у Королева остался альбом нефигуративной живописи на шведском языке...

Следующей весной Королев проводил Эдика в недавно возрожденный монастырь под Чеховым — на послушничество. Летом Королев ездил к нему однажды. У ворот монастыря они постояли в неловкости. Королев все хотел его расспросить, но Эдик молчал, уставившись в землю, и время от времени повторял: «Всё хорошо, Лёня. Всё слава Богу». Королев тогда раздосадовался: «Да чего ты заладил», — махнул рукой и пошел к остановке, не оглядываясь. А сев в автобус, увидал, что Эдик все еще стоит у ворот — высокий, смуглый, в рясе, которая очень шла к его стати, — и как, отплывая за стеклом, вдруг поднял глаза и украдкой перекрестил дорогу. Зимой Эдик сообщил письмом, что принял постриг. А в марте он сидел на кухне Королева, в гражданском платье, курил и беззвучно плакал.

Пожив у Королева, Эдик засобирался в Ереван. Да и Королю с ним становилось все трудней и неспокойней. Например, он стыдился в его присутствии приводить домой женщин, возмущавшихся к тому же, что это за чудик живет в кухне, — голой в ванну не проскочить. Наконец насобирал ему денег на билет — и проводил в Домодедово. При прощании Королеву стало явно, что Эдик решается сказать что-то важное, но Королев отступил, махнул рукой и повернулся к выходу...

LV

Как раз Эдик не только привил Королеву любовь к кладбищам, но и указал на практичность этой любви. Гуляя среди надгробий, Королев словно бы примерял себя к земле и тем самым немного успокаивался. Он предпочитал старые кладбища — не столько из-за паркового их убранства, сколько из-за убедительности разброса дат, который он видел на памятниках. К тому же его увлекали эпитафии, в новейшие времена утратившие поэтичность. Краткий набор средств — даты рождения и смерти, фамилия (часто вышедшая из употребления), памятник — или его отсутствие, железный, ржавый или подновленный, крест, проволочные выцветшие цветы, яичная скорлупа, конфетные обертки, изорванные птичьими клювами, тщательно выложенная — или, напротив, раскрошенная плитка; квадратный метр, обнесенный оградкой, или площадь, со скамейкой, клумбой, пьедесталом и никелированным хозяйственным ящиком, гранитные полированные глыбы с полноразмерными портретами непохожих на себя мертвецов; трогательная роскошь могил рано ушедших; отчаянная аккуратность убранства — след каждодневных посещений; совершенная затертость, заброшенность иных могил, которые вот-вот приберут к рукам новые мертвецы; многосемейные, наследные могилы, с чередой надписей многоэтажных захоронений...

Глядя на всю эту унылость, Королев грезил воздушным покоем, кладбищем в воздухе! Столпотворенье знаков, мет, примечательностей — все это действовало на Королева благотворно, сообщая о неудаленности словно бы воздушных городов забвения, полных душевной анестезии и упоительности зрения.

Королев понимал, что воздух — не земля, что свет в ней — это, в лучшем случае, вода; и даже пытался изобрести зрительное капиллярное устройство, каким бы должна была обладать грибница глаза, воспринимающая лучистую воду, — и единственное, что годилось ему на это, было некое растение, пустившее корни зрительного нерва, почему-то фиалка. Он сам не понимал, как так получилось что в его идеальном кладбище все зрячие мертвецы лежали с глазницами, полными букетиков фиалок...

Королев прочитывал кладбище, как стихи. Воображение его полнилось томами поминальных материалов, но еще одна задача занимала его жгуче: та самая мысль о воздушном зрячем кладбище. Он понимал всю нереальность своих соображений, но все равно никак не мог отделаться от зрелища, в котором внутреннее небо было полно похоронных дирижаблей с гондолами, упокоившими тела умерших в крионическом холоде недр стратосферы — в стерильной целости для воскресения.

И вот однажды в Лефортове на старом немецком кладбище с ним приключилось утонченное происшествие. Он уже вдоволь нагулялся по вихрю тенистых аллей, под высоко сомкнутыми кронами лип, по непроходимым баррикадам, сплоченным из оград, канав, тропинок шириной в ступню, — и направился было к выходу, как вдруг на парадной уличке, шедшей вдоль богатых купеческих захоронений, увидел склеп-часовенку. Чугунная дверь, охваченная замковой цепью, была неплотно прикрыта. Сквозь щель он разглядел мраморную статую девушки. Чело ее было освещено тихим днем, проникавшим из купольных бойниц. На надгробии стояла только дата: 20 Februar 1893.

Во дворе мастерской «Жизнь камня», имевшейся при кладбище, валялись повсюду куски гранита, сахарного известняка, стояли ванны, обрюзгшие окаменевшим на стенках раствором, на спущенных шинах покоился компрессор. Кожух крылом был поднят на спицу. Под птичьим его изломом виднелись замасленные ребра, трубчатые внутренности дизеля и рыжие псы, вдоль забора толкавшие миску друг другу носами. Каменные глыбы лежали, изборожденные желобами взрывных шурфов, опутанные шлангами пескоструев и проводами шлифмашин всех видов. Незавершенные памятники блестели сходящей на нет, неоконченной шлифовкой.

Королев подошел к мастеру, курившему у дверей на корточках.

— У меня дело к вам. Нужно снять копию с памятника. Можно гипсовую, — сформулировал Королев.

Мастер, покрытый каменной мукой, непроницаемо, как клоун или мельник, раза два пыхнув, цыкнул сквозь зубы.

— Алебастр. Тысяча за куб. Армированный — две. Срок — две недели. Полировать сам будешь?

— Сам, — кивнул Королев и достал деньги.

Так через неделю он обрел себе подругу. Белоснежная, отлитая по слепку, наполненному каркасными проволочками, склоненная долу, со стекшими в кротость руками и убранной кудрями печальной головкой — она стояла в кухне у окна, с наброшенной тюлевой вуалькой. Смотреть он мог на нее часами — курил, видел свет за окном, как падают в нем листья, как светлые кроны деревьев склоняются над ней. Он ни за что не хотел давать ей имя.

Ничуть он ее не обожествлял — напротив, всегда был готов взять на пробу достоверность своего чувства: покупал ей бижутерию и платья — и наслаждался этим затянутым выбором тряпичного убранства, всей этой ощупью шелков и крепдешина, завистливых укромных взглядов, мечтательных советов продавщиц, — набрасывал шаль, повязывал косынку, цеплял очки, менял ей парики, рядил в сарафан и лыжную шапочку. Он покупал ей цветы, укладывал в руки. Готовил завтрак для двоих и, покончив со своей порцией, чуть ждал — хватал и доедал быстро, украдкой. Однажды купил колечко с жемчужиной, фату в «Гименее» и лилию. Надел ей и, севши напротив, выпил бутылку шампанского. Что-то бормотал над краем бокала, смотрел в окно неотрывно, кивал своему опьяненью. Стемнело. Не зажигая света, откупорил бутылку коньяка, хлебнул. Подождал и, осторожно дотянувшись, дрожащими пальцами приподнял вуаль. Свет дворовых фонарей тронул тени, лицо мертвой девушки обратилось к нему. Он прянул, зашатался, повалил стул и кинулся в спальню, где упал без чувств.

LVI

Семь лет потребовалось Королеву, чтобы найти работу, относительной покладистостью удержавшую его в равновесии. Была она сплошной морокой, но все-таки формировала призрак если не роста, то стабильности. Призрак этот через два года оказался морковкой перед ослом, но, так и не растаяв, питал пустую надежду, по крайней мере, согревавшую постоянством.

Работа эта отыскалась через институтского знакомого, оказавшего услугу по принципу: «На тебе, боже, что нам не гоже». Приятель сам отмахнулся от этой бодяги, сосватав Королева человеку по фамилии Гиттис. Это был толстый невысокий человек, с острой бородкой и в очках, основательный в манерах, с виду немногословный. Но вскоре он разговорился навсегда, безостановочно говоря о себе или давая указания по жизни и делу.

А дело состояло вот в чем. В Западной Сибири, на песках над вечной мерзлотой, среди болотистых озер и редких черных сосен был построен Январьск — город нефтяников. Ханты эту местность называли: «кок-кок-галым». В переводе прозвание означало: «место, где гибнут мужчины». Город находился на содержании у нефтяной компании, главой которой был бывший начальник бакинского нефтегазодобывающего управления. В прошлом метролог, начинавший с кооператива по установке контрольно-измерительной аппаратуры, Гиттис жаждой наживы и занудством, которые он принимал за трудолюбие и чувство собственного достоинства, отвоевал себе щелочку в тамошней потребительской нише. Куда и стал поставлять из Москвы все подряд: от горшечных растений до компьютерной техники и пива.

Почти всей координацией торгового потока руководил Королев, имея в подчинении одного ленивого, как пожарник, водителя. За мизерные для Москвы деньги Гиттису были обеспечены: склад, офис, представительские, координаторские, юридические и прочие срочные функции. Все это было взвалено на Королева, который из неопытного простодушия долго не понимал настоящей цены своему труду. А когда понял, было поздно.

Гиттис читал только две книги: компендиум афоризмов и томик в мягкой обложке под названием «Путь к богатству, или Опыт дурака». Их содержание со слов начальника Королев знал наизусть. Знал он также и все раскладки по гороскопическим типам характеров. Знал о львином величии Гиттиса — и все знал про себя, «беспокойного Стрельца с сильным суицидальным влиянием Скорпиона». Выпив, начальник любил мечтательно процитировать строчки Константина Симонова, всегда одни и те же, от чего Королеву становилось больно. В автомобиле развалившийся Гиттис мешал переключать передачи. Он или храпел, или делал пассы руками, шумно вдыхал, выдыхал, выполняя какую-то особенную экстрасенсорную зарядку. Или угрюмо молчал, вперив набыченный взгляд в бампер впереди ползущего автомобиля: так он «рассасывал» усилием воли автомобильные пробки. Разговорившись, всегда важно подводил разговор к тому, что он «верит в свою звезду». Гиттис любил подчеркнуть благородную деловитость в отношениях с людьми, но не стеснялся их надувать, как не стеснялся посмеиваться над Королевым, приговаривая, что ему импонирует его наивность.

— Эх, профессор! — крякал Гиттис. — Пропадешь ни за грош, помянешь мое слово.

Гиттис мог выпить море. И был в нем непотопляем.

Когда Гиттис садился в автомобиль, Королев внутренне сжимался, потому что мотор еле тянул эту тушу, на колдобинах пробивались стойки, и сам он чувствовал себя рикшей.

Тактикой Гиттиса было объять, завлечь, обязать и поглотить. Наезжая в Москву, он водил Королева в рестораны, поил, кормил и приближал. Потом несколько раз, как бы между прочим, предлагал одолжить крупные суммы. Королев понимал, что нельзя дружить и тем более брать взаймы у человека со смекалкой ростовщика, жаждущего власти и богатства — и не брал, и не пил, украдкой проливая водку за шиворот, или с края стола на брюки. А придя домой, стаскивал мокрую рубашку и джинсы, шалея от сладковатого духа. Но на третий год Гиттис предложил ему беспроцентный кредит для покупки квартиры, с одним только требованием — вписать его совладельцем. А когда Королев выплатит все деньги, то он откажется от своей части. И тут Королев устоять не смог. Он был измучен бездомностью, необходимостью из года в год дарить деньги за жилье чужому дяде. При мысли о том, что так он проведет всю свою жизнь, ему хотелось поскорее одряхлеть. Или повеситься.

Он не думал долго, взял у Гиттиса кредит, оформил сделку — и зарплата его сократилась вчетверо.

Так он окончательно попал в рабство к бывшему метрологу, любившему мифически рассуждать о нескольких нефтяных олигархах, с которыми на заре карьеры или еще в институте имел дело, — пил, ходил по девкам, заседал в одном комитете комсомолии.

Семья Гиттиса — жена и две дочки — несколько лет уже жили в Москве. Королев часто им помогал по обустройству жилья, поездкам и т. д. Жена, пользуясь знакомством с секретаршей одного из нефтяных «генералов», стала успешно спекулировать поставками в Январьск всякой всячины. Рентабельность этих сделок была огромная: идущие под «откат» счета в нефтяном офисе подписывали не глядя. Так что эта скандальная заполошная женщина со временем составила главную конкуренцию конторе мужа, чем порой доводила его до бешенства. Она не боялась, что Гиттис ее бросит, поскольку привезла из Уфы престарелую свекровь, разбитую инсультом, — и держала ее в заложниках. Иногда Гиттис был вынужден поручать Королеву отрабатывать и поставки жены тоже. Набожная, крестясь на все попутные церкви, сопровождая речь свою благолепными выражениями, она не то изливала Королеву душу, не то агитировала. Говорила, что все делает ради семьи, что ремонт квартиры и обученье дочерей целиком на ней, что Гиттис заблудший человек, что он поплатится. Королев слушал ее, стиснув зубы, не понимая, что она имеет в виду. Гиттиса она называла клоуном — «этот клоун». Она просила Королева повлиять на него. Заезжая к ней, Королев слушал ее болтовню, упрямо разглядывал сусальный иконостас, размером со стенгазету, стоявший в углу кухни, и думал о пустоте. О ее величии.

Однажды после разговора с этой женщиной Королев он вдруг задумался об иных формах жизни. Если есть где-то инопланетяне, наверняка у них нет психики. Иначе такое удвоение бессмыслицы находилось бы в противлении замыслу бога. Таким образом, заключил Королев у ангелов нет нервов и рассужденья. Почти как у птиц. «Среди птиц прячутся некоторые ангелы. Исходя из подобия» — почему-то так в конце подумалось Королеву — и он застыл, пораженный такой абсурдной, но что-то скрывающей за собой мыслью...

Наконец Гиттис бросил семью, снял квартиру и стал знакомиться по объявлениям с девушками, желавшими «нежной дружбы с состоятельными мужчинами, способными протянуть крепкую руку помощи». Об их любви к себе он регулярно рассказывал Королеву. Девушки менялись часто — это можно было определить по тому, как Гиттис вдруг мрачно молчал вместо того чтобы, как раньше, говорить без умолку на романтические темы, о том, как его любят и ценят, и как он учит жизни, как поучает очередную пассию.

А еще Гиттис очень любил ездить на курсы повышения квалификации. Один такой годичный курс назывался «Президент». Это была школа для руководителей, проходившая в Сочи, в одном из прибрежных отелей. Гиттис оттуда всегда прилетал пьяный. В аэропорту его встречал Королев. По дороге в Москву начальник рассказывал о пьянках и гулянках, которые проводились массовиками-затейниками из программы «Президент». О том, с какими серьезными людьми, бизнесменами федерального масштаба ему довелось проходить тренинг, как они превозносили его способности руководителя, как пили с ним на брудершафт и какие теперь у него большие планы на сотрудничество и развитие дела.

В конце одной такой пьянки Гиттис вместе с двумя девушками удалился на пляж, прихватив бутылку шампанского. А несколькими днями ранее он приметил недалеко от берега подводный камень. Какое-то пятно темнело в толще лазурного штиля. Этот смутный объект подспудно захватил его сознание и мучил несколько дней. Но взять где-нибудь маску, пойти еще раз на пляж, заплыть за буйки, разглядеть подробности — он ленился.

Так вот, иногда во время занятий мучительное подводное пятно всплывало перед его глазами то сундуком тусклых драгоценностей, то огневой башней торпедного катера, то головой гиганта, погруженного по шею в грунт, — головой с тихо качающимися водорослями волос. В тот вечер, крепко выпив, Гиттис прихватил с вечеринки двух девушек, которыми угощала своих участников программа «Президент», и отправился на пляж. Спьяну план его был нелеп: засунув в трусы бутылку, доплыть до подводной скалы и, найдя в ней опору, предаться возлияниям. В темноте Гиттис то ли не сумел отыскать камень, то ли глубина над ним слишком была велика, не достать на цыпочках, — и попытался на плаву откупорить бутылку. Вылетевшая пробка попала одной из девушек в глаз. Началась истерика.

— Я чуть не утонул, они стали хвататься за меня, кричать, хвататься, тянуть на дно.

— А что с девушкой, что у нее с глазом? — спросил его Королев.

— Не знаю, — возмущенно ответил Гиттис, — я еле от них отбился.

LVII

Королев был исполнен неподотчетной ненависти. Он мучился ею, понимая греховность этого чувства. Он даже пробовал молиться, как умел, прося смиренья. Не помогало. Ненависть его, словно дар свыше, шла через него потоком горячего света. Ему было горячо в нем и по ночам, в которые ему попеременно снились два революционных сна, все время уточнявшихся, вынимавших из него душу. Первый относился к странному житью на берегу Каспийского моря, вместе с кучкой армян-подпольщиков, хорбнящихся от полиции на прибрежной даче. Апшеронский полуостров, море с веранды сверкает вдали, сад полон смокв и абрикосов, лучистая листва наполняет сферу взгляда, мелкий залив, поросший тростником, выходит к забору. Главарь подпольщиков вдруг получает известие, что англичане, вместе с мусаватистами опрокинувшие Бакинскую коммуну, арестовали комиссаров и теперь везут их на пароходе в Красноводск. Королеву поручается срочно погрузиться в ялик и плыть на опережение через весь Каспий, чтобы успеть организовать на том берегу революционные массы туркменских кочевников — и отбить у англичан наших героев... Королев налаживает паруса. Ему страшно. Товарищи толкают лодку по мелководью. Главарь — тихий и твердый седой человек в золотом пенсне, — чтобы напоследок успокоить Королева, протягивает ему книгу, ведет пальцем по оглавлению и говорит:

— Не бойся, все будет хорошо. В двадцать второй главе тебя выпустят из плена, — и он отчеркивает ногтем строчку.

— А комиссары? — спрашивал его Королев.

— Их расстреляют. Но это ничего не значит. Ты обязан их спасти. Плыви! — И каждый раз за жестом главаря Королев тянулся вдаль, распутывал тихим ходом зигзаги залива — полные паруса при совершенном штиле давали уверенную тягу, и каждый раз он замирал при виде выхода в открытое море, свободно гулявшего на просторе набегом качки, разверстых меж пенистых волн могил, — и сон обрывался на бесконечном ужасе: над то вздымающейся, то падающей в дымящуюся брызгами пропасть лодкой, на том, и руль каменеет и заламывает руку, и хлопает парус, и рангоут бьет его по темечку на перемене галса...

А второй сон ненависти был еще мучительней. Королев в нем оказывался мичманом на броненосце, стоявшем у берега под яростным солнцем на стрельбах. Раз в час грохал пушечный залп, от которого глохла вся команда, — и с противного борта отрывался набег волны, набранной инерцией отката. Королев был на этом броненосце одним из активистов революционного подполья. Вместе с товарищами они задумывали бунт, в результате которого броненосец должен был превратиться в летающий остров, в дирижабль. По ночам Королев вместе с другими вынимал из рундуков свитки шелковой ткани — и они шили что-то громадное, путаясь в чечевичной форме кройки, долго шепотом выясняя геометрию сшива, расправляя в тесноте лоскуты, клеенчатые аршины. Шили они не то гигантский саван на всю команду, на корабль, не то — возносящийся купол, который наполнялся из труб паровой машины горячим тяговым воздухом —

для взлета... Вдруг капитан решает наградить команду за стрельбы борщом — и снаряжает мичмана на канонерке за говядиной. И вот тянутся сто морских миль в Одессу, канонерка бежит туда и обратно все сутки, рассекая кефалевым телом волну — и превращаясь то в деревянную рыбу, то в живую, с которой вдруг Королев в недоумении соскальзывал, срывая ногтями крупную чешую. На базаре в Одессе долго ходил, подбирая сходную цену, — и потом тащил на себе телячью тушу, задыхаясь от сладковатого запаха синего, уже обветренного мяса, отмахиваясь загривком от гремящих мух, которые блистали изумрудными дугами, будто дирижируя тяжким его проходом. И как потом лежал вместе с тушею на леднике, в трюме, воняющем машинным маслом, рвотой, прокисшим хлебом, как шуровали всполохи в кочегарке, выхватывали катающиеся от качки ведра, бочки, рухлядь, как черные кочегары склонялись в протуберанцах шара топки, будто человечки в желтке луны; как крыса вкрадчиво подбиралась к его ляжке, сначала царапала брючину, взбиралась, грызла, но, наткнувшись на дерево, переходила на говядину, — и лед, подобравшись к паху, вползал в его тело, грудь прозрачнела, мертвела... И вот борщ сварен, команда ушла в отказ от несвежего мяса — и всколыхнулась стрельба, кутерьма подхватила, вынесла мичмана из трюма в главари. Бунтующая команда понесла его на руках на капитанский мостик — и оттуда все они наблюдали, как матросы расправляли полотно, как вздымалась блестящая его волна, наполняясь свежим ветром, как под неполной сферой заворачивали в оставшиеся лоскуты капитана, других убитых офицеров, как вязали к ногам колосники, как переваливали тела за борт... И последнее, что он видел перед пробуждением: вздыбившийся в небо корабль полным ходом шел под белоснежным, гудящим от полноты тяги куполом, — и вдруг все проваливалось, и мостик пикировал вниз, рассыпаясь обломками, вымпелами, телами — и там, внизу, хлопал парус, концы хлестали под шквалом в виски, длинные космы тонущего старца срывались в лицо с гребня волны, пахло йодом, волна вновь запрокидывала нос, и рангоут при смене галса бил привязанного за ноги к мачте мичмана по мертвому затылку...

С этим нужно было что-то делать, — и тогда он решил погасить разрушительную составляющую ненависти пониманием. Подобно тому, как нервозное влечение к шлягеру, раздражающему слух, изживается тем, что перестаешь отмахиваться от песенки и наконец вслушиваешься в нее, вдумчиво проговаривая все строчки — и пониманием бессмыслицы изгоняешь дразнящую заинтригованность, — так и он тогда стал вникать в свою ярость.

Для начала прочел «Капитал». Книга понравилась, но не воспламенила. Затем изучил современную политэкономию, микроэкономику, макроэкономику. Обна-

7*

ружил, что Норвегия — социалистическое государство: там правило Маркса о включении части прибавочной стоимости в зарплату трудящихся стало национальным обычаем. Вдохновившись этим знанием, Королев решил поговорить с Гиттисом, чтобы часть своей спекулятивной прибавочной стоимости он включил в его зарплату. Королев не помышлял о тридцати двух норвежских процентах. Он думал хотя бы о пяти — при том, что — как ни скрывал от него Гиттис — он все-таки знал, что маржа при отправке в труднодоступный Январьск составляла сто, а в случае дефицита — и двести, и триста процентов. Королев не сомневался в целесообразности разговора, ведь ему на месте Гиттиса было бы важно, чтобы основной его работник оставался доволен жизнью.

Но Гиттис не понял, о чем пытается с ним говорить Королев.

— Да ладно, старик, брось. Дыши проще, — хлопнул Гиттис его по колену и вышел из машины.

Разговор этот заронил Королеву в душу грубость, которая скоро дала о себе знать.

Олигарх, глава жизнетворной нефтяной компании, приезжал в Январьск дважды в год. Ради этого там построили гостиничную виллу. Всякого рода ширпотреб для нее поставлялся через контору Гиттиса. Среди прочего, Королев закупил и отправил тысячу горшечных растений — от подснежников до гигантских кактусов, десяток кальянов и контейнер постельного белья. Вилла была почти готова к приему гостей, когда Гиттису поступила информация, что олигарх прилетает через два дня, а в комнате отдыха при сауне до сих пор нет нардов, без которых хозяин не мыслил своей жизнедеятельности.

Два дня Королев метался по Москве в поисках нард из красного дерева, с дайсами и фишками из слоновой кости. Гиттис звонил каждые полчаса и закатывал истерику.

Наконец Королев примчался в аэропорт с двумя драгоценными коробками, чтобы отправить их в Январьск срочным грузом, вместе с пилотами. Оставалось заполнить транспортную накладную. Уже вися грудью над прогнувшейся от напора воздуха финишной ленточкой, Королев замешкался и в графе «Наименование груза, описание» крупно вывел: «НАРЫ СБОРНЫЕ, КРАСНОЕ ДЕРЕВО».

LVIII

Королев любил в ясную погоду бывать в Домодедове. Пока водитель его выписывал накладные и распатронивал «газель» у грузового терминала, он садился на лавочку в отдаленье, откуда до самого горизонта простиралось летное поле. Огромное небо — во весь свет, насыщенное свеченьем, которое вдруг с торжественным ревом пронзал наискосок и тут же тонул блесткой самолет, — напоминало видение моря, наполняло спокойными мыслями о смерти.

Королев совсем не свысока жалел Гиттиса. Тому в самом деле было не позавидовать. Помещая себя на его место, Королев тоже оказывался бессилен что-либо поделать. Ничего нельзя было поправить в нравственном хламе, поглотившем жизнь. Ничего нельзя было поделать с дебрями колючей проволоки прошлого, полонившего однообразное будущее. Он смотрел на своего начальника — обрюзглого, чванливо-нервного, курносого человека — и догадывался, что и сам Гиттис понимает безнадегу, что и у него глаза застила все та же серая тьма близкой дали. Может, только поэтому он такой гоношистый, чванливый, нервный как барышня, думал Королев. Несколько раз он всерьез боялся, что из-за грошовых неурядиц, поступавших по мобильному телефону из Январьска, начальника могла хватить кондрашка, так он переживал и задыхался от негодования, закатывал глаза и т. п. И Королеву становилось страшно: как это он с толстым потным мертвецом в этой долгой нудной пробке — ужасаясь, отбиваясь нещадно от буйной его агонии, час или больше проваландается до ближайшей больницы...

И Королеву становилось страшно, что в том-то и суть: тьма общего положения основывалась тем, что даже кратное увеличение дохода ни на что не могло повлиять. Ничто не могло принести избавления от рабства, не говоря уже о рабстве метафизическом: благосостояние не возбуждало в себе отклика, оно оставалось глухо к усилиям. Следовательно, не могло возникнуть стимула к улучшению ситуации, общество вязло в тупике, ни о каком среднем классе речи быть не могло, следовательно, вокруг царствовало не что иное, как рабство. В рабстве нормально функционировать могут только воры — или эксплуататоры, которые алчностью уравниваются с ворами... И невдомек им, в отличие от норвежцев, что треть прибавочной стоимости, оросившая зарплату их «шестерок», может привести к бесплатным медицине и образованию. Сиречь не капитализм у нас, а в лучшем случае феодальный строй, не кредитная система, а ростовщичество, и так далее. И конца и краю Королев этому не видел.

— Гады, — бормотал он, — Господи, какие гады...

Отойдя от припадка, Гиттис обязательно разглагольствовал как ни в чем не бывало, что все болезни от нервов, что через псих он набрал центнер, — и тут же кидался куда-нибудь жрать, в ближайшее кафе, ресторан, приговаривая: «Надо срочно повысить сахар, надо срочно повысить сахар».

Да, несмотря на всю стыдную ненависть, Королеву иногда до слез было жалко начальника. Однажды зимой Гиттис обкатывал новую «мазду» и они где-то застряли во дворе, посреди гололедицы. Машина буксовала нещадно, Гиттис застыл над рулем, вошел в нервный ступор, пытаясь враскачку вытолкнуть машину из глубокой колеи. От напряжения многометровая труба его кишечника, в которую можно было засунуть фаршем десятка три баранов, исторгла сокрушительный призыв к опорожнению. Королев погибал от приступа рвоты, будто отверзли люк клоаки и опустили его вниз головою за ноги. Дверь и стекла были заблокированы со стороны водительского места, и, зажав рукой горло, он теребил мертвую ручку двери и мычал его выпустить, но Гиттис, выпучив глаза, жег об лед резину. Тогда Королева вырвало на виниловый коврик, — и потом он жалко ползал в истерике на коленях, вытирал платком, рукавом, извинялся, лепетал: «Я не хотел, простите» — и, припав к колесу жадно кусал, схватывал, тянул ноздрями воздух, свежий, пьяный воздух марта...

LIX

Постепенно его отдохновением стало мечтание. Им он упражнялся в покидании здешних окрестностей, в постепенном развитии зренья, которое научился выстраивать новым, непохожим на прошлое... Видения сверхгеографические — заграница исключалась: это был ад за порогом, в который он бы сошел, если б только решился совсем пропасть из виду. Чаще всего, мотаясь по городу, он представлял, что сидит на берегу реки, солнечные блики греют щеку; гремят, брызгают в траве и щелкочут кузнечики — роса вечерняя напоит дыханье, медовый свет заструится на закате меж соснами, озарив с теневой стороны стволов матово-прозрачную шелуху; ночью лес вскрикнет очнувшейся птицей, — она слетит, спросонья не сразу ухватится за ветку, снова вскрикнет слабее: «А-а-а-а». Вот это солнечное рябое пятно, горячо разлитое по воде, мучившее жмурившийся глаз, незримо стояло у него где-то над переносицей, просвечивая, прожигая насквозь бетонные толщи подземных переходов, дорожных туннелей, обложные пешие толпы, поруку фасадов, упор филенчатых панелей в бывших министерских приемных, где Королев, вечно унижаясь перед хамскими чинушами, добывал для Гиттиса халтурные лицензии; прожигая мутную, сложную темень складской выдачи, закутков, где то стремятся, то плетутся синие силуэты грузчиков, то выкручивают пируэты кары, то вдруг комом метнется под стеллаж, помедлит, пропадет — и вдруг снова покатится крыса...

Однажды к нему приехал знакомый — Гоша, геолог, теперь занимавшийся тем, что бурил старые, еще чкаловских времен — времен ОСОАВИАХИМа — подмосковные аэродромы, откачивая из почвы дрейфующие керосиновые линзы, которые скопились за многие десятилетия от протечек топлива (колодцы в деревнях рядом с такими аэродромами припахивали сладковатым душком). Познакомились они с ним давно — застряли вместе в лифте в одной из панельных башен в Сокольниках. Гоша тогда спас Королева, уже страдавшего клаустрофобией, все полтора часа рассказывая истории о рухнувших лифтах и не давая упасть духом.

Гоша был простым здоровым работягой, любившим пообщаться с толковыми людьми. Время от времени он приезжал к Королеву с бутылкой водки и каспийской селедкой, которую, разделав, заливал молоком в миске... Королев обожал слушать его россказни. Например, Гоша рассказывал, как студентом Горного института однажды смотался на Сахалин, поработать летом в строительном отряде. Там бросили жребий — и, вместо того чтобы остаться строить коровник, его и сокурсника Щеглова отрядили на плавучий рыбокомбинат. Смердящий, пьяный от качки железный город, по внутренностям которого долго-долго приходилось выбираться на палубу, чтобы глотнуть взглядом моря, — на всю жизнь заключил многие страхи Гоши. На дне просторного, высокого, как храм, трюма ниспадали желоба подачи, тянулась лента конвейера, громоздились холодильники, ящики, серебряная лавина анчоуса лилась под округлые движения рук, с вороным мерцанием дрожал поток тунца, женщины в резиновых фартуках взмахивали тесаками, лезвия хрустели о рыбьи хребты, стояла уничтожающая вонь, хлюпали и хлопали перчатки, блистали ножи, то гудел гомон, то рисовалась песня Пугачевой...

И однажды как раз Гоша Королеву и рассказал историю, увлекшую его необычайно. Оказывается, существует некое английское рекрутское агентство — «Oil For Life», которое по всему миру ищет людей для работы на буровых платформах, расположенных в самых разных местах планеты: в Норвежском море, у Огненной земли, в Мексиканском заливе или у берегов Эфиопии. Высокий риск, вечная качка, суровые условия, сопоставимые по риску и вреду для здоровья с условиями труда полярников, подводников или космонавтов, — обеспечивают высокую зарплату даже у подсобных рабочих. Работа осуществляется согласно вахтенному расписанию: две недели вкалываешь, две отдыхаешь.

— Торчишь где-нибудь в Ванкувере, в дешевой гостинице, — объяснял Гоша потрясенному Королю. — Слоняешься по барам, по лесу рассекаешь на снегоходе, — или деньги экономишь, билет-то обратный оплачивается... Это если домой не хочется. А если хочется — то пожалуйста, хватай крылья да лети. В Шереметьеве уже и закиряешь...

История о буровых вышках овладела Королевым на многие месяцы. Он мечтал устроиться на американскую нефтяную платформу, хотя бы полотером. Тщательно прорисовывал воображение многокилометровыми полотнами открытого моря, вдруг озаряющегося проблеском глянувшей из-за туч луны, высотная конструкция буровой установки тяжело ходит во тьме ажурной тенью, грохочут скважинные замки, с воем заходит в клин привод воротника. Свистит шквал в снастях, за бронированными окнами пятипалубного рабочего городка буровиков пылает свет, стоят компьютеры, в кают-компании блестят бокалы. Внизу в рубке связисты то и дело припадают к микрофонам, на локаторе бежит луч, высекая там и тут прыгающие по клеткам точки. Три порожние баржи из разметанного штормом буксировочного каравана дрейфуют нынче подле буровой — в сердце морей, во тьме и пустоши пучины угрожая тараном. Светлая зыбучая каюта, всюду увешанная постромками, морская болезнь, от каковой он спасается вставленной между зубов спичкой, леденцами и курением донской полыни — маслянистого крошева, кислый густой дым от которого вышибает из головы и страх, и тоску, и мороку. Размещается он при этом блаженно сначала в гамаке, потом в плетеном кресле-качалке на заснеженной веранде дешевого коттеджа в Анкоридже, укрывшись пледом и полярным спальником, глядя из-под козырька на плывущие, ложащиеся в сумерки саваны снегопада, на многоярусные пагоды сосен, на гирлянду огоньков, стекающую волной с козырька конторского домика, на лошадку, запряженную в сани, укрытую попоной, с которой две синицы склевывают раскисшие хлебные крошки, на свои пальцы, греющиеся от чашки трубки, на потрескивающий в ней раскаленный пятак, прикрытый стопкой золы... Месяц спустя, сойдя утром с вертолета, он вновь скрывается от взглядов команды оранжевой бейсболкой и трет мохнатой шваброй полы, исчерканные коваными ботинками, трет, трет и — когда никто не смотрит — вдруг прижимается лицом к стеклу, за которым прожектор слабо выхватывает бушующие в пропасти зигзаги и рвы: тяжкие антрацитовые горы, огромные, как целые страны, дышат, ходят у самого горизонта, — и от величия зрелища у него подымается в горле ком...

Королев заплатил две сотни долларов за комплект анкет, усеянных рядами квадратиков, на просвет дававших водяной знак в виде курсива — Nobel Brothers Baku 1898 — под допотопной буровой вышкой, возле которой почему-то паслись три барана. Он аккуратно заполнял анкеты три вечера подряд, растягивая удовольствие. Отослав заказной зарубежной бандеролью в Голландию, в центр обработки информации, стал ждать избавления призывом: когда подойдет очередь полететь винтиком в дебри неизвестности — для пополнения комплекта обслуги на новой буровой платформе.

LX

Неожиданным потрясением, но зато сам собой разрешился Гиттис, вдруг переставший отягчать Королева всеми тяжкими чувствами.

Однажды после сеанса в Киноцентре (по интернатской привычке, он ходил в кино, как в баню — раз в неделю) он встретил Лену, старшую дочку Гиттиса. Королев вызвался ее отвезти домой. Лена согласилась и наскоро попрощалась с подругой. В машине сказала, что хочет выпить пива.

— Где тут на Пресне подают «Гиннес»? — спросила она, открыто глядя на него с улыбкой. Ей было восемнадцать. За последние два года она превратилась из девочки в женщину. В ресторане болтала без умолку. Взвинченная матерью, среди прочего сообщила:

— Я люблю отца, но не уважаю.

...Ночью, полулежа в постели, благодарно запустив пальцы в волосы Королева, она тихо объясняла клокотавшей в трубке матери, что несколько дней поживет у подруги на даче.

На третью ночь он проснулся от жажды. Лена спала, разметавшись. Он нагнулся, скользнул губами по налитой, качнувшейся груди, лизнул твердый сосок. Девочка зашевелилась, повернулась, что-то пробормотала, — и взгляду его открылся курносый профиль, белесые ресницы, бровки, выкаченные веки. В ртутном свете уличного фонаря — рядом на подушке размещался профиль исхудавшего, осунувшегося Гиттиса... Он улыбнулся во сне — и брекеты, мешавшие им целоваться — проволочные скобки на зубах, о которые Королев оцарапал язык, — блеснули в полусвете, поразив своим видом, будто вынесенный наружу скелет.

Король вышел на балкон и закурил, едва попав спичкой о коробок — дрожали руки. Внизу, сидя на бортике песочницы, пьяный парень забубенно объяснял другу:

— Ты в армии не был. Да ты чё. В армии тебя бы научили.

«Мой мир полон насилия. И я тому виной», — пробормотал Королев, задыхаясь от слез и дыма.

После этого случая Гиттис стал ему безразличен, однажды мысленно отплыв всей тушей в безопасную даль, — подобно облаку, полному града, только что смертно угнетавшему всю округу ледовыми, лягушечьими казнями, которым, казалось, нет конца и краю.

А Лена стала иногда заезжать к нему в гости от скуки, также и телесной.

КАРТОЧКИ

LXI

Вскоре Королев внезапно обнаружил, что его клаустрофобия приобрела угрожающую силу. Ему было тесно повсюду — спазм пространства спирал дыхание в туннелях метро, на эскалаторах, в очереди в супермаркете. Простои поездов в туннелях, терзавшие его, как медведь кусок сахара, медленные узкие лифты, в которых створки, прежде чем раскрыться, навсегда замирали вместе с сердцем, захламленные госучрежденческие высотки с низкими потолками (типа здания Госстандарта на Ленинском проспекте), под которыми небо наваливалось на плечи — и сумбурный, обманный план пожарной эвакуации, бледно скалькированный на миллиметровку, расплывался в глазах от страха перед тугими чулками лестниц, с которых уже сыпались в проемы и застревали разверстые в вопле тела; даже автомобильные пробки, особенно на Садовом кольце под Таганской площадью, — исчезли из его повседневности. Наивысший трепет у него вызывал туннель Третьего кольца, спускавшийся бесконечно под Лефортово. От одной мысли, что в нем может произойти авария, пожар — и пробка скучится так, что дверь в машине открыть будет невозможно, — толстая корка льда покрывала его скальп и постепенно спускалась к лопаткам.

Причем реакция его была не головная, а чисто физиологическая: прерывание дыхания, холодный пот, сердцебиение, сотрясавшее всю грудную клетку, отдававшееся в пятки, желание удариться оземь... Королев понимал, что ему следует срочно пойти к врачу, начать лечение, но вскоре ему стало интересно со своим недугом, болезнь увлекла его, потому что доставляемые ею новые впечатления выгодно остранили действительность...

Он перестал ездить в метро в часы пик, садился только в последний вагон, но все равно биение сердца наполняло его всего. Состояние это было похоже на похмелье, когда оказываешься подвешен на ниточке внутри себя и собственные движения укачивают наподобие карусели.

Клаустрофобия подвигла Королева срочно обновить заграничный паспорт — дабы разорвать давящую поруку замкнутости. Пока стоял в очереди в ОВИР, он вспомнил свой стародавний отъезд за границу. Вспомнил прокуренный коридор в здании на Старой площади, пенал кабинета выдачи, где длинный усатый чинуша поигрывал пачкой тогда невиданного, еще магического Marlboro; как, встав, подобно динозавру, выбросив вперед всю свою суставчатую зыбкую долговязость, этот чиновник прогнал робкую женщину, каждый день нервно приходившую за групповой бельгийской визой. Королев вспомнил, как сам пятую неделю являлся на Старую площадь и понуро сидел, мутно вглядываясь в перспективу, полонившую воображение. Все тогдашнее будущее было чудовищно зашторено бордовым плюшем актовых заседаний, завалено ноздреватыми, составленными из картофелин и свеклы физиями вожаков и кооператоров, гипсовыми харями вернувшихся к отмщению сатрапов, пляской беснующихся бомжей и пиджачками новых сенаторов и партийцев. Он вспоминал — и понимал, что это прошлое будущее исподволь все-таки настигло его, что и сейчас хотя бы только знание о возможном бегстве может чуть его обезболить. Опричнина безысходности наводила не упокоение тоски, а такой градус опасности, что каждый день переживался подобно удачному приземлению самолета. Волна густого миража накатывала на все его аналитические способности, — и крах, провал доступной ощупи реальности — в открытый люк тщеты — обрушивался под челюсть. Надежда буксовала, как кошка в многоэтажном воздухе свободного паденья. Да еще гнело вокруг возбужденное кваканье дилетантов, параноидальные ставки оптимистов, вой держащихся зубами за перила недавних корифеев.

Пылавший Манеж до сих пор стоял в глазах Королева, пожаром 1812 года распространяясь над Кремлем, над латинским кварталом и Университетом. Дымный грузный Бонапарт, сложив руки, стоял в небе над Москвой — и беснующиеся огненные псы, подскакивая, лизали его ботфорты.

Далее, продвигаясь потихоньку вдоль стены коридора ОВИРа, Королев поплыл в воспоминаниях, подобно ребенку, увлекшемуся пущенной в ручей щепкой. Почему-то он вспомнил поездку в Киев, вспомнил сусально-витиеватую роскошь Лавры. По дороге к ней он встретил монаха, вышедшего в мир по какому-то делу. Глядя под ноги, с четками, весь сосредоточенный на том, чтобы не задеть, не смутить и не оскоромиться мирским, он одновременно лавировал в толпе и в ней растворялся. Это движение было очень сложным: отделиться, не выделившись. Так двигаются невидимки, истекающие зримой кровью... В Лавре Королев встал в очередь, спускавшуюся в катакомбы, где мощи монахов лежат в известняковых кавернах, подобно книгам на полках. Люди семенили гуськом, проход сужался до ширины плеч, духота стискивала грудь. Скоро он стал ловить горлом сердце, и приступ задыханья вышвырнул его обратно.

Наконец Королев догадался, что приступы его связаны с неврозом исторического масштаба, с отсутствием эсхатологической модели вообще.

И тут у него все, включая клаустрофобию, и отлегло от сердца.

Но паспорт был уже сделан.

LXII

Вообще, Королева не слишком заботила задача «прожить как все», поэтому на борьбе он не экономил. Сначала рассуждал приблизительно, лишь вырабатывая лишнюю энергию тоски, стараясь удержать ее до черты взрывоопасности. Даже не рассуждал, а наворачивал внутри себя пелену из ткани памяти и воображения, стараясь тем самым отдалить, закутать черный огонь тоски, который теперь прижигал его изнутри, распространяясь по всем закоулкам. На деле, Король был мужественным и заземленным человеком, он не стал впадать в мнительность. Не запил, не пошел ни в церковь, ни к доктору и не стал наобум принимать транквилизаторы, а купил баночку с тушью, десяток простых перьев, два плакатных, рейсфедер, чертежной бумаги несколько пачек — и засел выводить графические схемы своего тупика, пытаясь начертательной психологией нащупать иное измерение, способное подвести его к выходу.

На первых его набросках ничего нельзя было увидеть, кроме перечеркнутых нулей, которые он выводил на разный лад одним росчерком без отрыва, и в правом углу — пустые разграфленные рамки, в точности такие же он много лет назад привык чертить на листах лабораторных работ.

Занятие это его успокаивало и вдохновляло на выразительность. Он вычерчивал эти схемы, архитектурные выкладки памятных мест, засевших у него в голове вместе с драмой воспоминаний, — с отчаянием детальной тщательности, которая могла бы ужаснуть, если бы не доскональная правдоподобность воспроизведения реальности, недоступная расшатанному воображению шизоида. Причем внутренним критерием, по обнаружении которого следовало уже остановить работу, Королеву служила только та интуитивная мера достоверности, при которой изображаемое словно бы становилось меньше изображенного — и, вымещенное вместе с драмой, — отныне словно бы уже и не существовало. Во всех случаях основой ему служила его выдающаяся память, и если она подводила — он мог несколько дней подряд потратить на плутания возле, на рассматривание того или иного здания, городского объекта — или, как это было в случае с велосипедом, — купить.

КАРТОЧКА № 1 (бумага, тушь, перо, рейсфедер, линейка, циркуль, рейсшина, иголка, шприц). Здесь для начала он сделал от руки тонкий карандашный набросок коробки с вертикальными ребрами, наподобие радиатора — и вывел печатно на козырьке: КУРСКИЙ ВОКЗАЛ. А месяц спустя во весь лист с чудовищной ясностью жило здание вокзала, еще не перестроенного, не отгороженного от Садового кольца гигантским термитником торгового центра. Вокзал воспроизведен был с точностью до просвечивавших во втором ярусе — повыломанных там и тут кресел-ракушек зала ожидания, комнаты матери и ребенка, буфета, увенчанного цилиндрическим зеркалом титана, в котором разъезжалась хороводом россыпь зонтичных столиков, с солонками, с розетками, измазанными потрескавшейся, как такыр, коркой горчицы; с точностью до крылышковых петель на створках дверей, надписей «Вход», «Входа нет»; до трех собак, развалившихся слева у зевка метро, киосков, бабоклотошниц с деревянными ящиками у ног, на которых были разложены с бутафорской дотошностью нарезные батоны, банки с зеленым горошком, вяленая плотва, четвертинка тыковки; с точностью до мрачных типов, как в паноптикуме, застывших вокруг сидящего на корточках наперсточника, вскинувшего руку со стаканчиком; за ними располагались рядком три «Икаруса», под лобовым стеклом головного свисал атласный, с бахромой вымпел «Ударника труда», увешанный эмалированной ратью нагрудных значков; с точностью до человека с мегафоном у рта, застывшего рядом, в майке с зеркально отраженной буквой «Я»: «R» — на груди; с точностью до парковочных шлагбаумов, многоугольных выщерблин в асфальте подъездной петли, надписей на табло пригородных отправлений по Горьковской ветке, прописанных наборными точками трафарета: Фрязево, Павловский Посад, Крутое, Киржач, Балашиха...

Королев не умел рисовать людей, и они выходили у него комически топорно, подобно тому, как на чудовищной картине Айвазовского «Встреча Венеры на Олимпе» боги стыло стоят у парапета над бушующим морем. Тогда два месяца он проработал зазывалой на Курском вокзале. Пыхая и бубня в мегафон, он призывал приезжих и транзитных пассажиров пройти в автобус — во владения Кости-трепача, вихрастого толстяка, никогда не слезавшего, развалясь, с передних двух кресел.

«Внимание, внимание! — хрипел голос, отдельный от Королева, как протез. — Дорогие гости столицы, вас ждет обзорная экскурсия по Москве. Пять минут до отправления — пять свободных мест в автобусе. Пятьдесят километров по центральным улицам и площадям. Университет, Воробьевы горы, горнолыжные трамплины. Пожалуйста, приобретаем билеты, билеты на экскурсию на автобусе — пожалуйста, подходим — здесь покупаем билеты, проходим на свои места. Триумфальная арка, проедем вдоль Москвы-реки, увидим Новодевичий монастырь — на полтора часа увлекательная автобусная экскурсия. Три свободных места. Два свободных места. Несколько минут до отправления автобуса. Билеты только здесь. Подходим, товарищи, подходим, не скупимся ради знаний, не скупимся. Что такое тысяча рублей? Двумя бутербродами сыт не будешь. Подходим товарищи, подходим на экскурсию».

Баснословное знание Костиком истории улиц столицы превышало не только краеведение как таковое, но и словно бы саму Москву. Рассказы, которые этот лихой увалень выдавал в эфир автобусных кружений по незамысловатым достопримечательностям, были не только превосходны, но еще и доступно увлекали в круговорот кучевого облака истории. Как плотву, на кукан из двух-трех переулков он нанизывал эпохи: здесь восставшие левые эсеры держат в заложниках в подвале Дзержинского (наган на столе — железного Феликса кормят селедкой), там Годунов во время смуты прячется в палатах Шуйских, в том флигеле, во дворе, умер Левитан, а в этом здании Пушкин пишет «Историю Пугачева»... Здесь Маковский на картине «Ночлежный дом» поставил Саврасова в очередь в ночлежку купцов Ляпиных, и вот взгляните ниже по переулку — Толстой поднимается на крыльцо «Русского вестника», а поодаль плюгавенький господин-писатель, вперившись в поясницу, переживает, что ему-то платят червонец за страницу против четвертного графу...

Вокзал вокруг круглосуточно кипел, гнил, сквозил, пускал и глотал жизнь, как незаживающая дыра в теле пространства. Справа, на краю парковки, Королев расчертил коробки многоярусных палаток — внизу продавалось пиво и бакалея, наверху хранились тюки и ящики с товаром. Среди товара ночевал молодой бомж Коля. Он сторожил, подметал вокруг и получал зарплату от двух хозяев киоска — бритых толстых братьев-двойняшек: Гоги и Кабана. В Колю была влюблена Любка-песня — лысая бомжишка, помогавшая всем торговкам. Она подносила тяжести, опорожняла мусорки, присматривала за товаром, когда они отлучались по нужде. Коля тоже состоял в доверии, но старался маячить только у киоска. Зарплату получал он аккуратно — каждый третий вторник, и в тот же день у киоска появлялась его любовница — дебелая старуха, баба Нюра, с малиновой пустой сумкой в руке, которой она размахивала при ходьбе, как вымпелом. Она брала Колю за руку и уводила на троллейбусную остановку. Любка-песня шла за ними, что-то бубнила, грозила. Старуха поворачивалась и отгоняла ее, хлеща сумкой.

В отсутствие Коли на крыше киоска сторожила Любка. Возлюбленного она ругала тихо, а бабу Нюру — громко. Ворчала она все то время, пока не спала. Торговки сочувствовали ей, и она благодарно упивалась их женской солидарностью. Любка цеплялась за любое обиходное чувство и раздувала его вместе с собой, — чтобы раскрыть себя как человека, подобно тому, как дети цепляются за любую черточку взрослых, чтобы, опробовав ее в игре, постараться повзрослеть.

Коля от любовницы возвращался сытый, отстиранный, заштопанный, трезвый и без копейки. Хоть Любка и подхватывалась с руганью, но видно было, как она рада его возвращению. К ночи разжившись выпивкой, она забиралась к Коле на сарай. Делала она это суетливо, испуганно оглядываясь, промахиваясь ногой мимо лестничной перекладины.

Однажды, в одну из сред, Коля не вернулся. Не вернулся он и в четверг. Любка носилась вокруг вокзала, кричала, не могла успокоиться, будто чуяла что-то, но потом куда-то пропала. В эту ночь склад на крыше киоска был обворован. Унесли две кошелки с сигаретами и три ящика пива.

Коля вернулся в пятницу. Чистый и довольный, пьяненький.

Гога и Кабан били его ногами полчаса. Когда устали, позвали линейных ментов и те оттащили окровавленное тело на запасные пути к товарной станции.

В субботу вернулась Любка, ходила кругом, молчала, потом стала что-то тихо говорить — себе под нос, но с выразительным убеждением. На следующей неделе, когда увидела, что киоск, разгрузив, разбирают, что автокран ставит его в кузов самосвала, — Любка завыла и побежала на Садовое кольцо, кинулась на проезжую часть, заметалась, и ее пинками, остановив движение, доставал оттуда постовой...

Потом она как-то сразу притихла и вскоре куда-то пропала.

Королев видел, как били Колю, и ничего не предпринял.

LXIII

КАРТОЧКА № 2 (бумага, тушь, перо, рейсфедер, линейка, циркуль, рейсшина). Здесь Королев без запинки набросал и вычертил кладбищенскую ограду, снабдил ее зарослями боярышника, бузины, волчьей ягоды. Надгробия дальше только обозначил туманом растушевки, — но прорисовал и вывел деревья, каждую веточку, каждый лист, всю склоненность стволов, сплетенность ветвей. Потом два галчонка присели на ограду. Взлетели. Перышко стало падать, кружась. Появился человек, сел на корточки, привалившись к ограде. Достал из-за пазухи бутылку, отпил и, сморщившись, разгреб листья, поставил рядом на землю. Остававшаяся белизна бумаги слепила. Он часто приходил на кладбище в Тропаревском лесу. Но у самой могилы с тех пор никогда не был. Выходил к забору и весь день наворачивал круги вокруг проволочного, решетчатого, кружевного города крестов: летом — по грудь в крапиве и лопухах, зимой — по колено, по пояс в снегу. Он ходил неустанно, с остервенелостью, пока не замерзал, или, весь зудя от крапивы, вышагивая с промокшими ногами, вываливался на шоссе — и брел, брел, шатаясь, оседал на обочину, и асфальт зыбко плыл, покачивался, машины взрезывали, пропадали, кроша асфальт, — и небесная колея над дорогой была полна синих луж, проглядывавших сквозь столпотворение низких несущихся облаков, с сизых подкладок которых до верхушек деревьев свисали мглистые клочья.

КАРТОЧКА № 3 (бумага, тушь, карандаш, линейка, циркуль). Здесь он нарисовал велосипед «Украина», который переделал с натуры из «Аиста». («Украина» была снята с производства, и сколько ни бродил вдоль велосипедного базара в Сокольниках, ничего из машин со втулочными тормозами, кроме «Аиста», не встретил.) Велосипед им был взят на бумажные небеса очень подробно — со всеми ручками, педалями, цепью, зубчиками, колодками, втулками, пружинами кожаного сиденья, похожего на лошадиную морду, мчащимися спицами, с веснушками катафотов на их сверкающем полупрозрачном диске; переносьем руля, обмотанного изолентой... Саша Головченко, его приятель по Физтеху, шесть лет назад именно на этом велосипеде отправился из Долгопрудного в Киев и пропал. Тело нигде не нашли. Гипотезы были разные: убили грабители на придорожной ночевке, или сбил в темноте грузовик: водила тормознулся, сдал назад, прикопал труп в посадке. Следователь тогда сказал, что удивляться нечему: по статистике каждый год в стране пропадает без вести сто тысяч человек. С тех пор Королев всегда считал, что Головченко отправился в кругосветное велопутешествие и сейчас крутит педали где-нибудь в Чили, взбираясь на сложный перевал Анд; или, еще выкарабкивался Королев, — Саша похищен теми самыми — уже ранее пропавшими без вести, которые стали отдельным бродячим народом, — и они взяли его в свой скрытный табор... Эллипс последней версии ему был необходим для сердца. Невысокий, с раскосыми глазами навыкат, крупным носом и большим добрым ртом, похожий на мумитроля, Головченко был душой компании, скромным и бесстрашным, и гибель его для Королева стала пробоиной, залатать которую могла только материя надежды.

КАРТОЧКА № 4 (бумага, тушь, карандаш, линейка, циркуль, лекало). Изображен стадион «Лужники», вид сверху. На пустые трибуны, вычерченные сложной посадочной сеткой, расходившейся веером по сторонам света, Королев потратил месяц. Он никуда не торопился, тем более что его успокаивала трудная мелкая работа. Ежегодно этот стотысячный стадион заполнялся толпой невидимых людей, которые безмолвно смотрели, как тренируются футболисты, пиная со штрафных и гоняя друг дружке россыпь мячей. Постоянно множились бродячие толпы пропавших без вести, ставших невидимками, — страна стремительно нисходила в незримое от ничтожности состояние. Безлюдность воцарялась повсюду. Брошенные деревни затягивались тоской запустенья. Пустошь наступала, разъедая плоть населения.

КАРТОЧКА № 5 (бумага, тушь, карандаш, линейка, циркуль, лекало). Здесь он изобразил аккуратно свой автомобиль и толстого веселого дядьку, срисованного из Бидструпа, который, воссев на авто, как на клячу, продавил ему задом крышу. Так Королев карикатурно осмыслил свои материальные муки, связанные с Гиттисом, работой и выплатой за квартиру. Но легче от этого не стало, — и когда он смотрел на этого толстяка, то испытывал смесь горечи, презрения и иронии.

КАРТОЧКИ № 6 и № 7 (бумага, карандаш, циркуль). На первом листе, как в атласе — рос гриб-зонтик, чешуйчатый, с юбочкой и гнездом рыхлой вольвы, на втором — разновидность кукушкиного замка — древесный гриб, похожий на букет многоярусных пагод. Об этих легендарных грибах, чьи питательные свойства сравнивают с куриным мясом, он прочитал в одной вегетарианской книжке, где автор-американец описывал предпринятый им эксперимент. Будучи вполне успешным банковским клерком, однажды он уволился с работы и через пару дней вышел на обочину хайвэя. Километров через двадцать свернул на проселочную дорогу — и растворился в лесистых просторах Вермонта. Так он проплутал по лесам и полям два года, имея снарягой только нож, пончо и соль. Ни личными деньгами, ни подаянием он принципиально не пользовался. Записки этого экстремального вегетарианца «О вкусном подножном корме» как раз и вдохнули в Королева уверенность, что его стремление нанизать на себя, на свой пеший ход, свободу — всю страну, ее луга, берега, холмы, равнины — есть вполне выполнимое безрассудство. Он видел себя свободным от мороки рабства, нервотрепки с выплатой долгов, легким, даже летучим, бредущим краем поля, с посохом и рюкзаком, ночующим на скользком лапнике: в шалаше сквозь покров листвы натекают капли ливня, утром поют птицы, на рассвете роса горит в чашечках медуницы, потом вымачивает ноги, брючины до колен, над рекой тает туман, рыбы осторожно трогают губами небо, оно расходится кругами... И утром вновь он бредет по лесу, оглядывая буреломы, посматривая на стволы деревьев — повыше глаз, — надеясь все-таки отыскать легендарный гриб — американский кукушкин замок...

Королеву его пешее скитальчество виделось освобождением, он стремился отстать от дебрей городского мрака, надеясь, что бремя исчезнет как-то само собой, что тяготы пути — ничто по сравнению с рабством. Поход этот мерещился погружением в подлинную реальность — неким паломничеством в не обдуманный еще, и оттого ослепительный город, святость которого была несомненна. Там он думал встретиться с многим, покинувшим его, или не найденным. Там Саша Головченко кружил по улицам на своем велосипеде. Там, сидя на скамейке в сквере, улыбалась Катя — тихо, словно бы про себя, и когда она обращала взгляд в даль, он видел в ее глазах ожидание.

КАРТОЧКА № 8 (бумага, карандаш). Здесь была копия портрета Густава Малера. Сильный взор, пронизывающий недра незримости, стремительный профиль, очки. Музыка — Королев мучился музыкой. Музыка была его отдохновением и соломинкой, на которой он удерживался над бездной бессмысленности. Слушал он в основном джаз, но в качестве неотложной помощи держал в загашнике Малера, Шостаковича и Моцарта. Выбор его был прост, но обусловлен трудом откровения. Однажды, поздним мартовским вечером, завершив ураганную бодягу предпразднич-

ных отправок цветов в Январьск, он выпил полбутыл-
ки вина и поставил Третью симфонию Малера. В начале Misterioso ему почудилось пение ангела. Он заплакал — и после слушал эту вещь редко. Причем не
с благоговением неофита, а со всем душевным и физическим сосредоточением, с которым полагается свя-
щеннику входить за царские врата. Ничто так не могло ему облегчить душу. Когда в Москву приехала
Джесси Норманн, чей голос явился ему ангелом, — он
был как штык в консерватории. Но на концерте великой певицы Королев не услышал ничего сверхъестест-
венного. Впрочем, это ничуть не повлияло на внутреннюю форму музыки, заданную в нем случаем: он
не смешивал реальность и веру.

КАРТОЧКА № 9 (бумага, карандаш). Здесь, кра-
дучись по бумажному полю, он вступал под ртутный
фонарь, зависший короной над шаром дорожного
«кирпича», размечавшего мост перед въездом —
и стоп, дальше проваливался. Туман от незамерзшей
речушки, обнимавший нереальностью взор, умно-
жал разительность впечатления. Мост этот был точ-
ной копией моста с офорта Рембрандта «Six's
Bridge», 1645 (Cat. No. 284), который был приколот
над столом. У Королева было два верных способа погрузиться в медитацию: кроить на дольки рулон шел-
ка, сшивая вручную парашют (по кройке, опублико-
ванной в журнале «FreeFly»), и копировать офорты
Рембрандта. Случай с мостом был уникален. Такой

же точно ландшафт и мост он нашел перед монастырем в Ферапонтово, куда отправился после того, как увидел фотовыставку фресок Дионисия в Третьяковке. Совпадение было совершенным не только в графической основе взгорья, седловины. В уравнении по ту сторону знака равенства, задаваемого «кирпичом», стояла и опорная конструкция ограждения, и арочный способ укладки бруса, и даже число — пять — пролетов, по которым подпирались перила... По ту сторону ручья Паски из высоких окон лучился деревенский дом. Над трубой густым медленным столбом шевелился дым. В заросших морозным хвощом окнах виднелась наряженная конфетами и хлопушками елка, старинная мебель, книжные шкафы. Если бы до того не случился Рембрандт, вышел бы Л. Андреев.

LXIV

Вернувшись с работы, Королев заваривал себе чай (четыре ложки на кружку), остужал двумя кусками льда, выпивал залпом и садился расчерчивать карточки.

Печатным чертежным почерком, уничтожая карточку при малейшей описке, Королев вносил свои наблюдения. Он никогда не переписывал набело отбракованные карты.

«Я люблю родину.

Но я не могу обнять ее, или даже дотронуться. Она у меня внутри.

Родина горит как сердце.

Посторонний мир удален, обезболен.

Он, как туловище, отрезан от головы и сердца. Когда кайф "заморозки" пройдет, наступит боль.

Все вокруг встало с логических ног (основания) на слабую злую голову.

Мир кичится благостью, справедливостью, преуспеянием.

Но благие намерения ведут мир в Ад.

Ад холоден потому, что холод можно терпеть. А жар нет — сгоришь, никакого мученья.

Все перевернулось: нет теперь ни добра, ни телесной дисциплины, ничего — все прорва безнадеги.

Новости таковы, что вокруг — стена дезинформации.

Ложь правит историей.

Дыхание мира горячечно.

Люди теперь чаще сводят счеты с жизнью по внешним причинам.

Но не я».

Если свободное место на карточке заканчивалось, Королев не частил, а бросал, брал следующую и, макая рейсфедер, катая рейсшину, возился с рамкой, писал дальше, откладывал в стопку — и никогда больше не возвращался к этим записям; не переделывал и не просматривал.

«Войны начинаются, не успев завершиться.

В моей родной стране заправляет кастовость. Потому что прежде всего Язык отражает глубинную эволюцию общества. Устойчивое теперь словосочетание "элитный дом" (пример: "Продаем пентхаус на Красной Пресне с видом на Белый Дом под офис элитного класса или элитные квартиры") — вот это и есть "черная метка", врученная моему народу».

Война на Кавказе вызывала у него ненависть и стыд — по отношению ко всем сторонам конфликта. Как многие одинокие люди, он задыхался от спертых сильных чувств.

В начальных классах у Королева на локте поселилась трудная экзема, и летом, на пике обострения, с глаз долой его направляли в грязевую лечебницу на Апшероне.

Санаторий представлял собой детский отстойник. Воспитатели боялись заразиться и часто самоустранялись. Дети сами залезали в грязь и после отмывались в море. Повара крали почти весь паек, простыни менялись раз в месяц, но для детдомовских это был рай, состоящий из свободы, солнца, моря.

Жгучая грязь называлась нафтом и воняла так же, как цистерны с мазутом, встречавшиеся на железной дороге. Он высовывался из вагона на станциях и вместе с солнечным потоком, вместе с жаром от камней, земли, асфальта — взатяг тянул в себя запах горячих цистерн.

8*

По перрону бродили косматые безухие псы — они и были приметой начала Кавказа: оставался еще день пути, скоро появится море — и он задохнется от его близости, шири, запаха. С этого момента вожатый строго-настрого запрещал выходить из вагона.

Кавказ так и остался для него страной страшных безухих псов, охраняющих подступы к морю.

Много прочитав о войне — очерки, военные мемуары, солдатские письма, — Королев понял, что рано или поздно он снова увидит этих безухих псов на перроне, что влекущая бессмыслица детства стала теперь совпадать со смыслом смерти. Он думал о Каспии, о раскаленных предгорьях, изборожденных бронетехникой, он видел клубы пыли, тугие, тяжкие, не проседающие долго, ползущие по равнинам полчищем слепоты. Ненависть его умножалась альянсом технического и человеческого зол, насиловавших ландшафт. Он был скорее на стороне гор, чем на чьей-либо еще.

«Пыль в войне замешивает своих и чужих, множит потемки грядущего, страх, — выводил на карточке Королев. — Восемьсот граммов пыли на бушлат. Пыль напитывает тело, и оно, разбухшее, становится чутким, как ослепший глаз. Внутреннее становится серым, неясным, неотличимым от внешнего зрения. Пыль стирает кожу противостояния, уничтожает врага, делая его внутренним. Война ворочается, поворачивается против себя. Пыль тучнеет — растворяя, перемалывая, превращая в себя — горы, луга, войска.

Все время хочется стрелять и материться. От страха — вроде молитвы. Окажись я сейчас в Чечне — тотчас стану швалью: я — боль-шин-ство».

Однажды он прочитал о том, как экипаж БТРа у блокпоста в кустах сношал козу. После солдаты облили куст солярой, подожгли и ржали, глядя, как животное плясало на привязи вокруг огня.

И он смотрел не в силах оторваться. Хозяйка козы, русская старуха, то плакала, то крестилась: «Машка, Машка, беги, сестреночка, беги!»

И он сбежал бы, если б смог оторваться. А так он ждал, когда привязь перегорит сама — и только изредка дергал, на пробу прочности, как держит?

Постепенно Королев составил автобиографию — и она поразила его такой потусторонностью, что он спрятал этот рассказ о человеке, который казался предавшим его братом-близнецом. Через месяц достал, чтобы снова поразиться: случавшееся с ним было описано хоть и безыскусно, но с такой отъявленной зримостью, что он даже внутренне подтянулся, поняв, что если бы не написал, то упустил бы многое, — многое бы просто не случилось.

Через год он еще раз открыл папку с рассказом о детстве — и не смог оторваться: позабытый им на парте пенал, сомкнувшись, пристукнул плашечкой и — замерев духом, безвозвратно громыхая карандашами, скрепками, шурупом, — покатился вглубь, будто в объятья Черной курицы или — в кроличью нору за банкой варенья из невиданных слов...

Он читал у одного писателя, что повествование напоминает магическую коробочку, в которую вглядываешься для прозрения слов. И он обзавелся таким зрением. У него обреталась пепельница-розетка, напоминавшая лист подорожника: вычурная, слепленная в виде амфитеатра над сценой, полной морозного синего неба, втянувшего в себя стылое течение реки и набережной, полосчатой от огней, стремящейся, плывя, дрожа, — в отделенной от глаза слезе узнавания. Он вглядывался в эту пепельницу, когда писал, — и сейчас, читая, ощутил себя в ее черной чистой воде — омуте лесной протоки: в детстве ему было удобно в этот пенал отлавливать кузнечиков, с тем чтобы наживлять по одному через щелочку — на большеротого голавля, вдруг с подсечки ведущего дрожащую лесу, внахлыст летевшую пружинистой змеей с кольцевого заброса наотмашь.

Впрочем, он догадывался, что детство еще не подвиг, что оно всегда без спросу вкусно и колюче накатывает в глаза и ноздри, как ломоть бородинского хлеба с крупной солью звезд и стаканом молока из бутылки с «кепкой» из тисненой фольги. Он был уверен, что роскошная бездна детства менее бесстрашна, чем смысловая разведка будущего, каким бы царством оно ни обернулось. Нет. Он обожал опрокидывание в глубину тугого всплытия из воспоминания. Он замирал, чувствуя прохладные капли, оставшиеся на пальцах, которые вынули из медного таза стебли фиалок. Он проваливался в «свечку» солнечного волейбольного мяча на каспийском пляже — и слепящее лезвие морского горизонта, взятого с кубистического шара на парапете санаторной набережной, сладостно раскалывало его хрусталик. Детство было прекрасно, но он был уверен, что Господь сотворил людей не для одного прошлого, как ни трудно и несправедливо было бы это осознавать. Для будущего у него не то что не было сил — оно уже минуло несостоявшейся возможностью. И что самое мрачное — он понимал свое бессилие и не мог смириться, но отказываясь от этого куска хлеба, он рисковал умереть от голода.

Королев все-таки сумел извернуться суррогатом — и обратился к постороннему прошлому, найдя его безболезненным и полным неизведанного смысла. Живя на Красной Пресне, он постепенно натренировал хищную пристальность, которая сметала покровы как конструктивного мусора современности, так и просто асфальта. Пристальность подымала напротив входа в зверинец полощущиеся цыганские балаганы и шестиметровые баррикады в осаде казачьих разъездов, выпрастывала из-под Большой Грузинской, из-под Горбатого моста речку Пресню, вместе с ее колесными, лопочущими мельницами, кожевенными сараями, Грузинской слободой, холмами и рощей. Будучи крепче и долговечней мрамора, наблюдательные слова и эта творящая пристальность оказывала ему удовольствие перестроить город на свой лад, умыкнуть его.

LXV

Когда Королев тосковал, он старался глубже задумываться. Энергия рассуждения растрачивала тоску. А задумывался он почти всегда о главном — о времени. Только на время он мог положиться. Только оно могло стать скрепляющим веществом той конструкции, которая выстраивалась в этом городе для размещения его жизни. Размышление это было суровым делом.

Он пользовался различными предпосылками и отобрал из множества те, из которых выводились все остальные. Им оказался полный останов — «стоп машина», — приключившийся с его Родиной.

Локомотив уже сорвался в пропасть, а состав страны все еще летел, ускорялся инерцией свободного падения, втуне надеясь рывком перемахнуть параболу крушения. Этот динамический пример отложенной остановки замещался видом сплющенного луча, уткнувшегося в ничто после какой-то бесчувственной, но скорой даты. Здесь, конечно, все было сложнее и требовало размыслительной метафоры большего объема, чем фраза.

Обычно приходилось начинать с неприятного — с того, что мессианство — сколь убого и кроваво порой оно ни реяло перед историей — нынче зарыто в землю. И все, кто хотят добыть его — гапоны.

На этом он не задерживался, только отдавая дань связности. Все это казалось более или менее простым, а вот непросто было, что остановка времени лямкой перетягивала дыханье.

Суммарно его траекторию можно было описать оглядкой — короткой хлесткой петлей, которой его осенило, что он куда-то просадил пятнадцать лет жизни; после чего его перетянуло еще, теперь затяжной: не он один просадил это время — так как просаженным оно оказалось просто потому, что никуда и не шло.

И дело даже не в том, что оплот пуст и никакого плана, кроме воровского. Тут что-то с метафизикой пространства. Мало того, что оно распалось и опустело, оно к тому же переместилось внутрь. Снаружи Родины теперь нет. Зато она есть внутри. И давит.

Вместо пространства воцарилась бездомность. Можно за плечами собрать сколько угодно домов, но все они будут пришлыми, как раковины, подобранные отшельником. Здесь дело не в беззащитности; что-то гораздо большее, чем оставленность, посетило окрестность. Время отхлынуло в другое русло? — озадачивался Королев, и дальше его несло:

— В самом деле, почему иудеи нам братья? И мы, и они — единственные нации, чья ментальность насажена на тягу — вектор стремления к исходу: из рабства, из-под крепостничества, из-под власти чиновников — в мировую революцию, перестройку, куда угодно, взять Чехова — как прекрасен умный труд, какие сады будут цвести, не важно — только бы становилось лучше, только бы дом построить, пусть незримый, пусть ради этого полстраны удобрит буераки, неважно, — высокое дороже, мы не можем жить в сытой остановке, мы — не голландец: он не мечтает о том, чтобы завтра перестать быть голландским голландцем, он не мечтает вообще, ни о каком апокалипсисе речи быть не может, спасибо, его пиво и сыр — лучшие.

Королев, раскочегарившись мыслью, носился по городу. Проносился аллеями ВДНХ, по проспекту Мира, взбирался на Рижскую эстакаду — с нее бежал на Сущевку, Бутырку, Пресню, взлетал на Ваганьковский мост — и оттуда зависал над вагонным парком Белорусского вокзала, — над бесчисленными пучками рельсов, составов, хозяйственно-погрузочных платформ, россыпью оранжевых жилеток обходчиков. Едва ли не мистическое ощущение вызывал у него этот вид путевого скопленья: вся страна в продолжении рельс, грохоча, раскрывалась здесь перед ним, и он содрогался от веянья простора...

Ну да — что еще оставалось ему кроме прогулок? Что еще могло создать область дома, воздушную родную улитку, в которую бы вписывалось понимание себя, — хотя бы совокупностью кинетических весов, приобретенных поворотами направо, налево, ломаной взгляда, — впрочем, не слишком путаной: в Москве нет точек, из которых бы зрение замешкалось в роскоши предпочтения. Москва то бесчувственно его обтекала бульварами, набережными, скверами, двориками за Трехсвятительскими переулками, за Солянкой, — то бросалась в лоб кривляющейся лошадью — не то пегасом, не то горбунком, привскакивала галопом пустырей, припускала иноходью новостроек — и все норовила отпечатать на сознании — подковой — взгляд, свой личный, сложный, грязный след, так похожий на покривившуюся карту — с зрачком Кремля, кривой радужкой реки, орбитами кольцевых, прорехами промзон, зеленями лесопарков. И вот этот клубок пешеходной моторики, уснащенный то яростью, то наслажденьем, то усталостью, — и составлял прозрачную раковину, намотанную чалмой трасторий на рака-отшельника. Иногда он должен был придумать себе цель перемещения, и он выдумывал, но всегда непредметную: то ему следовало раствориться, то напротив — вникнуть в дело, что он как раз и есть — мысль города. Он постигал бездомность. Внезапная инверсия выдернула из него нутро и вложила под язык Родину, как облатку яда...

Тут он вспомнил, как много лет назад оказался на офицерских сборах, проходивших на территории части ракетных войск стратегического назначения в лесной секретной глухомани. Во время самоволки на реку тогда его пытался подстрелить часовой, за что он получил «губу», трудодни которой потянулись на кухне. И вот повар требует подтащить со склада коровью полутушу. Вдвоем они долго и сложно ворочают через сосновый бор буренку. Наконец присаживаются на корточки для перекура. Прикладывают к теплой, нагретой солнцем земле озябшие до ломоты руки. Над протяженной тушей, облепленной хвоей, веточками, отрядами муравьев, тут же появляются слоновые изумрудные мухи. Вверху чирикают птицы, полосы солнечного света текут между розовых сосновых стволов. Королев докурил и, поднимаясь, различил цифры и буквы чернильной печати, поставленной у крестца: «1941 г., Моск. воен. окр.». И вот эта туша, вытащенная ими тогда на прокорм, накрепко застряла у него в голове, он теперь так стал видеть всю эпоху — как кормящуюся такой несъедаемой тушей...

Наконец он развернулся и, дрожа и пугаясь плачущих, шипящих машин, пошел на Садовую, до Сухаревской площади, потом до Красных ворот, отсюда свернул на Басманную. Уже наступил вечер, в рюмочной все столики были заняты, и он выпил стакан коньяку у стойки, но от этого легче не стало. Он вышел прочь и, пометавшись на месте, у Доброй Слободы повернул и впутался в клубок незнакомых переулков, скоро вытолкнувших его к Яузе. Он вышел на мост и оглянулся, не в силах сдерживать судороги и слезы. Огни города, машин, блики на реке потекли, разорвались, схлынули, потянулись, брезжа, разливаясь. Душевная боль облекла сильной линзой его зрение. Линии набережной, парапеты искривились, взлетели, хлестнули. Он рванул на груди рубашку и побежал на ту сторону, скрылся в парке. Скоро дорожки привели его к теннисному корту, где он прикорнул на зрительских скамейках.

Ночью проснулся от холода, с преступно ясной головой и, унимая колотун, пустился вприсядку вокруг столбика для сетки. Многосуставчатый кристальный механизм мыслительного припадка бежал у него в голове с легким звоном...

— Но опять же все это мелкие черточки, все это ничтожно по сравнению с тем трагическим замыслом, что незримо овладел верхними слоями и нынче спускается в видимые нижние. Да — слишком просто, чтобы быть правдой. Ага, ага, снова получается, что если бы не Бог, я б давно уж удавился. И все-таки, как это неподъемно сложно. Тут словно бы — как ни просто — упираешься в ответственность самосознания. Здесь нет и духа скорби — куда подевалась империя, и все такое. Не в материальной составляющей дело, а в том, что незримая природа Родины терпит фиаско раз за разом, подобно футбольной нашей сборной... Речь идет не об умалении царственных функций, а простых человеческих. В общем, тут много воспаленной интуиции, возможны заблуждения, но я далек от паранойи. Это не больше, но другое, чем осмысление завершенности истории, это ощущение... Знаете, есть представление об ангелах-хранителях государств, империй. Так вот, это ощущение взмаха крыла при взлете...

— Ну хорошо. Меня даже не забавляет мысль, что пришествие мессии в свое время осталось не замеченным современниками. Точно так же пришествие антихриста могло остаться незамеченным, а образ его вполне собирательным: почему личность не может быть эпохой?..

В парке стали появляться первые прохожие: бегуны и хозяева собак с питомцами, старушка в кедах, семеня навстречу, посторонилась, одичало глядя на него из-под поломанных очков, притянутых с затылка бельевой резинкой. Королев уже давно незряче плелся по дорожкам парка, бормоча и энергично раскрывая в никуда объятья, не то — чтобы согреться, не то помогая себе продвинуться вперед, навстречу смыслу...

— В конце концов, всегда отмахивались и будут отмахиваться до последнего: нет, еще не конец, все скоро двинется снова. Но ведь все-таки веревочка рано-поздно совьется — и те уста обрыв ухватят. Нет-нет, совсем не то, все хуже, представь, что никакого конца никогда не будет: ни хорошего, ни плохого, и никакого Суда, ничего вообще — только многоклеточная глупость, горе и захламленная пустота...

— Господи, ну что я думаю?! Что это вообще со мной такое, к чему вот так?.. Да, о чем? О чем? О выхолощенности — о том, что стремление времени удерживается только энергией вожделения, а общее устройство все делает для скорейшего удовлетворения влеченья, его выхолащивания...

Королеву наконец достало умения понять — все дело было в языке. Он пытался придумать язык, которым можно было бы разговаривать с Неживым. Не с неживой материей, одёргивал он себя. Материя — это цацки, тут сама идея неживого воплощается приходом: Нежи-во-го. Получалось, что все его метания были паникой перед приходом неизведанного Неживого. Он неосознанно чувствовал это. Он не мог понять, что именно это будет, потому что — кто может определить не Ничто, а неодушевленное Неживое?! Он предчувствовал встречу, но неподатливость образа воображению смертельно пугала его. Что это? Машина? Но с машиной можно договориться, она сама создана языком, машинным. Неживая материя, атом, находящийся в обмороке? Ген, всей штормовой совокупностью азбучных молекул оповещающий о брошенном им вызове? Мыслящий белок? Все это было непредставимо — и любая, самая изощренная конструкция в конце концов вынуждала отринуть себя: ради определения Неживого, к которому он так бешено подбирался.

Вот от этой немоты он все время и бежал — найти, обрести дар речи. Слово «смерть» ему не подходило — уж слишком много оно вобрало человеческого. Человеческое — вот что он всеми силами духа пытался отринуть от себя, пытаясь представить себе, изобрести язык, которым бы он встал на защиту этого же человеческого перед Неживым.

Ну да: царство Его — не от мира.

Все привычные картины не годились. Огненные колеса, катящиеся по небу, нагая женщина без головы, выше леса, шагающая впереди войны, стеклянные косцы, бесформенные в своей слепой ярости, широким махом собирающие дань, — все эти образы были семечками перед тем, что восставало перед Королевым при мысли о великом Неживом. Там, в этом усилии логического воображения, что-то такое было уловлено им, что не поддается ни историческим, ни мифическим, ни гуманистическим интерпретациям, и он ошибался: для этого нет языка — какой язык у смерти, кроме ich liebe?..

Не отпускало.

LXVI

Он сам себе объяснял о времени — языком, который словно бы растолковывал себе-постороннему, что ему каюк, что несмотря на то, что он вроде бы живой и куда-то идет и будет идти, но все равно ему каюк. Это было больше и страшнее, чем зомби, — который никогда не узнает, что он такой. Мрак убедительности и постепенности осознания окутывал его. Его путаные бредни частью сводились к распознанию себя: человек он или машина? Вот сама по себе риторическая структура всех его метаний как раз этим и занималась, обращаясь к нему самому с пыткой дознания: кто ты? мертвый или живой? обманутый или выброшенный? где твоя Родина?

Что грядет? Что за новая эпоха заступит на смену рассчитаться с человеком? Вот это Великое Неживое вновь и вновь маячило перед ним, и он давно не мог сравнять его с собственным бредом. Объективные признаки были очевидны. Демография, опираясь на палеонтологию, предъявила их с непреложностью законов Ньютона. Доисторическая жизнь на Земле множилась видообразованием по закону гиперболического роста. Последний характерен тем, что имеет точку сингулярности, в окрестности которой происходит устремление параметров жизни в бесконечность. Подчиняясь закону такого развития, невозможно двигаться во времени непрерывно — без того, чтобы не свалиться в катастрофу исхода. И вот, когда разнообразие приблизилось к критической точке, — появился Человек — и в свое развитие вобрал — на деле: сожрал — всю мощь становящейся живой природы, становящегося Живого. Благодаря этому сильный рост видообразования был погашен, сошел на нет. Вместо видов по гиперболе стала плодиться и размножаться Цивилизация — и в середине века уже было понятно, что дело идет к критической точке, когда планета задохнется от злобы, перенаселения и ложной благости. Но нынче рост стал замедляться. Рвущееся пламя гиперболы стало гаситься пустой водой бесплодия и смертности, жизнь отступила перед поступью Неживого, Человек приблизился вплотную к своей метаморфозе — к совокуплению с мертвой материей, — и что-то должно родиться в результате: искусственный разум? очеловеченное мимикой ничто? Эпоха эфемерных сущностей, плодящихся, неуловимых и значимых в той же мере, в какой бессмысленна и реальна будет порождаемая ими смерть.

Не ускользнуть.

В ПУТЬ

LXVII

В эту зиму был еще февраль впереди, и морозы февральские — стало быть, не раз еще он увидит этих бомжей. Он не знал, как их зовут, но сейчас, глядя на них из машины, почему-то решил, что теперь ему непременно нужно узнать их имена, во что бы то ни стало. Это будет его первым шагом... куда, он еще не знал, но вот уже полгода он понемногу погружался в сладкий омут неизвестности, очень знакомой всем холодным самоубийцам, беглецам и, когда-то, когда они еще были, — путешественникам-первооткрывателям.

Рост — вот главное, в чем он сомневался — в своем росте. Не понятно было, сможет ли он выжить среди бомжей с таким ростом. Ведь лучше всего выживают невысокие и сухие типы, отлично переносящие голод и физическую нагрузку. Подобно танковым войскам и воздушным силам, улица отсеивает своих рослых призывников.

Он специально ездил на Комсомольскую площадь, платил втридорога за парковку — и пытливо обходил все привокзальные закоулки в поисках рослых типажей. Куда он только там не забирался. Казанский вокзал оказался полон катакомб, нескончаемых тускло освещенных туннелей, провонявших мочой, ведущих то к завокзальным товарным платформам, то к залежам списанных турникетов, разменных автоматов, то к задичавшим, разворованным складам, затхлая пустошь которых терзала, пугала, вызывала тот торопкий бег сердца, который норовил — и вдруг выплескивался в ноги, сообщал им спорость, — и страх унимался только полной выкладкой, во всю дыхалку, прочь, прочь, когда двигаешься — не страшно, движение — облегченье бытия, вот так побегаешь, и вроде бы все хорошо, не страшно. Крысы метались вдоль этих гранитных плоскостей, бежали, шаркая, с задранными хвостами, пуская писк по ниточке, куда торопились, на что столько трачено гранита? В одном месте Королев наткнулся на трех бомжей, игравших в детскую «рулетку». Вместо фишек, которые ставили пизанскими столбиками у беготни легкого пластмассового шарика, они использовали стародавние метрошные жетоны — из желтого, сцинтилляционного пластика, фантастично мерцавшего в сумраке...

Во всех своих походах он не встретил ни одного бомжа своей комплекции и роста. Все они оказывались невысокими, округло-коренастыми или сухими, но все равно крепкими. Обнаружил только одну рослую бабу, с мгновенно состарившимся лицом. Он научился различать такие лица — преображенные не текучей метаморфозой гримасы, а словно бы скоротечно потрескавшиеся, подобно живописным подделкам, состаренным морозом и ультрафиолетовой лампой. Женщина была высока и красива, смугла от грязи, в шерстяном платке, стянутом под подбородком. Она стояла у свалки турникетов с одеялом, перекинутым через руку, сжимая долгими ногами баулы, вся пронизана нелепо сложным тиком, обуревавшим ее от колен — к руке, прыгавшей с дымящимся окурком. Правильные черты лица соединялись с гримом безумия. Она что-то бормотала, по лицу пробегала то усмешка, то испуг, то жестокость...

LXVIII

Эти похождения по трем вокзалам косвенно подтвердили давнее наблюдение. Дело в том, что со временем Королев заметил, что если в мире рождается человек с лицом кого-нибудь из великих людей прошлого, то он обречен на слабоумие. Происходит это, вероятно, оттого, что природа в данной форме лица исчерпала свои возможности — и отныне долгое время оно будет отдано пустоцветам.

Один из примеров такому наблюдению Королев находил в Германне и Чичикове. Сходство профиля с наполеоновским поместило одного в 17-й нумер Обуховской больницы, а другого сначала в объятия о. Митрофана, затем в кресло перед камином, в котором он и пропал, поморгав огненной трехглавой птицей, покатив, помахав страницами-крыльями.

Но отыскивался еще и другой пример, более значимый.

Лицо Юрия Гагарина — очень русское, распространенное в народной среде. Еще мальчиком Королев встречал в электричках и на вокзалах — а куда податься неприкаянному, как не в путь? — сумасшедших людей, старательно похожих на Гагарина. Лица их были совсем не одухотворены, как у прототипа, а напротив, одутловаты, взвинчены и углублены одновременно. Их мимика, сродни набухшему пасмурному небу, поглотившему свет взгляда, жила словно бы отдельно от выражения, мучительно его содрогая, выводя из себя...

Вообще, продолжал размышлять Королев, не бессмыслен бытующий в народе слух, что Гагарин жив, что его упрятали с глаз долой, поменяв ему лицо, поселив в какой-нибудь горе на Урале. Или — что его на небо взяли живым. Как Еноха. Как бы там ни было, в русских деревнях фотографию Гагарина можно встретить чаще, чем икону. Фотографию, на которой милым круглым лицом запечатлен первый очеловеченный взгляд на круглую мертвую планету.

Так вот, лица бомжей, встреченных Королевым на вокзалах, монтируясь в зрелище, напоминали ему о том наблюдении. Постоянно выхватываясь взглядом, приближаясь из сумерек, нарастая, опускаясь к земле, — лица то размывались, то очерчивались, сгущались в фокус лица Гагарина, которое все же ни разу не набрало отчетливости яви, — и Королев понял, что ему еще предстоит в скором будущем повстречаться с Первым космонавтом.

Кроме той бабы, ни одного рослого бомжа на вокзалах он не встретил. Снова и снова он вчитывался в записки одного военнопленного, прошедшего через концлагеря от Восточной Украины до Северной Италии. На этих страницах были рассыпаны критерии выживания, пункты психологической и физиологической дисциплины. Из них следовало, что выживают в тяжелых условиях только сухие, приученные к голоду люди. Что ширококостные сангвиники быстро теряют силу духа, впадают в уныние и сами начинают подмахивать загребущей смерти. Еще этот бедолага описывал некоторые критические случаи, предупреждая, например, что нельзя голодающим есть неспелые хлебные зерна. Он рассказывал, как группа узников, шедших по этапу среди колосящихся полей, вдруг набросилась на хлеба. И вот уже Королеву снилось, как он трет в ладонях пучок колосьев, как задыхается, кашляет от плевел, как разжевывает мякотные молочные зерна, упиваясь слюной и сытой жижей, — и как потом пухнет снутри горой серой массы, как узлом его скручивает заворот кишок, вырастают передние зубы, — и крик его протяжный присоединяется к возгласам и писку других грызунов, объевшихся неспелым хлебом.

Королев вытвердил святого Антония: «Душевные силы тогда бывают крепки, когда ослабевают телесные удовольствия» — и для входа в бродяжничество начал тренироваться: голодать и бегать. По утрам носился по Пресне, как кулан: по Замоенова к церкви, перелезал через забор, пересекал захламленный двор астрономического музея, выбирался на холмы Рочдельской улицы, Трехгорку — и рушился с нее на набережную, река излучиной увлекала его бег.

Он штудировал «Путешествие Иегуды Авитара» — поэта, под видом дервиша пересекшего в XII веке Среднюю Азию. Авитар! Ища способ избавления для народа своего — в поисках тайного колена Сынов Моисеевых, одного из десяти рассеянных, легендарного племени великанов, уединенно поселившегося за Аралом для взращивания мессии, — поэт пересек тьму пустоши. Рано осиротевший, не имевший ни семьи, ни друзей, Авитар с юных лет увлекался философией и поэзией, много путешествовал, талантом и врачеванием заслуживая гостеприимство. Целью его путешествий постепенно стало разведывание безопасных путей в Палестину. Для этого ему было нужно познакомиться с обычаями и нравами народов, встречающихся на тех или иных направленьях, — и выбрать путь наименьшего сопротивления. Вдобавок он чаял передать Сынам Моисеевым сведения о страданиях своего народа, воззвать о помощи и освобождении. В пустыне он повстречался с таинственным племенем огнепоклонников — поклонявшихся огню, происходящему из мертвой материи — из земли, из недр, благодаря источению нефти или газа. Адские огнепоклонники почитали некоего Аримана и противопоставляли себя последователям Заратуштры, который требовал поклоняться чистому огню, происходящему из живого — из дерева. Напитанный путешествиями по Каспию и Аралу, Авитар был вторым после пророка Ионы поэтом в иудейской литературе, сочинившим стихи о море. Как философ Авитар стал известен лишь век спустя — благодаря Фоме Аквинскому, который до конца своих дней почитал его как христианского богослова, считая труд «Фигуры интуиции» вершиной умной веры. Легендарный образ Авитара служил Королеву подспорьем, часто единственным. Погиб поэт под копытами всадника при входе в Иерусалим, в который стремился всю жизнь. Любимая максима Авитара: «Конкретно только всеобщее». Фома Аквинский ценил мессианскую философию Авитара, считая, что так, как он ждал мессию, всякому христианину следует ждать Христа, в этом квинтэссенция веры.

Пыль песков Фарсистана, заславшая путь Авитара, насыщала кожу Королева. В Гёмштепе поэт едва не был разоблачён Джунаид-ханом — предводителем туркменских племён, среди которых разбойники-кандакчи совершали из пустыни набеги на языческий маздакский Иран, грабеж и захват рабов прикрывая священными целями. Рабов, не выкупленных родственниками, отправляли угнетатели в Хиву, на продажу. Дервишам кандакчи выдавали десятину: монетами и угощеньем; зазывали в юрты. Славяне, совершая морские набеги, иногда нападали на селения, сжигали их, освобождая пленных. Туркмены принимали эти походы за религиозную войну. Джунаид-хан кормил Королева одним бараньим жиром с чаем, испытывая его крепость пустынника. Вчитываясь, подгадывая момент побега из гостеприимных объятий хана, Королев готовился спуститься в пустыню улицы, как в ад — и составлял кодекс маскировки и поведенческой самообороны.

Авитар, в своих прозрениях описывая различные стадии мистического соединения с Богом, внушил Королеву две простые мысли. Первая заключалась в том, что отказ от себя — погружение в «пропасть абсолютной бедности» растворит личность в Боге. Вторая мысль была непростым усилением первой: поскольку всякая любовь, в том числе и любовь к Богу — эгоистична, то ради истинной любви к Богу следует избавиться от самой любви.

В ночь перед отправкой Королев узрел страшный сон. Фон его составил куб воздуха, наполненный светом и пустыми птичьими клетками. На переднем плане плыл его любимый художник Матисс — уже старый, с запущенной бородкой, в надтреснутом пенсне, — он озабоченно склонялся к невидимому предмету, затерявшемуся в зарешеченных дебрях нестерпимого солнечного света. От этой картины защемило сердце.

LXIX

Постепенно приметы будущего стали одолевать Королева.

По утрам с охраняемой стоянки за новым домом, выстроенным напротив, выезжали машины, чья стоимость раза в три превышала цену его квартиры. У шлагбаума топтались и зыркали телохранители. Королев знал, что если пройти мимо, когда выходит из машины «хозяин», — можно услышать в свой адрес: «У вас шнурок развязался!» Так сметливые телохраны отвлекали его внимание от физиономии, которая могла бы ему запомниться по телевизионным выпускам новостей. Королев дважды попадался на это, и впредь избегал шастать мимо.

Поздним вечером стояночная охрана выпускала собак, чутко заливавшихся ночью на чужака, который, случалось, забредал в переулок по разной нужде: срезать к метро, отлить, заплутать. Звонкие собачки — три дворняжных рыжих выблядка (чей папаша, колли Принц из соседнего подъезда, год назад сдох от рака) будили его по ночам. Жестоко неприятельствуя с пришлыми тварями, загрызая приблудных щенков, эти узкомордые собаки зорко распознавали жителей трех близлежащих домов как своих.

Но когда Королев выскочил с пыльным, отяжелевшим от хлама мешком на вытянутой руке, они гурьбой покатились на него из-под шлагбаума стоянки, проскальзывая по слякоти, царапая асфальт когтями. Королев подал голос:

— Это еще что такое...

Неудобный пыльный мешок, которым ни в коем случае нельзя было касаться одежды, отягощал вытянутую руку, торопил его к помойке. Лай стал перемежаться захлебывающимся рычанием, выдались клыки. Королев съежился и, мотнув мешком, ускорил шаг, предвкушая острую боль в лодыжке. Помойка была за домом. Собаки неистовствовали. Королев оказался не готов бросить мешок и развернуться к бою.

Крысы закишели в контейнере черными зигзагами, длинно сиганули одна за другой — и скрылись в дыре под грузным сугробом, привалившимся к трансформаторной будке. Псы отвлеклись на крыс, стали рыть снег, и он успел ретироваться.

Дрожь растворялась в теле, шаг летел. То, что собаки его не узнали, набросились, что они приняли его с мешком в руке за бомжа — и он испугался, не разогнал шавок ногами по мордам, а позволил им вогнать себя в шкуру бродяги, плетущегося с мешком от помойки к помойке, и позорно дал крюк через соседний двор — это его поразило, пронзило унижением. И когда вернулся с пустыми руками к подъезду, то не сразу вошел, а, сжав кулаки, прошелся в сторону стоянки, к шлагбауму. Но псы, снова выбежав на него, теперь тут же потеряли интерес, замотали вяло хвостами и подались восвояси.

LXX

Надя и Вадя отыскали дом Королева так. Вечером 25 января, в самый мороз — в день шестидесятилетия Высоцкого они пришли на Малую Грузинскую, 28. Дом этот был местом паломничества. Под барельефом, с которого рвались покрытые патиной бешенные кони, стояли люди. Кони были похожи на шахматных, грубой резки. Они подымали волны, порывали с упряжью, спутанной с лопнувшими гитарными струнами. Бородатый мужик в лыжной шапочке, долбя кулаком воздух, выкрикивал стихи.

Напротив через улицу высился костел, восстановленный из бывшего склада. И вот эта близость величественного костела к дому с мемориальной доской, — близость краснокирпичного, устремленного вверх здания, внутри которого ходили священники в белых мантиях, а с Рождества у ограды стояли ясли с кукольным скотом и волхвами, уютно подсвеченные изнутри в промозглой московской тьме, — все это вызвало в Ваде неясный восторг — источник смешанного чувства безнадежного мужества и жалости к себе.

Постояв поодаль ото всех и дерябнув за упокой и здравие, Вадя повел Надю по дворам, осматривая подходящие подъезды. Самым подходящим оказался подъезд Королева.

Засыпая, Надя думала, что сегодня они были в церкви, и шептала: «Спасибо, мама. Очень вкусно. Очень вкусно. Очень вкусно...»

LXXI

Первая ночевка Короля состоялась в парадном дома тридцать шесть дробь шесть — по Пресне. На углу его висела табличка: здесь до 1915 года жил Маяковский, здесь он написал «Облако в штанах». Это была тренировочная ночевка: он взял с собой пенку и верблюжье одеяло. Припас сыру и мадеры. Сквозь сон его окатывали волны холода — столб ледяного воздуха вместе с пробуждением наливался в парадное и стоял, словно чугунный часовой. Мороз затаенно дышал внизу беспощадным зверем. Колотун настиг его к утру, и он с мутной головой проскакал переулками к себе, залез в горячую ванную, где часа полтора и отоспался перед работой.

...В день, на который Королев наметил окончательное отбытие, ранним утром после пробежки он зашел в магазин купить что-нибудь к завтраку.

Перед ним у кассы стояла немолодая ухоженная женщина. Она мешкала с покупками, что-то странно приговаривая.

Росту она была высокого, одета в хорошее пальто. Над короткой стрижкой реяла красная шляпа с широкими полями. В неэкономных движениях дремала неуверенная грация. Говоря сама с собой, она хрипло размышляла над покупками, стоящими на прилавке: над стопкой консервных банок с кильками в томатном соусе и бутылкой дешевой водки.

— Ну и зачем ему по такой цене бегать два раза?..

Она отошла и сняла с полки еще одну бутылку.

— А теперь внимание, — подняла она палец, обращаясь к юной кассирше. — Вот это мое, — при этом женщина ладонями охватила и придвинула стопку консервных банок. — А вот это — его, — звякнув, она отодвинула бутылки. — Его, — повторила женщина.

— Соседа? — послушно спросила девочка.

— Соседа, — удовлетворенно подтвердила женщина и, выпрямившись, двинув слова ладонью: — Его отрава.

Тут Королев заметил, что у нее к плечу прилипла паутина, рукав перечеркнут пыльным следом, а сама она, вытягиваясь, покачивалась, будто гимнаст, в стойке «соскочивший со снаряда».

Расплачиваясь, он тревожно думал об этом таинственном соседе и, выйдя уже из магазина, понял: «Этим соседом скоро буду я, — все шансы».

Вечером, Королев на Курском вокзале «зайцем» сел в поезд Москва—Симферополь. Сняли его в Орле, дав поспать на третьей полке до рассвета. Через три дня, выйдя из КПЗ, стоя у парапета набережной над Орликом, — он зашвырнул ключи от квартиры в круговерть реки.

В Орле гулять было чище, но холоднее, чем в Москве: отапливаемых убежищ почти не было. С автовокзала его прогнали местные доходяги, не желавшие делиться доверием ментов, дозволявших им чистенько сидеть в зале ожидания — с часа ночи до пяти утра.

Королев послонялся по разваленному центру, по хмурым окраинам, где был дран собаками; посетовал, что не весна, — и вернулся в Москву, где хотя бы нарядные светлые витрины согревали его приятностью. Ночевать стал на улице Герцена в подъезде дома напротив театра Маяковского. Выбрал это парадное по старой памяти. На первом курсе первый и последний раз в жизни он участвовал в такой студенческой забаве: «театральном ломе» — осаде театральных касс. Группа студентов, переночевав в подъезде у театра, на рассвете блокировала подступы к кассам. Группа из другого вуза, с которой было договорено противоборство, приезжала на первом составе метро. Борьба состояла из массовых толканий и втискиванья с разгону, взброса. Не каждый житель подъезда был способен ранним утром переступить несколько десятков тел, разложенных на его пути к лифту.

Королеву ночевать на Герцена было менее неловко, чем где-либо. Там он себя успокаивал подспудной выдумкой, что «театральный лом» продолжается, что вот та сложно постигаемая научная мысль, от которой он не успел тогда за день остыть — мысль о Втором законе термодинамики, о цикле Карно, — продолжает крутиться в его мозгу сквозь зубодробильный колотун, охвативший от холода и нервной дрожи; он закуривал негнущимися, прыгающими пальцами, и даже находил в этом ностальгическое удовольствие, в моторной памяти этих движений, совмещенных с навязчивой трудной мыслью об энтропии. Но в подъезде скоро стали делать ремонт, начавшийся с установки домофона, — и всего через неделю ему пришлось перебраться на Курский вокзал.

Там он подружился с Бидой. Это был толстый курчавый парень, жадно говоривший, жадно куривший, жадно жевавший, все что-то беспорядочно рассуждавший о себе. Кликухой его оделили вокзальные кореша, с которыми он имел какие-то суетливые не то трения, не то сделки. Биду звали Павлом, обретался он на вокзале по жуткой причине. Он был болен игроманией и, служа в каком-то офисе, после работы допоздна торчал в залах игровых автоматов, где просаживал то, что зарабатывал. Ему казалось, что вот-вот и он откроет секрет — как обыграть «однорукого Джо». Наконец он устроился кассиром в игровой зал. И вскоре проиграл всю дневную выручку. С тех пор был в бегах. Хозяин заведенья приходил к его матери, требовал расквитаться, вынуждал продать квартиру. Дома Паша жить не мог, во дворе дежурили кореша хозяина. Мать сама приходила к нему на вокзал, приносила еду, плакала и ругала. Королеву с этим несчастным болтуном было уютней, чем одному. Он вообще стал тянуться к людям, не упуская возможности пообщаться, удовлетворить любопытство: так наверстывал свое прошлое одиночество.

9 Матисс

Пустая голова Паши была набита схемами выигрышной стратегии. Королев пытался воспитывать его, рассказывая о Законе больших чисел. Бида, не понимая из этих рассказов ни слова, большей частью оттого привязался к Королеву, что решил, будто тот как раз и обладает тайным способом разрешить «однорукого бандита». Королев видел, как он, делая страшные глаза, украдкой указывает матери на Королева, что-то шепча жирными губами. Как женщина пугается и недоверчиво смотрит ему в глаза.

Из опыта привокзальной жизни Королев вынес, что на вокзале всегда есть люди, которые вечно важно ожидают поезда. Как правило, это полусумасшедшие старики, старухи и их приблудные не то кореша — не то дети. Непременно подчеркивается, что они ждут не чего-то там такого, совсем не жизнь прожидают, а ждут именно поезда. Они страстно хотят быть как все, делают вид, что они тут не просто так, а осмысленно, как приличные — и тоже куда-то едут. Для этого из расписания поездов берется подходящее время отправки, скажем, 12:25, до Брянска. И каждые четверть часа они у вас попеременно справляются о времени. Вы отвечаете. И вам кивают, приговаривая: «Осталось столько-то», покачивают головой, посматривают по сторонам, будто приглядывая за сумками, ничего что чужие. Когда же время-икс остается позади, спустя час-другой возникает новое значение переменной, непременно соотносящееся с реальным пунктом назначения.

Тоска по будущему владела нищими. Будущее время было для них закатывающимся солнцем, которое больше не взойдет.

Такое оправдание личного существования завораживало Королева. Комичная скрупулезность, с которой эти люди упорядочивали, маскировали нормой, удерживали свою жизнь, — снимая пафос, наполняла его пронзительностью.

LXXII

Бродяжить было трудно, но увлекательно. Он все время подыскивал новый ракурс, в котором ему было бы интересно вгрызаться в Москву, теперь представшую особенным остросюжетным пространством, каким когда-то было пространство детства — царство помоек и свалок, подвалов, складов, заброшенных локомотивов, пустых цехов, в которых можно было набрать карбиду, украсть огнетушитель, ацетиленовый фонарь, срезать с брошенного компрессора пучок медных тонких трубок, набрать в консервную банку солидола для войлочных поршней воздушных ружей, напиться вдоволь ядреной газировки из автомата: щепоть крупной соли в пол-литровой банке вскипала вместе с рыгающей ниагарой газводы...

Он впивался и гнался за Москвой — она была его левиафаном. Он находил в ней столько увлекательного страха, столько приключенческой жути, извлекаемой при посещении необычайных мест, что порой утром никак не мог сообразить, чем сперва ублажить себя, чем заняться, куда пойти: не то на чердаки Чистого переулка — копаться в рухляди и старых журналах, выискивать, высматривать сквозь слуховые оконца доисторическую мозаику проваленных крыш, ржавых скатов, покосившихся пристроек, ослепительно засыпанных синеватым снегом, не то — пробраться на заброшенные мансарды Архангельского подворья, просеивать противопожарный песок, которым были завалены перекрытия, вылавливать из сита мятые гильзы, довоенные монеты, серьгу — серебряную дужку с оправленною капелькой граната, — все, что ссыпалось из карманов постиранных блузок, рубашек, брюк, гимнастерок, вывешенных на просушку, снятых с тел уже истлевших; не то — рвануть на Поклонку, в Матвеевский лес, пробраться по пояс в снегу лесистым оврагом к первому пятиметровому забору сталинской дачи, барахтаясь, откопать низенькую собачью калитку, скинуть обломком ножовки крючок, порвать джинсы о гвоздь, взойти в зону отчуждения, прилегавшую к «цековской» больнице, оглядеться поверх расчищенных ни для кого дорожек, поверх еще одного забора, набегающего вдали под вилообразными и корабельными пагодами сосен, войти в параллелепипед оранжереи, в жаркий оранжерейный город, полный стекла, света, пахучих дебрей, плетей с колючими мохнатыми огурцами, свежевыкрашенных отопительных змеевиков, увенчанных белыми солнцами манометров, и мшистых вазонов, хранящих корневища мандаринов, лимонов, лаймов, луковицы мохнатых георгинов, сильных гладиолусов, лилий, путаницу корявых обрезков виноградных лоз, из мускулистых расселин которых взлетала, ветвилась разносортица крапчатых дурманных орхидей; погулять среди вспышки лета, разглядеть бабочку, проснувшуюся в оттепельный зной и теперь гипнотически раскрывающую и смыкающую крылышки, посидеть в горячем от стеклянного солнца седле культиватора, упасть на колени, когда сторож появится в проеме, ползком обойти его к выходу — и пулей прошить сугробы, калитку, овраг.

Королев упивался привольем. Освобожденный от бессмыслицы труда, первый месяц он и не вспоминал о Гиттисе и брошенной квартире. Только однажды мелькнула мысль, что неплохо бы продать машину, пополнить наличность. Москва скоро выстроилась в его представлении ячеистым осиным лабиринтом — раскольцованным, кое-где перенаселенным, кое-где вымершим, благоухающим душком запустенья, тленья, исходящего от шуршащих мертвых, необычайно легких ос, — но непременно полным лакун, нор, ходов, ведущих в потусторонние места, над которыми нет никакой власти ни у государства, ни у человека, где царит городской деспот-миф, где морок обыденности ретируется перед дерзостью любопытства. Москва —

купеческая алчная клоака — вся нашпигована такими ходами, норами в неизвестное, которыми пользовались особенные твари, разоблачая коих продувной смелостью, можно было внезапно проникнуть в такую чертовщину или драму, — хуже если в драму.

Шедевры Необычайного проплывали в повседневности незамеченными, он бережно хранил сокровища столицы, относя к ним многое. Циклопические шлюзы канала Москва—Волга открывали гигантские, размером с дом, свои ворота в вену заполярных просторов — бледного неба Печоры, Соловков, беломорской каторги, замусоренных штормами валунных берегов Колгуева, ледовитого пути и слепящей лилово-белой пустоши; все эти сторожевые будочки-маячки с выбитыми стеклами, увенчанные гипсовыми нимфами 1930-х годов, вызывали желание в них пожить — и он ночевал там несколько раз, прежде очистив квадрат куском шифера от битого стекла и заледенелых кучек. Дощатый ангар полярной авиации, сохранившийся среди высоток в Тушино — обнесенный непроходимой самопальной оградой из кроватных сеток, спинок, вынесенных дверей, клубков колючей проволоки (постарались неведомые хранители), в ангаре этом сидела в засаде стая косматых бездомных псов, он был заколочен со всех сторон, но пронизан вверху прорехами, пропускавшими лезвийные крылья морозного света, — и, по слухам, хранил в целости легендарный Ант-25РД — раскрытый в сорокаметровом размахе, на спущенных покрышках шасси, с задранным кокпитом и лопастной четверной каруселью движка. Или простая автомобильная мойка на окраине Белорусского вокзала оборачивалась входом в спутанный до бесконечности вагонный город — в путевую проекцию всей страны, заполнившую запасные пути.

Шатаясь по Воробьевым горам, он пробирался задами на территорию Мосфильма, где отыскивал заброшенный павильон, полный сказочных декораций его детства — в нем стояла завалившаяся избушка на мохнатых птичьих ножках, картонные дебри Муромских лесов, остатки дворца чудища из «Аленького цветочка», и высилась, наподобие часовенки, гулкая башка богатыря — брата злобного карлы Черномора. Башка была размером с деревенский дом, в ней уютно было ночевать. Однажды он запел в ней — и самому стало жутко от этого глухого, не его родного, а будто отнятого баса.

На островке между Сетунью и Потылихой он прокрадывался на полигон киношных каскадеров, где среди трамплинов, самолетов, сожженных автомобилей стояла обрушенная космическая станция, некогда размещавшаяся на Солярисе. Ночевать в этом самодельном космосе было невозможно, так как станцию охраняла бешенная такса, окровившая ему лодыжку. От таксы Королеву пришлось отпираться лыжной палкой. Ее он подобрал на помойке и использовал как клюку, воображая себя на горном маршруте, будто идет траверсом на перевал, зондируя альпенштоком наличие трещин.

В Гранатном переулке рядом с Домом архитектора наткнулся на скульпторскую мастерскую, предназначенную сносу. Подвал ее был забит эскизами монументальных памятников: бюстами военачальников, гражданских лиц, почему-то лысых и в пенсне. Многие скульптуры повторялись, образуя карусель двойников, которых он, ежась, обливал холодным светом светодиодного фонарика. Попав в ловушку пытливости, он полз в этом завале пространства, покоренного буйным потоком человеческой плоти. Здесь плашмя лежали люди в шинелях и буденновках, с протянутыми по сторонам руками; напряженно и беспорядочно, как на сбившемся с поступи балу, прогибались в стойках мускулистые гимнастки. Замерев при виде свалки гипсовых голых тел, он что-то вспомнил, провел рукой по ледяной ноге... и кинулся прочь, но запутался в проходах, забитых каменным столпотвореньем, ударился о чью-то длань скулой, загнулся от боли. Взяв себя в руки, он долго еще бродил там, содрогаясь от скульптурных напряжений, от вздыбленно-волнистого ландшафта торсов, складок шинелей, знамен, девичьих грудей, лодыжек или слабых животов старух, склонившихся над шайкой. От вдруг выплывшего навстречу просящего лица девочки, с косицами торчком, вытянувшейся вслед за острым носиком, бровками — вдруг показалось ему, что есть одна такая ночь, когда все эти скульптуры оживают и выходят на улицу, бродят по Москве, идут на бульвары, устраивают что-то вроде сходки, толпятся, поводя голыми глазами: жгут костры, погружая в пламя каменные руки. Подвал этот все-таки вывел его в высоченную залу мастерской, крытую пыльными, залитыми льдом квадратами стекол, где он не стерпел и включил свет — и тогда сверху обрушились козлоногие маршалы, композиторы на летающих нотных скамейках, богиня правосудия, похожая на прачку, пегасы и множество мелких бюстов, моделей, эскизов, разновеликими бесами спрыгнувшие с табуреток, этажерок. Все это было озарено воплями хозяев мастерской, ночевавших на антресолях, с которыми он тогда и подружился в том смысле, что милицию они вызывать не стали. Это оказались мать и сын, растерянные хранители монументального наследия их отца и мужа. (Его смущенное лицо в тонких очках, обвешанных паутиной, подействовало доверительно.) Он всегда помнил об этом жилом подвале — и тогда, когда наткнулся за Амстердамской улицей на тимирязевскую дачу Вучетича, где стояли гигантские, будто задохнувшиеся от апоплексического удара головы полководцев, где Родина-мать, откинув за спину меч, казалось, плакала от бессильного гнева...

Однажды в ясный день до сумерек бродил по Ходынскому полю. Была легкая метель, свивавшаяся над чистым горизонтом в полупрозрачные скачущие толпы. Люди наваливались друг на друга, но следующий порыв подымал их, тянул, разбрасывал, они падали снова, и снова ветхо подымались. Он тогда на поле дежурил до ночи призраков погибших людей, задавленных в ямах и рвах Ходынки. Они пришли сюда за копеечной кружкой, платком, за сайкой и горстью конфет. Но искал он не в том самом месте, у Боткинских больниц, а со стороны Хорошевки, где взлетная полоса Аэродрома № 1 еще выдерживала натиск новостроек. В торце ее стоял ремонтный ангар, двери которого скрывали залетный Ил-76. Именно этот артикул Королев разглядел однажды в серебристом потоке над своей головой. Самолет не то ремонтировали, не то собирали по частям, которые почему-то грузовиками прибыли с Казанского вокзала, не то здесь он совершил вынужденную посадку и теперь требовалось, бежа разложенья, срочно переметнуть самолет в нужный порт. Здесь, на Ходынке, его больше сторожила, чем ремонтировала бригада механиков. Поздней весной пробные пуски двигателей стали оглашать окрестности.

Точное место трагедии Королев узнал только летом, когда шатался по полю вместе с Вадей и Надей. Тогда они повадились на Ходынке жечь костры в ночном, варили кулеш из соевой тушенки. В одно из утр мимо них случилась самопальная экскурсия. Королев на время примкнул к ней, и вожатый — решительный рослый парень, похожий на Маяковского, вихрастый, в пиджаке и чистой рубашке, скороходом пересекавший поле с фотоаппаратом наперевес, сообщил в подробностях, где и как была обустроена праздничная площадка, где стояли шатры, кадки с пальмами и фикусами, откуда прибывал народ — и где потом хоронили жертвы: на Ваганькове вырыли длинный ров, ставили гробы в три яруса, на крестах карандашные надписи.

В те же дни они проснулись на рассвете, их разбудил страшный рев. Догорали угли под пышной шапкой серой золы, от росы на спальнике в складках стояли треугольные, шевелящиеся от дыхания линзочки. Нацелясь прямой наводкой на высотки, на бетонную дорогу выкатил самолет. Вокруг него, размахивая тряпками, бежали три человека. Из пилотской кабины свешивался по пояс человек и что-то высматривал перед шасси, сильно колотя воздух рукой. Наконец он убрался и закрыл окошко. Аэробус замер. Двигатели взревели. Самолет рванулся с места, коротко разбежался на взлет. Оторвавшись, громоздкая его туша двумя прозрачными бороздами расплавила и замешала под собой воздух — и окна домов, полные рассвета, прояснились от дрожи, когда, заломив закрылки, он протянулся вверх и на развороте исчез за новостройками, навалившимися на Хорошевское шоссе.

МЕТРО

LXXIII

В холода он приходил погреться у метро. Просто постоять у выхода, уловить всем телом дыхание горячего ветра, вырывавшегося из-за распахивающихся дверей, бьющих в наклонные, напирающие на выходе туловища людей. Это тепло было равнодушным дыханием недр, никакого отопления в метро не существует: земля теплая, ее преисподняя греет. С тех пор, как ему пришло это в голову, он замирал от внимательного тепла, накатывавшего на него.

Со временем спокойствие и тишина, царившие под землей, вместо благостного стали оказывать одуряющее воздействие. Мало-помалу сомнамбулическое состояние — хроническая сонливость, апатия и безразличие, постепенно покорившие и затянувшие его, растворили личность. Так отсыревший кусок известняка, сначала напоенный влагой, вытверженный ею, постепенно рыхлеет от вымывания. Личность его истончилась равнодушием, он был опьянен ватными снами, природа его стала продвигаться в сторону призраков, чья умаленная существенность наделяла той же аморальностью, не прикладной и потому неявленной, покуда содержащей его в неведении. И вот в этом обостренно пограничном состоянии, отравленный обреченностью, истонченный близостью неживого, он

словно бы становился мыслью города, мыслью его
недр, каким-то их, недр, внутренним сгустком намерения, еще не ставшего, но потихоньку втягивающего
его в окукливание. Видимо, так неорганика искала
в случайной органической форме своего посланца,
вестника. Неживое тяжело и неуклюже, подобно не-
мому с бесчувственным языком, хотело выдохнуть
его не то междометием, не то словом. Он почувствовал это, вспомнив, что в нем самом, в совершенной пустоте и бессмысленности теплилось какое-то немое
говорение, мычание пораженного инсультом обрубка,
что-то, что просилось изжиться из самой его недости-
жимой сути. Когда он понял это и воспроизвел при-
чинный механизм всего, что с ним бесшумно приключилось, в качестве иллюстрации ему взбрело в голову
чудовищное сравнение. Он задохнулся от этой мысли,
его подбородок дрогнул, и мозг судорожно откатил от
всей набранной области ассоциации, но все-таки
хвост ее гремел, стучал и бросался, подвисая: «Если
неживое ищет воплощения — кто это будет: Христос
или антихрист?».

При одной мысли, что у него закончатся батарейки
и он в кромешных потемках станет пробираться на
ощупь, путаться, мыкаться, корчиться под давлением
вышних недр, — он приходил в смертное содрогание,
он потел, у него сводило лопатку. И вот он наконец
найдет какую-нибудь лестницу и, обливаясь слезами,
примется бесконечно карабкаться, и вдруг наткнется

на обрыв лестничного звена — хуже этого он мог придумать только обвал туннеля, заперший его в тупике.

Именно под землей мысль о том, что он должен будет умереть, стала особенно важной. Это как раз и вывело его на свет Божий. Он теперь много думал о смерти. Причем не как о жгучей абстракции пустоты, в юности приводившей его в мрачное бешенство. Думал он теперь о вещах существенности и вещности смерти. О том, как все это будет происходить — быстро, ловко, незаметно; или, напротив, мучительно и неуклюже, с трусостью и паническим потом, с трудом неприятия, униженья, увиливания и неумелой торговли; или, напротив, вдруг его одарит бытие покойным тягучим сном, в который он возьмет весь свой открытый мир, без прикрас и неточностей, без пробелов и скрытности, без этих сверхсветовых обмороков, которые высекает из его сетчатки своей кремнистою подошвой слепящий тонкий человек, чьего лица ему никак не разглядеть.

LXXIV

Он в самом деле упивался свободой. Единственное, что мучило — гигиена и трудный сон в неверном месте, на подхвате у случая. С вечера старался пополнить бутылку с водой — чтобы утром промыть со сна глаза — и, самое главное, почистить зубы. С грязными зубами жить ему не хотелось. Устраивал он постирушку, мыл голову, по пояс — либо в 9-м таксопарке, либо на Ленинградском вокзале, либо основательно в душевой бассейна «Дельфин» на Первомайской, где до сих пор билет стоил полтинник и где он еще и плавал, но немного, экономно, поскольку находился в режиме недоеданья. Излишние траты сил обременяли хлопотами о пище.

Сквозняк и патрульные менты были главными врагами его ночевок. Холод его не беспокоил — был у него с собой приличный полярный спальник и пенка, позволявшие при необходимости спать хоть на снегу, — а вот обстановка вокруг и сознание безопасности были важны чрезвычайно. Если место было стремным, он не мог толком заснуть. Подъезды ненавидел, так как в них постоянно отыскивалась какая-то засада: то жители обрушатся, то свои же, бомжи, задушат соседской вонью. Доступных парадных было мало, а подходящих еще меньше: видимо, он просто не научился их разведывать.

Одно время ночевал в подвалах Солянки, в которых бывал в незапамятные времена. На втором курсе неожиданно познакомился в джаз-клубе в Доме медика с девушкой Сашей, бывшей балериной, переросшей кондицию кордебалета. Эта белобрысая коротко стриженная сорвиголова была старше лет на пять и мотала его по всему городу, повсюду усыпанному ее взбалмошными идеями.

Одно незабвенное мероприятие оказалось съездом мнимых потомков царской фамилии в Питере, куда они примчались на скоростном экспрессе. До последнего момента Саша держала в тайне цель их поездки. Во времена, взбаламученные внезапной легальностью, оказалось модно и почетно обнаруживать чистопородные связи в своей генеалогии, и приниженные советской жизнью, ее уравниловкой люди выдумывали себе голубую кровь. И яростно напитывали ею плоть своей фантазии, приподымавшей их из трясины повседневности.

В прокуренной, обрызганной розовой водой квартире на Лиговке их ждало сборище зомби-клоунов, наряженных в съеденные молью сюртуки, с несвежими розами и хризантемами в петлицах, в картузах и с криво пришитыми эполетами. Дамы красовались в театральном реквизите «Чайки» или «Грозы», с гремучими ожерельями из сердоликов и потертого жемчуга. Толпа на входе волной расступилась перед ними с гакающим шипеньем: «Княгиня, княгиня, сама княгиня!» К ним стали подходить в соответствии с неведомым ранжиром, представляться. Выпив шампанского, скоро они уже были на Финляндском, садились в электричку, ехали в Петергоф, и Королев, смеясь, целовал в тамбуре свою княгиню, а она задыхалась, она всегда вблизи прерывисто дышала от желанья...

Подвалы на Солянке были двухуровневые. В резиновых сапогах, с грузом батареек, термоса, компаса, с двумя огвозденными палками против крыс они спустились в сырые дебри пустот. Продвигаясь в необъятном помещении, пугавшем своей просторностью, превосходящей не одно футбольное поле — фонарик тонул, едва проявляя сумрачную отталкивающую даль, блестевшую лужами, корявую от ржавого хлама, от брошенных автомобилей, — они не понимали, куда их несло. Королев тогда полностью доверялся Саше, она была старшая и высшая — хотя и обожала подчиняться ему, специально выдумывая ситуации, в которых расставляла сети случаю, чтобы малолетний кавалер ее отличился. Он шел за ней в этой темной затхлой мокроте, слушал страшный рассказ, который она выдумывала нараспев, — что-то невозможное: о тайных похищениях людей, которые практиковались здесь с середины восемнадцатого века. Будто бы шел человек по Солянке — а его тюк сзади по темечку гирькой в рукавичке — и стаскивали в подвал под мышки. А потом кровь сливали — определяли в кровяную колбасу с гречкой на Хитровке, плюс еще что-то о хозяйственном мыле, или засаливали тело, закапывая в холмы соли, — и закрыть Саше рот не было никакой возможности. Она и далее развивала свою песенную мысль, что, возможно, вместо крови тогда вкачивали некий сгущенный газ — и становился человек этот летучим, как космонавт на луне, с утраченным вполовину весом. Преступники брали его в подельники: так как, хорошенько толкнувшись, живой мертвец мог перелететь через любой забор. И вообще, наделенный такой летучей проходимостью, человек представлял собой особенную ценность. Правда, он при этом мучился измененным сознанием: замена крови инертным газом придвигала его к полуживым существам, наделяла свойством призрака, какой-то особенной, медленной странностью, делавшей его посторонним всему на свете...

В подвалах все было примерно так же, как и тогда, ничего не изменилось в подземной реке города, будто он спустился не под землю, а в прошлое время. Вот только Саши здесь больше не было. Зато прибавилось хлама, какой-то общей запущенности, происходившей, впрочем, изнутри.

Скоро ему наскучило слоняться в соляных складах. Ностальгией здесь было не поживиться, да и разочаровался он найти прозрачную глыбу соли, мифические залежи которой ярко помещались в его памяти: соль можно было выгодно продать скульпторам. Зато присмотрел на верхнем уровне приличное местечко для ночевки — спортзал. В нем висела боксерская груша, кругом стояли парты. Побаиваясь крыс, он составил их покрепче одну на другую — и навзничь спал на верхотуре, лицом в баскетбольное кольцо, с которого свисали, щекотали нос обрывки сетки.

Если ему приходилось бывать, и особенно спать на людях, он заранее вживался в образ того человека с летучей кровью, в образ невидимки, спрямлял, внутренне разглаживал черты лица, их обесцвечивая, успокаивая, чтобы не отсвечивать. И вновь, и вновь при этом он думал, вспоминал о том ходившем где-то внутри человеке, накаченном мертвой материей... В том заброшенном спортзале, где висела тяжкая, почти новая «груша»: свежая глянцевая вещь посреди разрухи, — и он вновь разнимался мыслью о полярности: живое — неживое. И думал о животном как таковом, о том, что зачатки мышления появлялись и на более ранних, чем приматы, стадиях филогенетического развития, еще у более примитивных животных... Засыпал он обычно на своей любимой мысли, что растение близко к камню, а камень — к атому, который тоже живой, но словно бы находится в обмороке, поскольку накачан тем неуловимым, несжимаемым, холодным эфиром...

LXXV

Под землей он не то чтобы искал Китеж — никакого отражения Москвы под землей не было вынуто, никакой второй Москвы не имелось и в помине. Почвы московские — болота, плывуны да гуляющие речушки. Все глубокие подвалы со временем превращались в колодцы. Не в тайных построениях для него заключалось дело, а в том, что так он пытался заглянуть в суть, в глаза потемок...

От Новослободской нужно было идти Селезневской улицей до Театра Армии, в цоколе которого находилась спускная шахта. Ложноклассическое, переогромленное здание театра довлело, вычурно искривляя пространство. Ломаный строй колоннады сокрушал ориентацию пространства.

Он спрятался за колонну, поджидая, пока менты свернут раскинутый на площади антиалкогольный рейд. Разбегаясь во все стороны, светящимися жезлами они останавливали все автомобили подряд. Выйдя из-за руля, направляемые световым веером, водители брели обреченно к белой, похожей на корову, машине «скорой помощи». В ее алькове восседала толстая тетка-врач, которая вставляла водителям в рот хоботком вперед огромную белую бабочку. Подышав вместе с насекомым, водители морщились от боли и сгибались в рвотном припадке. Тогда врач тянулась, вынимала бабочку, поправляла ей марлевые крылышки и, проведя рукой по склоненной голове водителя, отпускала его восвояси.

Стоя в лесу колонн, он словно бы ждал пронзительный птичий восклик, который бы перевернул всю его душу... Он думал о мрачности, которая веяла над этим старым малопонятным районом Москвы, обладавшим какой-то особенной низкорослой запущенностью, всклокоченностью скверов, затертых фасадов, сумеречностью улицы Достоевского, Мариинской больницы с облупившимися желтушными флигелями, прокуренным приемным покоем с сухоруким охранником в продавленном кресле, исполосованной ножичком дубинкой на его коленях и мятой пачкой «Явы» в нагрудном кармане. Стоя за колоссальной колоннадой театра, сквозь которую бежали проблесковые огоньки милицейских машин, он вникал и думал об Эфесском храме, захваченном римлянами, о своей участи беглого служки-грека, покинувшего Артемиду с легким мешком, полным кизяка, — чтоб отвадить со следа собак легионеров, а на привале в горах согреться ночью над дымящейся кучкой. Впереди над ним раскрывался рассеянный лунный свет, подымавший мертвенный объем неба, тени от скал скрадывали тропу, серебряный ток выгибал дугу морского горизонта, и душа в приближении моря заходилась просторным беззвучным пеньем...

В полвторого менты свернулись, «скорая» отчалила. Обождав, он спрыгнул в цокольную нишу, где со скрежетом приоткрыл дверь в бойлерную. Метрах в ста, половину из которых ему пришлось преодолеть вдоль стены по щиколотку в теплой воде, ощущая влажные горячие ладони пара на лице, натыкаясь на завалы из разбухших от воды рядов списанных из зрительного зала кресел, пробиваясь фонариком среди скрученных пугливых танцовщиц — невесомых прачек, полощущих в воздухе невесомое мокрое белье.

Он нашел люк, перекрестился — и взялся за поручни.

Глубиной шахта была метров семьдесят — с двадцатиэтажный дом, но спуск ему казался бесконечным.

Стараясь ускориться, вдруг застывал от дрожи, с которой резонировала и начинала бухать в стену арочная лестница. Колебания распространялись далеко вверх и затихали не сразу. Ладони, нахватавшись намертво ржавых перекладин, саднили. Он отрывал руку, с трудом раскрывал ладонь — и дул. Ничего он не видел внизу и долго спускался в том состоянии, когда словно бы повисал на одном месте. Время от времени он прикидывал высоту, вслушиваясь, оценивая по громкости плевки, которые он спускал с губ себе под ноги...

Внизу пришлось спрыгнуть и, сгруппировавшись, на всякий случай кувырком погасить приземление.

Потирая и растирая руки, возбужденный удачным прибытием, он вошел в туннель. Километровый путь, подталкивая его в спину уклоном, быстрым шагом вывел его в систему туннелей, на запасные пути заброшенного подземного депо.

Ночевал он в проходческих машинах, рабочих вагончиках. Метростроевский инвентарь сохранился в целости. Диггеры — впрочем, их он встречал нечасто — берегли подземную среду, подобно хорошим туристам. Лебедки, дровяные склады для создания туннельной опалубки, ящики с инструментами, отбойные молотки, колода промасленных карт, обернутая ветошью, пустая молочная бутылка, календарь с Аллой Пугачевой за 1977 год — всех этих примет присутствия было вдоволь, так что складывалось впечатление: смена скоро вернется.

Инвентарные таблички, белые картонки с предупреж-
дениями технической безопасности — все это оставалось нетленным, за редким исключением повреждений
плесенью, распространявшейся охапками белоснежных
хлопьев, ржавчиной и сосульчатыми сталагмитами,
в сырых районах. Единственное, что говорило о невоз-
вратности, о недоступности поверхности — это клубки
оборванных тросов у лифтовых шахт; у некоторых лежали покореженные от удара подъемные клети.

В отстойнике депо он обнаружил две «Контактно-
аккумуляторных дрезины "Д"». В одной еще сохранился заряд — и он отправился в путешествие: с тихим
жужжанием, мерным постуком. Проехал с напором
километра два и по накату крался впотьмах так долго,
что заснул.

LXXVI

Королеву нравилось бывать под землей прежде всего потому, что здесь было тихо. Тишина позволяла ему,
спускаясь в шахту, проникать в самого себя. После городской громовой глухоты он упивался просторной
чуткой легкостью, освобождавшей его голову для внутренних свободных действий. В тишине у него рас-
слаблялись шейные мышцы и мышцы скальпа. Внутренне он словно бы становился ближе к самому себе.
Чувства собственные теперь можно было разглядеть,
можно было их ощупать, нетрудно было перепрове-

рить их правоту, исцелить, попросить прощения. В тишине существование становилось осмысленным, несмотря на страх — не то ответственности, не то вызванный простым присутствием смысла. Рано или поздно этот трепет всегда появлялся вослед существенности, набранной вокруг — в подземно-внутреннем пребывании. Это его пугало, но все равно он предпочитал с этим мириться, будто нырнул на полную выкладку и тишина, цокающая бьющимися, трущимися друг о дружку в волне камнями, сдавливая перепонки и отгораживая от грохочущего прибоя, утягивала и приближала к нему не дно, а темно-синий столб глубины, набиравший давление, сгущающийся над головой трудностью возвращения.

Под землей он становился слышим самому себе, более себе доступен. Он вслушивался в звуки, которые издавало его тело: дыхание, размыкающиеся губы, подошвы, растирающие каменную крошку, или — хруст и скрип куска растертого мела, шуршание на швах одежды. Крик в туннеле становился как бы его щупом. Попав в незнакомое место, прежде всего он кричал. Эхо — или, напротив, глушь, возвращающаяся ему в уши давала представление о предстоящем пространстве гораздо точнее, чем фонарик. Тем более, фонарик не мог сравниться с криком по дистанции разведки. Звонкий, далеко загулявшийся, но вдруг вернувшийся крик предвещал долгий рукав, просторную залу, наполнение которой тоже можно было оценить по характеру тональных фигур, содержащихся в отзвуке, приходящих в той или иной последовательности — уханье, аканье, баханье. Глухой короткий отзвук — означал тупик или длинный соединительный путь...

LXXVII

Естественно, почти ничего, что представлял он себе о подземной Москве, что пытался взрастить черноземом мифов или мнимых исследований, — ничего из этого не сбылось, все предвиденья растворились в воронке нуля результата. «Впрочем, — думал Королев, — будущее регулярно перечеркивает суждение о себе. Порой кажется, что научная фантастика только и существует ради незыблемости этого метода исключенного представленья».

Почти все помещения, встречавшиеся ему среди однообразия похожих на залы ожиданья эвакуационных убежищ или штабов ГО, совпадавших по антуражу с комитетами ВЛКСМ, где он скоро перестал надеяться поживиться консервами или сублимированной картошкой и только пополнял из туалетного крана запасы воды, — все встреченные им казенные интерьеры напоминали ему непрерывный Дом культуры его детства. Предметы и части внутреннего убранства внезапно выплывали из темени, составляя причудливый калейдоскоп. То ему мерещился прилавок буфета, то столы выстраивались рядками, словно бы в читальне, ему слышался запах мастики, сырого мрамора, рассохшихся тканевых кресел и хлипких этажерок, которыми теперь наяву были полны только кадры фильмов о 1960-х годах, решивших квартирный вопрос при помощи хрущевских пятиэтажек и штурма мебельного производства.

Часто он слышал скрип рассохшегося паркета, а споткнувшись — стук выпавшей плашки. Или вышагивал по заглаженному, как стекло, бетону. Иногда позволял себе рисково ускориться, скользнув бедром в темноту по широким перилам просторных лестничных маршей. Повсюду над плечом бежали газетные стенды, плакаты и инструкции по технике безопасности, правил обращения с противогазом; отовсюду выныривали гипсовые усатые или лысые бюсты, попадались «красные уголки» с вырванными электрическими розетками и колонны шахтовых вентиляций, в которых постоянно что-то шуршало, сыпалось, свиристело или задувало с воем, уносившимся далеко вверх или вниз — нельзя было понять, сколько ни вслушивайся, то подымая голову, то опуская, клонясь одним — правым ухом. Попадались также настоящие читальные залы, обставленные этажерками. От красных книг, если разломить посередине, вдохнуть от корешка над глянцевыми тонкими страницами с убористым бледным и неровным текстом, — шел девственный дух клея и типографской краски.

На первый взгляд под землей было не так уж страшно. Кругом он сплошь встречал привычный опыт, привычное прошлое. Только поначалу его забирал увлекательный испуг, будто все его путешествия под землей походили на исследование затонувшего города. Иллюзия эта исчезла довольно скоро, как только он понял, что перед ним все та же Москва, в которой выключили свет и убили всех людей.

LXXVIII

Лишь однажды он наткнулся на ужасное. Это стряслось в одном из нижних павильонов, освещавшихся синюшными больничными лампами. Как правило, это были неясного назначения резервуары, забранные под купол, похожие на вестибюли выхода из метро, с низкими скамьями, расставленными по периметру, как в спортзале. В некоторых он встречал в центре эскалаторный вход, опечатанный ремонтным щитом с эмблемой молнии и черепа.

Так вот, однажды он наткнулся в таком резервуаре на макет Кремля и оторопел. Это была размером примерно сорок на пятьдесят метров модель, прообраз сжавшегося города, выполненный в точности из тех самых материалов, что и настоящий Кремль. Сначала Королев, не веря, долго рассматривал крохотные кирпичики, ощупывал зубцы стен, башни, пробовал толчком на прочность кладку, до рубиновой звезды на Спасской он дотронулся рукой, и наконец, встав на корточки, решился пролезть сквозь Боровицкие ворота. Как ошалелый, он весь день ползал по Кремлю, ахая перед филигранностью отделки, точностью копии, включавшей в себя подробности интерьеров, которые он мог разглядеть, подсвечивая фонариком, сквозь крохотные оконца; на них были крепко установлены черные, металлические (он обстучал ногтем) решеточки. Он привставал, поводя фонариком по сторонам, подобно луне высвечивая мрачный зубчатый абрис древней московской крепости. Он даже разглядел убранство Грановитой палаты и подзенькал колокольцами на Ивановской каланче... Заснул он в скверике перед Михайловским дворцом. Дотронувшись до флагштока, на котором шуршал кумачовый прапор с осыпавшейся позолотой серпа и молота, он свернулся калачиком, замирая от силы неясных чувств, пробравших его до костей, — и мгновенно заснул от страха. Ночью ему приснился Щелкунчик, его балетная битва с волшебными крысиными войсками происходила по всей территории Кремля. Щелкая страшным зевом, он откусывал крысам хвосты, в которых была их сила. Крысы панически разбегались, но потом догадались поджечь Кремль, и он — Щелкунчик, чурочка — сгорел, в то время как каменный Кремль остался невредим, языки холодного огня не повредили его стены, и Королев проснулся ровно в той же точке, в которой заснул. Шатаясь, выбрался наружу — и в соседнем зале опешил от вида деревянного мавзолея, первой версии 1924 года, с крашенной надписью ЛЕНИН. Сооруженье это, видимо, как домик Петра в Коломенском, разобрали и снесли сюда, в секретный мемориальный музей. Рассохшиеся доски, покосившийся парапет, зевающие кривые ступени. Входить в эту страшную избу он побоялся...

Конечно, ни о каком равном масштабе объема конструкций или о подобии Москвы своему подземному отражению речи быть не могло. По его подсчетам, объем всего грунта, вынутого при строительстве открытой системы метро: 522 километра пятиметровых путевых туннелей, 52 километра эскалаторных спусков и 150 вестибюлей — не превысил бы семи горок, объемом под стать пирамиде Хеопса. Но какой Египет сравнится с Вавилоном столицы?

Тем не менее, обширность потайного метро раздавила его воображение. И не только потому, что лабиринт всегда больше своего развернутого пространства... Да это и не было метро в точном смысле слова. Это была система подземных сообщений, включающая в себя и автомобильные туннели, и водные каналы, не только выполняющие служебные свойства водохранилища, но также и транспортные. А как еще тогда объяснить наличие грузовых понтонных платформ у швартовых площадок, на которых он ночевал, после долгого перехода успокаиваясь мягким журчаньем чистейшей воды и запахом родниковой свежести.

LXXIX

О происхождении этих подземных рек Королев мог только догадываться. Подземных речек в Москве хватало, — он не раз прогуливался берегом бурной Пресни от Грузинского вала, минуя резервуары зоосадовских прудов, под Горбатым мостом, по которому грохотала пацанва на скейтах — к устью. Его всегда увлекал вопрос о городской древности, и вообще — доисторичности почв, вод, пород. Он обожал бродить по той же Пресне с факсимильным альбомом Сытина в руках, выискивая унисоны ракурсов, снимая покровы асфальта и прочей строительной белиберды, пристальностью взгляда выстраивая на Шмитовском проезде распутицу тракта, вихляющие телеги, мохнатых тяжеловозов, линейные ряды рабочих бараков, мусорные горы, сарай, полосатую будку заставы, шлагбаум. Лихая Грузинская улица освобождалась от оков тротуаров, треугольной бессмыслицы Тишинки, речка Пресня, набравши ходу от Бутырского леса, порожисто сбегала по ней мимо бревенчатой россыпи Грузинской слободы, собирая купальни, портомойни, мостки с бабами, орудующими вальками, гусиные снежные заводи, лопочущую мельничку перед плотиной, со стеклянным ее занавесом, ниспадающим на бегущие в радуге, в брызгах плицы; кожевенное хозяйство, смердящие сараи которого располагались ближе к устью...

Или того хуже — устремленность к доисторичности, к истоку, в котором интуиция, исполнившись жути, отыскивала будущее, — обосновывала в его размышлении застывшую линзу моря юрского периода. Из этой линзы двухкилометровая скважина обеспечивала свежей морской водой дельфинарий на Мироновской улице в Измайлове. Из него — глубинного резервуара, запаянного глаза древнего океана, хранившего свет еще молодых, только зарождаемых, или уже потухших звезд, — он напитывал воображение размыслительным беспокойством, упруго упиравшимся в невозможность ответа. Подспудная эта борьба была безнадежна, но продуктивна. Как раз она и выработала в нем понимание (так подневольный напрасный труд сообщает мышцам массу и твердость), что мир был создан вместе с человеком. Что все эти сотни миллионов лет хотя и имеют длительность, но они суть точка, «мера ноль» — несколько дней посреди течения плодородной вязкости человеческого зрения, его воплощенной в свет мысли. Что длительность доисторических миллионолетий фиктивна — подобно длительности угасшего сновидения, подделываемого исследовательской скрупулезностью припоминания.

LXXX

Спускаясь под землю, он точно погружался в обморок. Под землей он находился в зримом полусне, словно бы недра, породы древних периодов, вещество первоистока, никогда не знавшее человека, — проникало в него своей мертвой, влекущей энергией. Подобно тому, как известковые воды напитывают живую ткань будущей окаменелости, ему казалось, что аура, эманация доисторических пород входит в его плоть. Он замирал при одной мысли о том, что Неживое вдыхает в него собственный смысл, уподобляя сознающей себя неорганике.

В одном из дальних тупиковых туннелей он встретил настоящий бурелом из окаменелых деревьев. Это был странный наклонный туннель с множеством ортогональных ответвлений. Поначалу он решил, что деревья — превратившиеся в крепкую породу, которая не поддалась проходческим инструментам, — это просто декорации скульптурного интерьера. Но разглядев сучья, ветви, корни, годовые кольца, — понял, что он в настоящем лесу. Этот туннель как раз вел в те места, которые Королев стал избегать. Деревья выглядели скоплением тел, захваченных в бегстве древней огненной лавой. Путь через них выводил под обширные площади дальнейших выработок, входы которых были загромождены увалами, баррикадами запрокинутых рельс и шпал... Дальше Королев идти не решился, опасаясь обвала.

Секретное метро существовало параллельно действующему, сообщаясь с ним в пяти разнесенных перегонах, в виде всего трех, но чрезвычайно длинных веток. Никакого особенного интереса оно собой не представляло. Ходить по нему было опасно из-за невозможности спрятаться от объездчиков, накатывавших нередко на бесшумной дрезине, похожей на торпедный катер. Приходилось каждые пять минут, как на молитве, с быстрого шага припадать ухом к рельсу, вслушиваясь в ближайшие гудящие пять километров, или хвататься рукой за отглаженный зеркальный рельс, чтоб впустить ладонь в километровую дрожь или тишину. Самым интересным из доступных участков Метро-2 был тот, что примыкал к «Измайловскому парку» и выходил на задворки странного пустыря, уставленного двумя бетонными башнями и бетонной конструкцией ажурного вида. Это был недостроенный в 1935 году стадион, на котором планировалось проводить Олимпиаду. Но олимпийский Комитет предназначил атлетов Риффеншталь, а не Эйзенштейну, и строительство остановилось. Однако к тому времени там уже был построен личный бункер Сталина, с крыши вестибюля которого (одна из вычурных башен, похожих на рубку подлодки, — выстроенные с ромбовидными иллюминаторами, в конструктивистском духе Мельникова) вождь предполагал тайно наблюдать за спортивными состязаниями. К бункеру его должен был доставлять из Кремля спецпоезд, как раз и направлявшийся северовосточной веткой Метро-2. Королев находил интересным исследовать недостроенные или заброшенные по разным причинам станции секретного метро. Они славились у него своей грандиозной мрачностью, словно бы не свершившиеся большие сущности, эдакие не рожденные мастодонты общественного достояния. Одна из этих станций строилась как узловая. Называлась она «Советская» — и находилась в месте пересечения с легальной веткой. Королев обожал сесть на одну из скамеек и рассматривать поезда, мчащиеся мимо — то с воющим напором выстрела, то не спеша, с долгим гудением. Пассажиры вряд ли могли что-то разглядеть за окном, кроме темной геометрии арок, участков мозаичной облицовки, выдававшей себя блестками перламутровых вкраплений, являясь, словно бы глубоководные видения в иллюминаторе батискафа... В метро Королев обожал рассматривать мраморные зашлифованные колонны в поисках палеонтологических спиралевидных, цилиндрических вкраплений — аммонитов, наутилусов, белемнитов... Это приближало его к мысли о вседоступности недр, об их непосредственности, о том, наконец, что мы сами рано или поздно, в виду вечности станем, если повезет, такими же окаменелостями. Или своей органикой внесем скромный горючий вклад в глоток нефти.

Королев неизбежно под землей думал вот о таких «глубинных» вещах, они покоряли его вместе с ощущением толщи коры над головой... Среди прочего такой факт не давал ему покоя. В одной из статей по микробиологической палеонтологии он встретил

гипотезу о непосредственном участии нефти в генези-
се жизни на земле. Работа основывалась на недавнем
открытии существования в скважинах глубокого бу-
рения, на глубине 6—10 километров, микроорганиз-
мов из широкого семейства Methanococcus Jannaschi,
питающихся метаном и способных к жизни при тем-
пературе минус 185 градусов по Фаренгейту и под давлением 3700 фунтов на квадратный дюйм. Найдено
было более 500 разновидностей таких микроорганиз-
мов. Вместе с тем выяснилось, что доселе неизвестная
форма жизни составляет чуть не половину всей био-
массы Земли. Это позволяло авторам сделать предпо-
ложение не только о биогенном происхождении самой
нефти, но и о том, что первые организмы зародились
именно под землей, а также связать их выход вместе
с нефтью на поверхность — с генезисом.

Эта идея безусловно овладела Королевым, как пагуб-
ное доказательство не столько того, что жизнь восстала
из недр, сколько того, что в этом проглядывала сотря-
сающая мозг гипотеза о возможной — не одухотворен-
ности, но оживленности неорганики. Он вновь думал
о растении, менее живом, чем животное, о камне, менее
живом, чем растение, об атоме, менее живом, чем камень, словно бы находящемся в обмороке, словно бы
уподобленном дремлющей перед становлением монаде.
Он приводил в качестве дополняющего смысла пример
искусства. Стихотворение, музыкальное произведе-
ние, ландшафт — как состав неорганических знаков:

букв, нот, линий и объема — одухотворяются воспринимающим сознанием. И так же можно было бы все списать на сознание, алчущее в недрах забвенья, выводящее из него источник смысла, — и тем самым отставить мысль о Неживом, рыщущем воплощения, чтобы противопоставить себя, смерть — жизни.

LXXXI

Он сидел на платформе-призраке и всматривался в пролетающие, наполненные людьми и электрическим светом поезда, которые сливались в мигающее мельтешение, в поток сияющих полос. Король рассматривал поезда с тем же смешанным чувством зависти и равнодушия, с каким закоренелые бедняки подсматривают чужую добротную жизнь. Он был в том состоянии бесчувствия, которое только и позволяет сидеть в неподвижности несколько часов сряду, плавая между бессознанием и сном с открытыми глазами, стараясь внутренне слиться с тем, что тебя окружает. Он находился к путям почти вплотную, мертвая станция за его спиной таинственно темнела арками, облупленными колоннами. Окна вагонов бежали перед глазами. Он рассматривал людей с ровным вниманием, видя в них тщету их оживленности, гримасы их равнодушия, заинтересованности, усталости, смеха. Он не воображал себе их судьбы или положения, зная, насколько ошибочны бывают такие представления.

Сейчас его занимала сама по себе напрасность всего того, что жило, плакало и радовалось там, наверху. Он понимал, что это ровное медленное чувство само по себе чудовищно, но его весомая основательность была убедительна, и он допускал его все глубже в душу, потихоньку устраняя уютную слабость человечности.

Спустя много часов один из поездов вдруг резко замедлил ход, из-под колес посыпались искры. Люди в битком набитом вагоне повалились вперед, выпрямились. Они стояли, склонялись, висели на поручнях. Одни рассматривали рекламные плакатики, другие читали, третьи дремали, прикрыв глаза. Симпатичная коротко стриженная девушка с припухлыми подглазьями придирчиво всматривалась в свое отражение, поправляла челку. При этом глядела она прямо в глаза Королева.

Вот этот затуманенный взгляд, эти чуть припухлые подглазья, придававшие лицу слегка надменный, отрешенный вид, — действовали на него безусловным рефлексом. Ему вдруг захотелось шевельнуться, выдать себя среди окружающих потемок.

Минут через пятнадцать простоя, во время которого состав тужился и клокотал, издавая стук клапанов и шипение патрубков, в вагонах поднялся ропот. Поезда метро снабжены вентиляцией нагнетательного типа, и в битком набитом неподвижном вагоне быстро заканчивается воздух. Женщина, стоявшая в левом окне, открыла рот и положила руку на грудь. Парень с папкой в руках обрел страдальческий вид, стал обливаться потом и часто дышать. Многие вытирали лбы, прикладывались виском о плечо, переменяли руку, державшую поручень, раскрывали шире воротники, доставали мобильные телефоны, пытались куда-то звонить. Девушка теперь вглядывалась не в свое отражение, а в Королева, и он, прикрыв глаза, чтобы не отсвечивать белками, подался назад, стараясь вдавиться обратно в мрамор колонны.

Еще через несколько минут по всему поезду стали раздаваться крики, стуки — очевидно, кто-то пытался открыть двери вагона. Раздалось шипенье громкой связи: «Просьба всем оставаться на своих местах. Панику прекратить. Состав скоро отправится». И снова под вагонами простучал, сократившись и отомкнувшись, многосуставчатый питон тормозного механизма.

Девушка уже узрела Королева, и гримаса ужаса овладела ей. Темный призрак парил в позе лотоса в темноте и неподвижными, словно бы выколотыми глазами всматривался в нее. Крик исказил ее лицо, поезд дернулся на пробу, подхватил инерцию и потянулся в туннель. Девушка в беззвучном крике пробивалась вдоль вагона, пытаясь не упустить из вида скосившего в ее сторону глаза Королева...

Этот случай перевернул его, отрезвил. По сути, именно он вывел его обратно на поверхность.

LXXXII

Оттого было просто постичь целесообразность подземного организма, что ее не было. Все мизерные функции побочной скрытой системы туннелей сводились к эвакуационным сообщениям с убежищами, находившимися как правило вне Москвы. Путаница, настоящий лабиринт располагался только под центром, где система узкоколейных ходов обводила шахты, ведшие из-под номенклатурных домов. Все они сливались в длинные автомобильные или рельсовые туннели, уводящие только в трех направлениях: на север, юго-запад и северо-восток. По этим туннелям вышагивать было не столько скучно, сколько опасно, так как некуда было спрятаться от возможных обходчиков. Лишь подземный городок под Очаковским лесом вызывал всплеск исследовательского интереса. Королева под землей интересовала не тайна скрытных объектов, а совсем другое — сами недра как таковые, их аура...

Надо сказать, что, по всей видимости, никто особенно и не заботился о сверхсекретности подземной Москвы. Он повсюду обнаруживал какую-то жизнь, следы костров, стоянок, не раз ощущал себя под разведывательным наблюдением. Потом понял, что подступы ко всем более или менее занимательным пунктам, возможно, прямого военного назначения, были тщательно запечатаны. Не раз, распутав труднодоступный лабиринт многоэтажных переходов, он утыкался в глухие, крашенные голубой краской железные двери, без единой щелочки или отверстия, открывавшиеся, очевидно, изнутри. Понятно было, что за этими дверьми находились объекты высшей секретности, какие-нибудь обходные пути, по которым крысиная номенклатура должна была спасаться в загородные угодья...

Натыкаясь на объекты гражданской обороны, он с удовольствием погружался в детскую игру, которая могла бы называться не то «Оборона Брестской крепости», не то «Партизаны в Керченских катакомбах». Они играли в нее в интернате, сооружая в подвале многодневные баррикады, натаскивая туда матрасы, ящики, свечи, хлеб и соль из столовой. Вспоминая, как были обустроены Аджимушкайские каменоломни, как сопротивленцев травили газом, как выстраивали огнеметные дзоты напротив выходов, он погружался в эту игру с опасным артистизмом... Несколько десятков человек остались в живых из многих тысяч. Живое мясо превращалось в мертвое мясо. Люди выдалбливали в известняке ниши, в которых хоронили умерших.

Одним из самых вычурных способов основательно зарыться в землю было воспользоваться ходами главного силового коммутатора. Расположенный за университетом на улице Герцена, в мышином здании, оснащенном рабоче-крестьянским барельефом, он походил на гигантскую трансформаторную будку. Все высоковольтные приводные магистрали центрального метро коммутировались в его компактных недрах. Через тамошние подвалы можно было попасть в туннели силовых линий, связанных в реки кабелей, объятых кожухами изоляций. Вдоль этих мастодонтов, вблизи которых ломило темечко и сводило шею, можно было пробраться в самые дебри, в самую сердцевину метро, густота разветвлений в которой достигала максимума.

Вообще-то вся система подземных туннелей была большей частью системой бегства. Вопросами гражданской обороны здесь и не пахло. Это были крысиные ходы, снабженные надежностью и прямолинейной траекторией скорейшего предательства. Номенклатура всегда жаждала обезопасить себя на все случаи жизни. 16 октября 1941 года, день панической эвакуации чиновного скотства навсегда остался у нее в памяти. «Да и сейчас власть отлично понимает, что управление пустотой самое эффективное, — думал в сторону Королев. — Свалить туннелями, да только и оставить по себе, что пустые голубоглазые "воронки" с зашторенными окнами. Они поверху разъезжают с кортежами и нагоняют любовь и ненависть на народонаселение...»

Королев давно потерял ориентир, с некоторых пор он и не пытался оценивать свое местоположение. В тот или иной день, когда требовалось подняться на поверхность, чтобы пополнить запасы спичек, батаре-ек, сухарей, орехов и сухофруктов, он просто выходил наружу и уже не удивлялся тому, что он в Царицыно, или в Южном порту, или в тылу пустырей Мичурин-ского проспекта. Выраженье лица его было изменен-ным. Это заметно было по взглядам людей.

Выходы на поверхность всегда представляли собой одно и то же: неприметную шахту, спрятанную под канализационным сливным люком в коллекторе, обыкновенном коллекторе, в котором после дождя протяжным зверем бурлила и пенилась вода, сшибала с ног и, отплясывая вокруг пустыми пластиковыми бутылками, нырявшими и дрожащими в воронках круговерти, уносилась, мельчая, куда-то дальше... Сколько ни искал, в убежищах никаких баснословных запасов еды найти не мог. Видимо, все эти запасы по-шли на продажу в голодные первые годы перестройки. Он вспоминал вкуснейшую тушенку, с промасленной буренкой на этикетке, с крышки которой прежде на-до было оттереть слой солидола. Он вспоминал пюре из хлопьев сублимированной картошки, засыпанной в фольгированные мешки из хрустящего полиэтиле-на. Он проникал в огромные, как стадион, помеще-ния, уставленные бесконечными рядами трехъярус-ных нар, оснащенных панцирными кроватными решетками. Оголодавший, рыскал в этом голом бетон-ном пространстве — пустом и одновременно непро-ницаемом: нога проваливалась в кроватную растягивающуюся сетку, и он падал, подымался, как на пьяном батуте, запрокидывался, садился снова. В зеленых ящиках из-под противогазов ему чудились консервные банки, и он хлопал крышкой, гремел язычком замка, распарывал присыпанную тальком резину, вскрывал фильтры — и задыхался угольной пудрой, кашлял, жевал, плевал, чихал. Он отвинчивал герметичные двери железных амбаров, открывавшихся наподобие шлюзовой камеры на подлодке. Входил в пустой объем своей надежды, где вдруг его охватывала паника. Чудилось, что кто-то навалился на дверь и теперь пытается ее задвинуть, завинтить, закупорить его. Он кидался обратно, приваливался плечом к двери, вдруг поплывшей с тяжким скрежетом. И вновь он возвращался в лес и дебри подземных казарм — в ряды нар, загроможденных, зарешеченных вокруг панцирными сетками — все огромное темное подземное пространство, которое он никак не мог охватить фонариком.

И после, засыпая в одном из рядов, на втором ярусе, затериваясь в потемках, ощущая мозжечком, как скукоживается душа, как отлетает вверх рыбий глаз неведомого подземного пловца, — теперь он понимал, откуда пришли к нему видения Матисса, осветителя парижских подземелий, которые мучили, терзали его там, наверху. Ему снова снился Анри Матисс, снился в пронзительно ярком кубическом пространстве, залитом белым подземным солнцем. Куб был насквозь зарешечен не то птичьими клетками, не то вот этими самыми панцирными кроватями. Художник склонялся к чему-то, морщился, вглядываясь, соотнося что-то внутри с тем, что ему надлежало осознать, взять в руки снаружи. Королев понимал, что Матисс вглядывался в некий женский портрет, но при попытке изменить направление взгляда, повернуться — или развернуть сам ракурс сна, втиснуться в него глубже, как в узкое горло свитера — он от ужаса теснины просыпался.

И вот в ту ночь, что провел в этом многоярусном сетчатом пространстве, ему приснились страницы, журнал «Ровесник» мелькнул цветастой обложкой, — подшивки этого журнала он штудировал в интернатской библиотеке, там попадались научно-фантастические рассказы, он знал, что надо развивать воображение — единственное достоверное богатство, — что в одном из проходов этих страниц, в одном из узких проходов, в которых холод мраморных стен набегал с боков, он наткнулся на тело — на упорный сгусток тепла и гладкой... гладкой, как вода, кожи. Эта женская субстанция с ходу сошлась с ним в любовной схватке. Он долго скользит, пытаясь ощупью языка и пальцев хоть что-нибудь понять о ней. Он пытается зажечь фонарь, но она удерживает его руку. Он ощупывает ее лицо, переносица ее тонка, губы пухлые, широкие скулы, короткие жесткие волосы — но все равно ничего не может понять, не может ее представить. Девушка не произносит ни звука. Они расходятся. Он возвращается к своим плутаниям под землей, но через день приходит обратно, едва найдя тот самый проход, и потом вновь и вновь оказывается в этом коридоре, где встречает ее, где идет, вслушиваясь в каждый шорох впереди, скрип паркета, но чует ее по запаху — по запаху и едва уловимому теплу, тени ее тела, отбрасываемой на ровный холод мраморных стен. И каждый раз он пытается включить фонарик — и разглядеть ее, но она опережает, вырываясь, словно зрячая в потемках. Наконец ему удается выхватить ее лицо — и он видит, что вся кожа ее покрыта зеленоватой плотной татуировкой, он ужасается, прижимает ее к стене, осматривая всю. От плотного узора выражение лица неуловимо. Черты правильные, но глаза не различимы в цельности, а отдельны от густоты уличной путаницы, курсива вписанных названий. Он снова, будто сличая, гладит ее, видя, что все тело девушки представляет собой подробную карту города. Разоблаченная, расплакавшаяся от стыда, девушка бьет его коленом в пах и исчезает.

Потом ему долго еще снилась эта девушка-Москва татуированная картой столицы. Это были неистовые виденья. Он занимался с ней любовью, никогда не приближаясь, но в то же время сливаясь, — то ныряя в адские пещеры, то скользя по рябой карте папиллярных линий, складок, неожиданного, упоительного рельефа тела... «Москва — рогатое слово, — однажды объяснил он себе, пробудившись. — "М" — это Воробьевы горы, пила кремлевской стены. "О" — Садовое, Бульварное, Дорожное кольцо. "С" — полумесяц речной излучины. "К" — трамплины лыжные, кремль, конь черный. "Ва" — уа, уа, — детский крик, вава». Как только он это произнес про себя, метель из букв — в, м, к, а, с, о, в, а, к, м, о, в, а, м, о, с, к, а, о, м, в, а, — заживо засыпала его и проглотила — и всё, после этого все сны о Москве прекратились.

LXXXIII

Пока не встретил наверху весну — переливчатых дружных скворцов, пока не набухли почки на кустах и так приятно стало их скусывать с веточки, одну за другой, разжевывать, вникая в свежую горечь листа, — все полтора этих месяца он провел под землей, питаясь наперечет орехами и сухофруктами, поддавшись губительному очарованью сомнамбулического тленья. Под землей он постоянно спал — спал где хотел, а спать ему в тишине хотелось всегда. Усталость жизни накрыла его, как рыбу вся та вода, что она за жизнь пропустила сквозь жабры, накрыла свинцом. Спать ложился он где ни попадя, ему было все равно, лишь бы не на земле. Ложился в вагонетку, словно груда грунта, слыша, как где-то мерно капает вода, представляя, как потихоньку исчезает, превращаясь в груз неживых, твердых молекул, — и постепенно, засыпая, терял и этот слабый интерес к представленью. Его мысли тогда часто были заняты летаргическим сном, его природой, близкой к умиранью... Он укладывался в вагонетку, и совершенное беззвучье, расталкиваемое стуком его собственного сердца, утягивало его в сон, и даже отдаленный шум поездов или уханье и вой вдохнувшей вентиляции окатывали его убаюкивающими шевеленьями воздуха.

Его сны говорили ему: «Отдыхай», — и он смущался их, не желая вообще возвращаться к жизни. Смутное предчувствие большого дела, которое ждало его наверху, как война, время от времени накатывало на него, но отборматывался сквозь сон: «Не хочу, не желаю, не тронь».

Постепенно он вошел в то состояние покоя, в котором мог уснуть в любое мгновение. Так он и поступал, когда брел туннелем за Москву, два дня, полсотни километров преодолевая в несколько приемов. В любой момент он мог остановиться и лечь навзничь за поребрик не то сливной, не то технической отмостки. Всегда он был уверен в своей невидимости. Найдя в отвале грунта жирные сколы угля, растолок и вымазал крестом лицо наподобие индейского боевого раскраса. Уголь всегда носил с собой, подновляясь на ощупь. Только заслышав звон рельсов, он хладнокровно ложился навзничь за поребрик, прикрывая глаза, чтобы в прищур проводить этажерчатую дрезину с беспечным обходчиком, свесившим за борт ноги...

Два или три раза он видел в метро не то диггеров, не то просто любопытных. Экипированы они были солидно: обвешаны карабинами, катафотами, мотками веревок, обуты в горные ботинки. Ему эти пижоны были неинтересны, так как далеко от шахт они не отходили. Вся цель их вылазок состояла в том, чтобы покататься на вагонетках, походить вокруг, поахать да, усевшись на путеукладчике, опорожнить ящик пива. Королев собирал после них бутылки, присыпал землей лужи мочи — и как можно скорее уходил с этого места...

Засыпая, Королев всегда обращался к своему мозжечку, у него была своя техника обращения к этому участку мозга. Он словно бы заново входил в собственное тело, как в здание, — и сразу вглядывался в потолочный свод. Фрески, которые он мог там разглядеть, все время изменяли образ и контуры, плыли, подобно облаку. Это штрихованное, как на офорте, облако состояло из линий — его траекторий, которые он объемным графом, клубком многогранника, словно бы насыщая образ линиями внутри зодиакального знака, накрутил, вышагал, плутая под землей. Он никак не мог избавиться от тяги к представлению своей траектории. Он в этом кинетическом клубке находил отчетливую весомость, она укладывалась в его моторную память неким дополнительным телом, как если бы он создавал самому себе двойника-ангела и захотел придать ему вес, для того чтобы ввести в физический мир. Этот клубок его траекторий был живым, Королев его пестовал памятью. Ему все время казалось, что он выписывает собой какую-то схему — и схема эта потом снилась ему в отчетливости. Он упорно вглядывался в нее, как вглядывался в шахматные поля при игре вслепую: клетки пучились усилиями фигур, их атакующими возможностями. Он строил партию и проигрывал. Королев исследовал эту телесную схему — новое свое обиталище, и она проступала у него перед глазами с инженерной тщательностью, напоминая не то набросок силуэта балерины, раскрывшейся в пируэте, не то какой-то удивительной башни, разветвленной векторами подъема. Но когда тщательность траекторий со временем сгустилась, он увидел человека — вписанного в круг человека, раскрывшегося миру, раскинув руки и ноги, — и успокоился. Постепенно человек этот ожил, развился — и оставил по себе свое претворение: схему летающего города, воздушного общежития. Королев обрадовался такому обороту событий, зная: человек этот подался вспять, чтобы дать место существенности будущей жизни. Он включился в это строительство — и теперь бегал по подземельям с увлеченностью пера. Постепенно стали проступать иллюминаторы, проулки, оснащенные бассейнами солярии, галерея с названием «Портреты солнца», сеть размещенных на просторных верандах вегетарианских столовых, с эпиграфами над раздачей: «Будущее — наша цель», фруктовые висячие сады...

Теперь засыпал он не от лени, а из воодушевления.

LXXXIV

В самом деле, заснуть теперь он мог хоть в пекле. Однажды так он внезапно прикорнул на заброшенной станции «Советская» — и просидел три дня, пропуская поверх неподвижного, медленно мигающего взгляда поезда, полные огня и усталой жизни. По вечерам поезда шли медленно, вдруг словно бы выпав из огненно-полосчатой тубы скорости...

Под землей было так тихо, что любой шорох оглушительно пронзал подушку глухоты. Он ничуть не тосковал о посторонних телу звуках. Однако подземелья были пусты, хоть бы крыса пискнула. Но никаких крыс нигде не было. Совершенная пустошь не могла прокормить живое. Единственным кормом на всю округу был он сам.

Тогда он стал выдумывать звуки. Ему всегда казалось непостижимым чудом сочиненье музыки. Вдумываясь в это, как ни силился, он не мог представить тот уровень воображения, который бы так умножил высшую форму слов, что они бы обратились в мелодию. И вот здесь, в подземной тишине механизм этого чуда стал проясняться. Сперва он выдумывал шумы. Начал с создания бесшумного шума — мощного акустического удара, пришедшего с невиданной глубины, — разойдясь по туннелям, толчками, веянием, пронизавшим лицо, оглаживавшим его по плечам, затылку. Дальше — больше. Все его изобретения не были мелодическими, но существовали на грани пения, подобно глубокому вдоху. Он не всегда изображал звуки, часто пользовался готовым инструментарием опыта. Постепенно эти звуки ожили вокруг помимо его воли. Например, не раз его подымал ото сна шелковый упругий шум и веянье, какое однажды окатило его, когда он в походе стоял на берегу прикаспийской воложки, — и белоголовый орлан, спав с восходящего потока и настигнув воду, макнул плюсну, прежде чем двумя махами подняться — и, роняя капли с пустых когтей, пропасть за высоким берегом с обрушенной левадой и строем серебристых тополей, взятых, вдетых в небо.

...В самом начале музыка была связана с болезненностью и нынче, представая в усилии сознания в очищенном смысле, — таковой для него и оставалась.

Сильные впечатления от музыки выражались физиологически, причем с жестокостью, начиная даже с самого первого — вполне еще косвенного. Королеву было лет восемь, когда его, отобрав вместе с другими детьми, учительница музыки повезла из интерната в детскую музыкальную школу, на вступительный экзамен в только что открывшийся класс виолончели. Он не помнил, как именно держал этот экзамен, зато и сейчас видел отлично: в комиссии находилась прекрасная юная особа, в малиновой газовой кофточке, с янтарной брошью на умопомрачительной груди, от которой невозможно было оторвать взгляд. Брошь изнутри высвечивала немного преломленную набок пчелу, возраст которой — он уже знал тогда — составлял несколько миллионов лет. В финале его предстояния перед комиссией его Дама милостиво кивнула председателю: «Беру».

На обратном пути он только и думал об этой фее — и неотрывно думал, когда после, схватив клюшку, коньки, мчался на каток, и после катка, когда долго ждал автобуса — и думал, заболевая. Тогда он простудился так, что на следующий день по достижении температуры в сорок один градус его увезла «неотложка», — и далее на несколько дней он терял сознание. Помнил только, как пчела, медленно поводя крылышками в густом медовом свете, мерцала перед ним, и помнил, как дрожало, как дышало за ней матовое стекло «неотложки», как шаркали по нему — как по льду — и звенели коньки, как серели по краям сознания сугробы и где-то в области висков, в хоккейной «коробочке» с частотой пульса раздавались щелчки и удары буллитов...

Несколько вещей вызывали у Королева в детстве пронзительную бессонницу. «Крейцерова соната» в исполнении Натана Мильштейна производила мучительные физиологические резонансы, ведшие вразнос, в воронку мозжечка. Скрипичная соната Витали, взмывшая под смычком Зино Франческатти, представляла собой могучую слезогонку: вся скорбь мира, абсолютно вся, без остатка разливалась в душе. «Sing, sing, sing» Бенни Гудмена, «April in Paris» Эллы Фицджеральд — все это составляло предмет сладостных мук. По достижении половозрелого возраста, когда случалось весь день проходить в перпендикулярном состоянии, он точно знал, какие именно джазовые вещи могут запросто вызвать стояк — и старался их избегать. Колтрейн и Кэннонболл Эддерли были первыми в череде запретов.

Послабление наступило гораздо позже, с открытием вселенной Малера, когда в Третьей симфонии Джесси Норман заставила его услышать ангелов и умереть наяву.

Где-то Королев вычитал, что все попытки навести научные мосты к семиотическому подходу в музыке потерпели неудачу. Ничего не поняв в деталях, но откликнувшись на суть преткновения, он подскочил от радости узнавания. Давно у него сквозила наивная, но правдивая идея, что музыка — едва ли не единственный язык, чьи атомы-лексемы либо совсем не обладают означаемым ими смыслом, либо «граница» между этими сущностями настолько призрачна, что в результате слышится не музыкальная «знаковая речь», с помощью которой сознание само должно ухитриться восстановить эмоциональную и смысловую нагрузку сообщения, — а собственно, музыка *уже* то, что мелодия только должна была до нас донести, минуя этот автоматический процесс усилия воссоздания. То есть — чистый смысл.

...К виолончели он так никогда и не прикоснулся, зато позже у него появился учитель фортепиано. Валерий Андроникович, обрусевший армянин, выговором и дикцией ужасно походивший на Каспарова, он был прекрасным строгим человеком. Королев приходил к нему заниматься в Дом культуры цементного завода «Гигант», где в комнате с высоченными потолками стояло драгоценное немецкое пианино. Неподатливые клавиши требовали изощренного подхода к извлечению звука — и Королев пытливо следил за пальцами, за постановкой руки учителя. Когда удавалось присутствовать на его собственных экзерсисах, мальчик замирал всем существом, нутром понимая, что это одно из самых мощных творческих действий, которые ему когда-либо приведется увидеть в своей жизни.

Он бросил занятия музыкой, когда — хоть и на толику — но самым высшим образом приблизился к пониманию природы музыки. Как и все сильные чувства, это мгновение было бессловесным. Он разучивал фрагменты фортепианного концерта Баха («композитора композиторов», как говорил о нем В. А.). Перебирая медленные ноты, он впал в медитацию, провалился, и тут у него под пальцами произошло нечто, проскочила какая-то искрящаяся глубинная нить, нотная строка, в короткой вспышке которой разверзлась бездна. И вот это смешанное чувство стыда от происшедшего грубого прикосновения к сакральной части мира — и восторженные слезы случайного открытия — все это и поставило для него точку.

Больше В. А. он не видел. Воспитателям объяснил, что надоело, что у него не остается времени для естественнонаучных предметов. Конечно, так поступают только особенно сумасшедшие мальчики (или девочки). И так поступил Король, к тому же еще не раз с оторопью представлявший себя, купающегося пальцами во всех сокровищах мира.

LXXXV

Река, Москва и природа музыки, взвинченная тишиной, — вот три тайные сущности, что преследовали его под землей, ради их видений он припадал к роднику беспамятства. Сны эти были болезненно ярки и вычурны, но достоверны настолько, что походили на революционно переустроенную явь. Так что променять их на дремоту нормы жизни, на здоровье повседневности представлялось преступным.

Как можно было отказываться от такого?

Река ему снилась девушкой — брала его за руку некая молчаливая ласковая девушка, чье лицо было знакомо, как всегда знакомо наслаждение — «дочь забвенья», но не вспоминаемо... Вроде бы сослуживица брала его чувственно за руку, она вплеталась пальцами в кисть, и дальше, проникая теплом по всему телу, текучий ее образ скользил перед ним, увлекая накрепко прочь от входа на «Третьяковскую»: «Зачем нам метро, на катере быстрее, я покажу!..» И в мартовских раскисших сумерках они скользили и текли, и мчались, вместе с другими пассажирами, оскальзываясь, вскарабкивались на катер. Из-под ног в темноту взмывали мостки, и вдруг палуба вздрагивала и заходилась темной дробной дрожью. За бортом раздавался и бежал, бежал с напором громкий шелест — густое ледяное крошево, шуга и мелкие льдины отваливались косым грязным холмом от борта. Мчались сумерки и вздымалось к черной набережной серое крупнозернистое пространство реки... От скорости и страсти сердце уходило в пах, вверху неслась кремлевская стена, пустая темная набережная и темные башни, купола — дворца, собора, колокольни... Они высаживались на другой стороне Москвы, где-то за Шелепихинским мостом, и долго, спотыкаясь, взбирались по лестнице в Филевском парке. Впереди маячили при шаге голые деревья, внизу у воды лаяли и катились за ними собаки; они спешили спастись от псов, но лестница казалась бесконечной...

Река представала перед ним еще и в таком ракурсе. Будто бы живет он внутри статуи, гигантской статуи женщины, держащей над головою пальмовую ветвь. Статуя высится над рекой на огромном кургане. Внутри нее есть лестница, по которой он спускается так же долго, как в метростроевскую шахту: так же садят ладони, так же при быстром спуске или подъеме внезапно трясется, резонируя, вся ее решетчатая хлипкая длина, ужасая волнообразным размахом раскачки... Живет он в голове этой статуи, в каморе, крохотные окошки которой суть зрачки. Если прильнуть лицом, внизу воссияет клинок реки, заискрятся домишки поселка, вздыбится дуга плотины, и к туманному горизонту протянется бурая степь. Жаворонок вьется, звенит прямо перед ним. Ласточки шныряют в окошки, птенцы галдят над его головой в гнездах, он подкармливает их крошками черного хлеба. Один раз он увидал, как пылает река, как ползут по ней языки пламени — и ржавый катер, груженный женщинами и детьми, лавирует между столбами огня, скрываясь в дыму... Беженцы, спасаясь от бомбежки, зарываются в ниши, в пещеры в отвесных волжских берегах, ласточки ныряют внизу и мечутся рядом. В пещере прохладно. Женщина заворачивает ребенка в пуховую шаль. Мальчик общипывает шаль и клочки пуха выпускает на воздух. Ласточки со второго или с третьего захода подхватывают пух, унося его в клюве, чтобы выстлать гнездо...

Москва предстояла перед ним феерическими сооружениями. Одно из них обладало ужасающей примечательностью. Будто бы над центром некий безумный архитектор решил выстроить высотную дугу. Радугу из бетона. Тонкую, как пешеходный мост. И вот это железобетонное сооружение уже взмыло над Москвой с одного фланга и дошло до вершины полукилометрового зенита. Следующая очередь уже на мази, но оторвалась от земли только своей ажурной, стальной частью. И вот все та же текуче-стремительная девушка, его проводник и вожатый, увлекает вверх, на эскалатор, лестницы, проходы этого баснословного восхожденья над Москвой. Непостижимо было, как инженерный расчет добился устойчивости такой стройной и массивной склоненной конструкции. Взгляд полномерно охватывает постепенно оставляемую внизу топографию улиц. Дома, прекрасно известные своими фасадами, теперь едва опознаются, открывшись сверху крышами и сложной геометрией дворов. Поднимаясь, они словно бы тянулись на цыпочки, чтобы наконец впервые в жизни попытаться заглянуть в лицо столицы. Внутри, вдоль проходов теснились стеклянные коробушки лавочников — аренда торговых площадей должна была окупить проект, но Королев никак не мог понять, какие безумные высотники согласятся торговать на такой шаткой тонкой верхотуре, ничем не отличающейся от стрелы колоссального подъемного крана. Стремленье части узреть себя-целое оказалось неодолимым. Время от времени, едва сумев оторваться от упоительного зрелища высоты и подъема, он ужасался тому, как только выдерживает свой вес эта удивительная конструкция дуги, как удается ей справляться с амплитудой нешуточных колебаний, нараставших по мере продвижения вверх — они ловили их коленными суставами, пружиня бедрами, наполняя толчком ступни, лодыжки, как матросы при качке. Постепенно мерно то плывущий, то замирающий узор, в который складывались дома, вокзалы, парки, улицы и проспекты, отчетливо опрокинулся в карту города, страдающее, кричащее женское лицо, с гнилыми зубами высоток, перекошенными губами бульварного кольца — исчезло... И вот тут как раз он ужаснулся самой по себе высоте. Он обернулся, чтобы ринуться вниз, прочь, но безымянная вожатая его удержала, заслонила, объяла жгучей, неодолимой лаской — и столкнула в прорву Москвы...

ХУДОЖНИК

LXXXVI

В Сокольниках вечером от метро к парку текла толпа. Отдельные люди в пешем потоке, наполнявшем бульвар, казались Королеву водоворотами. У каждого водоворота был свой характер вращения. Сильный или слабый, по часовой стрелке или против, пенный и узкий, или широкий, властный, обнимающий за плечи, поворачивающий себе вослед.

Королев стоял у них на пути и покачивался.

Он улыбался. Закат, отразившись в окнах торгового центра, ложился теплом на губы.

Королев поворачивал голову, шептал: «Песня атома...»

Свет грел чумазые скулы, заливал ресницы сиянием.

Он стоял так долго — час или два.

В церкви за бульваром зазвонили к вечерне.

— Документы предъявляем, — козырнула перед ним женщина в милицейской форме. Кожаная куртка и брюки мешковато сидели на ее приземистой фигуре.

Королев повернулся, двинулся ко входу в парк.

Кто-то схватил его за рукав.

— Так, гражданин, со мной проходим.

Королев рванулся, толкнул милиционершу, побежал.

Запыхавшись, женщина перешла на шаг и переложила дубинку в левую руку, чтобы правую обдуло, просушить. Внутри у нее все горело. Аллея парка, деревья с лопнувшими почками, горы прошлогодней листвы, смуглые рабочие в оранжевых жилетах, детские коляски, парочки, катящиеся на роликах — все это шаталось и скакало перед нею, как посуда на пьяном подносе. Глаза прыгали по сидящим в пивных шатрах отдыхающим, терлись, расталкивали спины шедших впереди, нашаривали среди них лохматый затылок над клапаном рюкзака, выхватывали фигуры в очереди к прилавку, чтобы выцепить косматого парня — не то хиппи, не то бомжа, в пыльной куртке с множеством карманов, жилистого и с потрясенным, распахнутым взглядом...

Навстречу ей показался линейный патруль. Женщина вскинулась, поджала губу и ускорила шаг.

Она служила вместе с этими двумя парнями, вместе они в вестибюле метро высматривали плохо одетых приезжих, чтобы потребовать у них паспорта.

Одного из напарников звали Сергей, у другого была лихо заломлена фуражка, большие пальцы он держал за ремнем.

— Воздухом дышите, да? — спросила женщина у сотрудников.

— Присоединяйся, Свет, погуляем, — ответил Сергей, а второй улыбнулся.

— Некогда мне разгуливать. Чмо тут одно на меня накатило. Сбежал, тварь, — отвечала Светлана.

Милиционеры нашли Королева в самых дебрях парка, у кафе «Фиалка». Опираясь рукой на рюкзак, он стоял на одной ноге у приоткрытой в кухню двери и жадно смотрел, как перед порогом небольшая лиловая собака ворочала в миске здоровенные мослы. Широко упирая кривые лапы, она велась вокруг миски.

Не умея взять горячие, дымящиеся паром кости, собачка хрипела от усилия. Ожегшись, она бросала лакомство, кость стучала о миску.

Повар-узбек в новеньких резиновых сапогах натачивал нож и придирчиво поглядывал из-за двери на песика.

Вдруг на Королева сзади обрушился конь. Он ударил его темнотой, проскакал дальше, развернулся среди деревьев, рывками разбрасывая копыта, вернулся и, встав на дыбы, громко кусая удила, застил черным лоском небо.

Удары посыпались галопом.

Женщина-милиционер била, поджав губу. Взмахивала часто, и оттого удар получался не слишком сильным, без оттяжки. Прядь выпала из-под форменной шапки и волосы влетали ей в рот.

Иногда дубинки сталкивались, обезвреживая одна другую.

Когда Королев упал на четвереньки, повар захлопнул дверь.

Выбежав с добычей на аллею, собачка припустила прочь. Для отдыха она иногда роняла кость и, застыв над ней, на всякий случай рычала.

После того как Королева избили в Сокольниках, он отупел.

Очнувшись на следующее утро, никак не мог нащупать себя. Окоченевший, окостеневший, он не понимал, что с ним произошло.

Объятый колотуном, он боялся отойти от кафе. Голубой цвет его стен казался ему источником сознания. Он стоял, привалившись к дереву, приподнимал отбитую руку другой рукой.

Возле кафе он провел все утро.

Приходила собачка, крутилась под ногами.

Узбек открыл дверь, позвал:

— Кет бака!

Королев попробовал отвалиться от дерева, но тут же сел на землю.

Узбек вложил ему в рот носик алюминиевого чайника.

Разбитые губы ничего не чувствовали, он не мог их сжать, и воздух сипел. Теплый сладкий чай потек в горло, он стал неловко глотать, закашлялся.

Постояв над Королевым, узбек отвел в сторону чайник, махнул рукой, еще и еще раз:

— Коч! Коч! Гуляй, Зинка!

LXXXVII

С тех пор голова его то звенела внезапным страшным трамваем, то глохла, и мир он слышал как из-под воды. Он ничего не хотел, ничего не ел, но все время хотел пить. Несколько ударов пришлись ему по кадыку, и теперь горло саднило, как во время сильной ангины.

Внезапно на Королева нападала судорога. От беспомощности он пугался, доставал припасенную бутылку, жадно присасывался к горлышку. Вода ходила от спазмов перед глазами, нисколько не убывая — он не мог толком сглотнуть.

Теперь у него не было ни чувств, ни мыслей, от него почти отстала память. Пытаясь очнуться, он вспоминал все что угодно, но вспоминалось только детство, пятнами. Актовый зал, экзамен, тишина усердия, в распахнутых окнах стрижи расчеркивают криками небо. Сильный град на Москва-реке лупит по голове, рукам; закрываясь рубахами, они несутся по Афанасьевскому мосту, река кипит внизу белой рябью града, брызг, ползет порожняя баржа, на корме буксира висят детские качели, дымится в ливне самовар, вверху мост гудит и трусится под проезжающими «БелАЗами», поднявшимися из винтового провала карьера на том берегу...

Глухой страх стоял у него внутри, он ощущал его как выросшее сквозь него дерево. Кора душила, царапала изнутри грудь и горло.

Королев мало чего понимал о себе, что с ним происходит, и день за днем ездил в троллейбусах, увязавших в пробках, машинально пересаживался на конечной в обратную сторону. В киоске он купил себе книгу и читал ее все время. Точнее, держал перед собой на рюкзаке, посматривая за окно. Книга его защищала. Он всегда знал: ментам и другим пассажирам читающий человек внушает если не уважение, то сожаление и опаску, напоминая юродивого.

Ночевал по вокзалам, избегая засиживаться днем в залах ожидания. Он боялся толпы, гул ее вызывал в голове шквал.

Одуревший от побоев, он ходил по городу, заглядывал в витрины дорогих магазинов и ресторанов, не соображал, что голоден.

Наличие рюкзака за спиной поднимало его над классом бомжей. Городской житель всегда с долей романтического уважения относится к туристу. Но степень его запущенности — спутанные лохмы и всклокоченная борода, перечеркнутое ссадинами грязное лицо — сбавляла ему цену в глазах прохожих.

Однажды на Тверском бульваре на него замахнулся беспризорник. Он сидел на скамейке, грелся солнцем. Раньше никто бы просто так не посмел поднять на него руку. Подросток только отвел кисть — и Королев отпрянул. Тогда мальчик сделал шаг назад и наддал ему подзатыльник.

Королев успокоился, когда понял, что потерял обоняние. Что-то это понимание решило внутри него. Теперь он не слышал запахов. Травма мозга или носовой перегородки перенесла его в опресненный мир.

Он ходил по городу и рассматривал окна как таковые. Он словно бы заново открыл свойство стекла отражать и быть прозрачным. Ему нравилось еще и то, что он не узнавал себя в отражении.

Особенно его привлекал один богатый рыбный ресторан на Петровке. Королев уже ничего не понимал о роскоши. Его интересовало не убранство, а пространный лоток, полный разных рыб, каменных устриц, аккуратных гребешков, разложенных на льду. Он изучал воткнутые рядом с экспонатами таблички.

Его почему-то не прогоняли от витрины. Метрдотель первый день всматривался в него, потом только посматривал.

Ровно в двенадцать Королев переходил ко второму окну, так как в нем появлялся нужный ему человек.

Это был седой плотный старик в тройке, с часовой цепочкой на жилете и в круглых очках. Вместе с ним за столиком сидела очень красивая девушка. Каждый раз она была в другом платье.

Аккуратная бородка старика, его жесткий медлительный взгляд, жесты, которыми сопровождал процесс отбора устриц, омаров и вина, подносимых ему внимательным официантом, — весь его облик мучил Королева невозможностью вспомнить, где он его видел и что значил этот человек в его жизни. Руки старика — с выразительными толстыми пальцами мастерового — мучили Королева. Он не мог от них оторвать взгляд.

Девушка, бывшая со стариком, носила открытые строгие платья. Ее прямая спина, ниспадающий блеск черных волос, собранных на затылке в узел Андромеды, три крохотные родинки, длинная шея, увлекавшая взгляд в долгое, обворожительное скольжение, тени под тугими острыми лопатками, шевеление которых было ему мучительно, — все это открывалось перед Королевым сияющей плоскостью, с которой ему было страшно сойти, все вне этого было ненадежно темным и ненастоящим.

Старик и девушка приходили не каждый день. И если их не было, метрдотель делал такое движение рукой, после которого Королев спешил отойти.

Но если они были в ресторане, его никто не трогал.

Однажды в конце обеда старик подозвал официанта. Тот принес бутылку вина и чуть позже серебряный поднос с омарами. Старик, выпрастывая манжет со сверкающей запонкой, выбрал двух тварей.

Омары, поводя клешнями, стянутыми белой лентой, поместились в бумажный пакет, который был уложен вместе с бутылкой в корзинку с булочками.

Когда к Королеву вышел официант, державший на вытянутой руке корзинку, он отпрянул.

Официант не то ложно улыбался, не то смотрел с внимательной учтивой ненавистью. Тогда он взял корзинку и обратился к старику.

Матисс не смотрел на него.

На него смотрела натурщица.

Омары хрустели пакетом. С холодным вниманием она оглядывала его несколько мгновений.

...Омаров он выпустил на бульваре. Вино медленно выпил, размачивая во рту поджаристые булочки.

Почти слившись с прошлогодней, еще не очнувшейся травой, твари расползлись из виду.

LXXXVIII

Блохи на Королеве завелись внезапно. Он ехал в троллейбусе и читал «Приключения Тома Сойера», место, где объясняется, чем надо сводить бородавки. Как вдруг на одной из страниц, дойдя глазами до конца строчки, он понял, что никак не может понять смысл предложения, потому что последняя буква в строчке не прочитывается. Он вернулся в начало и стал заново продвигаться к концу строки, и ему это удалось, но уже через три предложения история повторилась: он снова не мог прочесть последнюю букву. Тогда он в нее вгляделся как в отдельное целое. И увидел насекомое. Продолговатое, оно шевелило передними крохотными лапками. Длинные задние изгибались фалдами.

Буква вдруг скакнула по страничному полю.

От ужаса у Королева шевельнулся весь скальп, и волосы на голове стали отдельным предметом.

На следующей остановке женщина, сидевшая рядом, крякнула и стала проталкиваться к выходу. Но не вышла, а вкось уставилась на него. И когда к нему кто-то решил подсесть, она двинула широко шеей и громко сказала:

— Не садись, он блохастый. — И уставив на Королева палец, обратилась к пассажирам: — По нему блохи скачут, я все понять не могла.

Королев выскочил из троллейбуса. Он хотел сорвать с себя волосы и кожу. Надо было срочно вымыться. На баню денег не было. Он оглянулся. Похожий на стеклянную отопительную батарею, за эстакадой сиял мотель «Солнечный».

Пеший путь с самого юга Москвы на Пресню занял весь оставшийся день.

Сжавшись, взмыленный от напряжения, Королев часто переходил на бег. Иногда он разжимал кулак и тряс перед собой ключами от автомобиля.

Уже стемнело, когда он оказался на Пресне. Обретя второе дыхание, взлетел по Малой Грузинской, прошил свое парадное.

Не имея ключей, Королев решил действовать так. Он стучится к соседям и просит позвонить. Затем набирает 426-84-14, МЧС, говорит, что потерял ключи. Спасатели приезжают и взламывают дверь.

Никто не открывал. Королев скинул рюкзак и попеременно колотил в обе двери. Потарабанив, он замирал и вслушивался в то, что происходит за дверью. Всматривался в темное стекло «глазка», не мелькнет ли в нем просвет присутствия. Постояв, на всякий случай громко, как заведенный, произносил: «Сосед, это я, Королев. Позвонить нужно». И переходил к другой двери.

Белорусы могли разъехаться. Религиозная семейка не открывала из брезгливости.

Но он не унывал, счастливый своим возвращением. Он колотил и колотил, словно бы оповещал себе и миру: «Ну как же, товарищи, это я, сосед ваш, я вернулся, теперь все в порядке. Вот только звякнуть в одно место надо».

Он уж было решил сбежать на этаж вниз, стукнуться к Наиле Иосифовне. Они никогда не были в ладах, но сейчас он готов был пойти на мировую. Вдруг за спиной он услышал, как забарахтался замок. Королев просиял, словно бы стал внутри хрустальным.

Гиттис стоял на пороге его квартиры. Его бровки подымались над очками, живот был объят пестрым фартуком, полным подсолнухов. В руках он держал его половник и его кухонное полотенце.

Только прямое попадание железной молнии в темя могло так уничтожить Королева.

Он захрипел и ринулся на Гиттиса.

Удар головой в живот не навредил толстяку. Он отступил назад и стукнул Королева половником по лбу.

Секундная потеря сознания перечеркнула Королева. Гиттис вытолкал его на лестничную клетку и захлопнул дверь.

Королев покачивался от ярости. Из глаз его хлынули сухие слезы. Лицо сморщилось, он заревел. Он ударился всем телом в дверь, еще и еще.

Сзади щелкнул замок и женский голос выкрикнул:

— Сейчас милицию вызову. Пошел отсюда!

Дверь захлопнулась.

Королев спустился ниже на пролет, сел на корточки, он не мог сдерживать плач. Набирал воздух и снова ревел.

Вдруг он подскочил и с лицом полным слез позвонил. И еще позвонил протяжно.

Гиттис смотрел на него в глазок.

Тогда Королев отошел подальше, чтобы его лучше было видно, — и встал на колени.

— Умоляю, простите меня, — выкрикнул он.

Гиттис не открыл, но визгливо буркнул в скважину верхнего замка:

— А чего ты хотел? Поезд ушел. Ушел поезд, понял?! Свободен!

Королев взревел и набросился на дверь.

Менты приехали только через час. За это время Королев разбил себе руки, колени, отбил ступни. Обессиленный, он сидел на рюкзаке, привалившись к стене, дыханье перехватывала дрожь.

Он рад был тому, что его забрали в отделение, ему надо было с кем-то побыть, отвлечься, он не знал, что с собой делать.

На рассвете его выпустили.

День он прошатался по набережным, вечером пришел на Пресню и стал кружить вокруг дома. Распухшие, синие кулаки не сжимались, он сильно хромал. Гиттис, видимо, из квартиры в тот день не выходил. Дождавшись, когда зажгутся окна, Королев поднялся на этаж.

Позвонил. Глазок затемнился.

— Прошу прощения. Мне нужно забрать свои вещи, — прохрипел Королев.

Гиттис ответил через дверь:

— Приходи завтра — заберешь.

Королев два раза ударил в дверь локтем.

— Ну-ну, не балуй, — визгнул Гиттис.

Без сна он просидел в подъезде всю ночь, а утром ушел в город.

Когда вернулся, еле таща ноги, на лестничной площадке нашел аккуратную гору своих пожитков: книги, коробки, компакт-диски, ворох одежды, глобус, компьютер, монитор и зонтик. В этой куче зачаровано копались, бережно перебирая вещи, двое бомжей — бородатый мужик и заторможенная, медленная девка.

Королев взревел:

— Не трожь.

Девка испугалась, бородач опустил книгу на стопку.

Окинув взглядом вещи, Королев взлетел на пролет и заколотил в дверь.

— Чего надо? — спросил скоро Гиттис.

— Не все отдал.

Открылась дверь. Гиттис стоял с газовым пистолетом, прижатым к груди.

— Не все отдал, — выдохнул Королев и шагнул за порог.

Он все еще задыхался. Кинулся в кухню, оттуда в комнату, в туалет, в ванную, сорвал наброшенные полотенца, схватил в охапку скульптуру девушки и сбежал по лестнице.

Гиттис ногой захлопнул за ним дверь.

Королев спустился в переулок, обошел дом, приблизился к мусорным контейнерам, освещенным фонарями. Он поднял вверх девушку, как поднимают, радуясь, ребенка, заглянул ей в лицо.

Алебастр цокнул о кладку, будто скорлупа яйца, разбитого ложкой.

LXXXIX

Постепенно остыв, он вспомнил этих ребят, бомжей-заседателей, и как-то сразу пристал к ним. Ему не терпелось с кем-то поделиться горем. Он не мог держать его в себе, оно душило, пускало в болтовню. Он все им рассказал, но бомжи вряд ли что-то еще поняли, кроме того, что ему сейчас негде жить.

Девушка с ним вообще не разговаривала и, казалось, мало слушала. Она была дурочка и все рассматривала картинки в его книжках, покуда он рассказывал Ваде о себе.

Только корысть обусловила то, что Вадя не оттолкнул Королева. Для жалости он был слишком расчетлив: долгосрочно этот фраер был бесполезен — лишний рот, какой толк с сумасшедшего? Но вещи из потусторонней жизни, особенно нестарые, особенно высокотехнологичные — такие, как компьютер — они словно бы были тотемом бомжей. Вещи заворожили Вадю, и он испытывал зачарованную умиротворенность от близости к ним — к этой груде книг, компьютеру, глобусу, который со всех сторон рассматривал с тщательностью ювелира, исследующего дефект камня перед проникновенной огранкой.

Неделю они жили на вещах, потом Королев решил все продать, Вадя стал ему помогать. Они оставляли Надю на хозяйстве и тащили книги на Боровицкую, где у дома Пашкова на парапете раскладывали свои запасы. Покупали у них слабо, почти ничего, так что Королев скоро решил сдать все книги оптом букинистам-лоточникам, по утрам выстраивавшимся перед Домом книги на Арбате.

Ваде не хотелось расставаться с книгами как с символом жизни, но Королева жгла идея скопить денег на дорогу, на неизвестную дорогу. Он щедро делился с Вадей половиной выручки, таким образом его подкупая.

Вадя в ответ учил Королева понемногу, в основном осторожности и бродяжнической сноровке. В ответ на его жалобы о насекомых, которых тот видел на себе, но сейчас что-то не замечает, успокоил:

— Блохи — это ничего. Блохи как прискочут, так и соскочут. А вши — те от уныния заводятся, тогда дело плохо. Вон Надька второй месяц тоскует. Мучится.

Королев посмотрел на Надю. Она что-то делала руками, какую-то мелкую работу. Блох Королев видел в детстве, когда играл с дворовыми собаками. Вшей — еще ни разу в жизни.

Наличие приличных пожитков легитимировало их проживание в подъезде. Со стороны выглядело так, что люди переезжают.

Белорусы сначала матерились, но скоро успокоились.

Гиттис уже проходил мимо — не ежась и держа пугач в кармане, а любопытно поглядывая на уменьшающуюся груду.

Королев понял, что надо формулировать свою историю — и делал это четко, назубок, как забубенный, — потому что, чужим выговаривая себя, свою беду, ему становилось проще.

Вадя про себя отметил способности Королева и зауважал. Надя слушала его в основном хмурясь, она не то чтобы не верила, — просто вот такие обороты жизни были вне ее опыта.

Наиля Иосифовна подходила говорить с Королевым: «Я думала, тебя убили!» Потом долго цокала языком, слушая, приносила хинкали. Она оказалась большая мастерица. В молодости жила в Тбилиси и была прославленной хинкальщицей. Кормила однажды самого Шеварднадзе, — так она рассказывала, стоя на лестнице с пустой тарелкой в руке.

— Ты не знаешь, как меня умоляли остаться. Говорят: вот тебе квартира, у гостиницы «Иверия», в Тбилиси это самый престижный район, на горе, — и вот тебе ресторан: делай вкусно! — Нет! вышла замуж, уехала, стала жить тут, на Тишинке, — взмахивала сокрушенно рукой пучеглазая старуха.

— На юге жить хорошо, это очень правильно, — соглашался Королев. — Я тоже на юг подамся, — сосредоточенно добавлял он.

Горе Королев забил хозяйственными заботами.

Распродав книги, отвез на Митинский рынок радиорынок компьютер. Ездил один — и тогда понял, как страшно ему одному. Примчался в подъезд на всех парах и потом уже никуда без Вади не уходил.

Теперь они с Вадей готовили к продаже автомобиль. За остаток зимы «жигуль» поник: грязный, как кусок земли, он стоял на спущенных колесах, с выбитым боковым стеклом. Из машины были украдены аккумулятор, запаска, домкрат, магнитола, слит бензин, вывернуты свечи, снят карбюратор.

Аккумулятор, карбюратор, стекло он купил на вырученные от продажи книг и компьютера деньги. Машину они отмыли, колеса накачали. Три дня простояли на авторынке у начала Новорязанского шоссе. Надя с Вадей стояли поодаль, чтобы не отпугивать покупателей. Королев к ним время от времени подходил, приносил пирогов и чаю.

Вдали жужжали, ревели, грохотали автомобили. Между рядов ходили возбужденные или нарочито важные покупатели. Продавцы суетились, подновляли, дополняли надписи, меняли цены на картонных табличках, или — выпивали на задних сиденьях, держа нараспашку все двери, капот и багажник.

Оглядевшись, Королев аккуратно вывел на «карточке» модель, год, пробег и цену.

Весна замерла перед наступлением календаря. Земля просохла, зелени еще не было, и ветер уныло гнал сухую грязь по обочинам, полным дорожного мусора...

За бесценок продав машину — пугливо озирающемуся коротышке в морском бушлате со споротыми погонами и нашивками, Королев вышел из вагончика нотариуса, отщипнул от пачки и протянул Ваде.

Тот, подумав, отвернулся:

— Ты что, процент мне платишь?

Королев озаботился гордостью Вади. Он боялся, что новые друзья его бросят. В нем проснулось бережливое желание быть любезным. Например, для Нади в подземном переходе у зоопарка он купил заводную плюшевую собачку. Она тявкала, мотала головой и, ерзая, продвигалась вперед на кривых упорных лапах.

Надя даже не взяла в руки щенка. Только поджала колени, дав ему место проползти, протявкать.

В этот вечер она что-то все время жевала, украдкой доставая из пакета.

Вадя, как обычно, молчал. Поглядывал сурово на Королева, и когда что-то из его беглой речи вызывало сочувствие, подправлялся, садился ровнее, крякал и доставал папиросу. Иногда, подумав, словно бы еще раз взвесив чужие слова, прятал обратно в пачку.

Вдруг Королев заметил, что Надя перестала жевать. Посерев лицом, она сидела с опущенной челюстью, дурнота владела ее лицевыми мышцами.

Вадя вгляделся в Надю, подскочил, выбрал из-под нее пластиковый пакет, в нем оказалось печенье. Раскрыв, понюхал содержимое.

— Бензину опять наелась, — сморщился он, шумно втянув в себя воздух.

Вадя попросился к Наиле Иосифовне набрать теплой воды.

Кинув в бутыль щепотку марганцовки, он сунул ее Королеву и повел Надю вниз.

Лампа медленно поворачивалась сквозь распустившийся в воде чернильный осьминог.

Королев встряхнул бутылку и ринулся за ними.

Достав с пояса тесак, Вадя вырыл в палисаднике ямку.

Надю рвало безудержно.

Вадя давал ей пить воды из бутылки и объяснял Королеву, что за Надькой глаз да глаз. Месяц назад они на свалке за продуктовой базой нашли коробку галет, пропитанных бензином. Видимо, кто-то собирался сжечь товар, но передумал. Надя хотела набрать галет, взять с собой, но он не разрешил ей. Теперь стало ясно, что она его не послушалась.

Вадя послал Короля за новой порцией воды. Когда тот вернулся, Вадя ссыпал с кончика ножа кристаллы, они слетели, не оставив никакого следа на блеснувшем металле.

— А я не учуял. Думал, от тебя керосинит. Ты же с машиной возился, — сердито буркнул Вадя.

— И я не учуял, — пожалел Королев. — Я вообще запахов не слышу.

Вадя недоверчиво посмотрел на него.

Надя отпала от штакетника и, покачиваясь, опиралась рукой на дерево. Лицо ее было мокрое.

Вадя сказал ей, чтоб утерлась, отдал бутыль Королеву и перешагнул ограду закапывать ямку.

XC

— И все-таки хорошо, что мне не все еще помороки отбили! — однажды утром со всех сил подумал Королев. — Пора выбираться из этой прорвы.

Никогда он не разговаривал сам с собой, но сейчас ему очень важно было слышать себя. Собственный голос успокаивал, выводил из цикла бешенных скачков вокруг одной и той же мысли об окончательной утрате жизни.

— А что... — говорил он себе, и язык тыкался слепо в нёбо, губы едва разлипались. Королев прихмыкивал, откашливался и начинал медленно уговаривать себя: — А что, неужели не выберусь? Надо что-то делать, куда-то идти, как-то спасаться. Уехать за границу? Документы у меня с собой. Вот только помыться надо перед походом в посольство. Но откуда я возьму деньги на билет? И потом — что я там буду делать? Вот так же бомжевать, как я бомжую здесь? Там сытнее, это да. Но куда меня пустят, с какой стати? Назваться физиком, хорошим бывшим физиком? Сказать: «Hello, I would prefer to be your school teacher!» Там вообще оборванцев хватает. И потом, кто ты такой без родины? Но очевидно — в Москве оставаться нельзя. Москва место негигиеничное, хотя бы. И потом, что человеку нужно? Место где спать? Спать всего лучше на земле. Что-нибудь покушать? Земля накормит, если надо будет. Отступать некуда, но за спиной вся прекрасная наша страна — вот в нее мы и отступим, не пропадем. Отсюда вывод: идти нужно в землю, собой удобрить ее, по крайней мере... Но идти нужно на юг. Там сытнее. Там море. В горах Кавказа есть тайные монастыри. Зимой их заносит по маковку. В них попроситься, если не послушником, то служкой. Носить орехи им буду. А они меня приселят, если что. Или — в Крым, на Чуфут-кале, там в пещерном городе на горе есть община. Попроситься туда перекантоваться зиму. А летом все легче, летом солнце кормит... В самом деле, стать не бомжом, а туристом, гулять везде. Прийти на край моря. Долго жить на берегу. Вслушиваться в то, что за морем. Вглядываться в то, что за ним. Потихоньку готовиться к переходу... Нужно двигаться на юг. Ничего, вон на дворе весна. Природа обновляется. И мы обновимся... — лицо его скривилось, губа задрожала.

Решение уйти на юг, найти в теплых краях хлебное место успокоило внутренности. Ему вновь стал безразличен Гиттис, жизнь вообще. Мечта наполнила его тягой.

Королеву еще помогло то, что после утраты обоняния он обрел подобие эйфории — в голове у него время от времени подымался легкий, влекущий звон. В носоглотке переставала пухнуть пресная глухота, и подымался тонкий одуряющий вкус грозового воздуха. Таким запахом веяло из распахнутого в июльский ливень окна. Иногда он ослабевал, перетекая в трезвящий запах мартовского ветра, промытого талой водой.

Сначала Королев пугался, особенно когда при волне обонятельной галлюцинации застилал глаза дикий красный танец. В бешеной пляске — по синей круговерти — красные, как языки пламени, танцоры неслись вокруг его зрачка. Потихоньку это потемнение он научился выводить на чистую воду. Он просто поддавался, потакал танцорам увлечь себя, а когда цепь растягивалась, убыстрялась, словно бы поглощалась своей центростремительной энергией, он приседал на корточки и изо всех сил рвал на себя двух своих бешенных соседей — танцоров с раскосыми глазами, гибких и сильных, как леопарды, лишенные кожи, — и они опрокидывались на спину, увлекая других, — и взгляд тогда прояснялся.

Эти симфонии запахов помогли ему. Он прикрывал глаза и отлетал душой в покойные упоительные области. «Человеку должно быть в жизни хотя бы один раз хорошо, — думал Королев. — Это как наживка. Стоит один раз поймать кайф — не так важно, от чего, — и когда-нибудь потом воспоминание об этом может вытянуть тебя. Что у меня было хорошего в жизни? Голова? Природа? Тело?» Здесь он замирал всем чутьем, пытаясь очистить незримую область наслаждения от наносов бесчувственности, — но ничего представить у него не получалось, кроме плотской сокрушительной любви, которую он пережил однажды в юности.

Кроме внезапного сознания себя стариком, выведшего его на твердую почву, еще ему помогло то, что Надя стала развлекать его. За этих двоих он держался от страха — они были его единственными, хоть и бессловесными слушателями. Ему надо было говорить, он должен был не столько выговориться, сколько речью осознать свое положение, просто сформулировать его. Он оказался не в силах одиноко вынести утрату, обретенную собственным убежденьем.

К тому же Королев понимал, что у него нет и толики того опыта выживания, какой есть у Вади. И отношение к нему он питал ученическое — корыстное и благодарное в равной мере. Главным было завоевать расположение этого скрытного вождя, чье придирчивое покровительство не только облагораживало Надю, но и укрепляло его самого перед близостью распада. Свое несколько надменное отношение к нему Королев подавлял наблюдением его изобретательности, непреклонности, того согласия с самим собой, с которой он управлялся со всеми подробностями жизни.

Королев два дня был рядом с Вадей и Надей, сначала как обуза — и потом как младший компаньон. Вместе они сидели под чердаком в его подъезде, на два пролета выше площадки с вещами, куда Королев спускался спать.

В эти ночи вполголоса он выговорил все.

Ему повезло, что в среде бомжей этого рода всегда было уважение к речи, к собеседнику. Пока человек говорил, ему ничто не угрожало, его не перебивали.

— А то ведь и правда, — бормоталась и бежала мысль в первосонье перед Королевым, — ведь правда хочется, страждется на родине дальней, невиданной побывать... Оно, конечно, и понятно, что везде хорошо — особенно для человека непоседливого, но ведь на одном месте ничегошеньки не высидишь. А вот как двинешься, как пойдешь, как пойдешь, — вот тогда и полегчает, свет и ветер душу омоют. И солнышко на тебя светит, и ты ему видней, трава, вода в роднике о жизни больше говорят, чем человек со всеми его умственными сложностями, психологизмами, которые только почва для гадостей и любезности... И вот идешь — лес боишься и клонишься к нему в то же время, реке радуешься, в полях тоскуешь... А за Полтавой раскинутся степи, ровное раздолье, полное полувидимой духовитой травы по пояс, солнца, птиц из-под ног... Выколотый зрачок зенита ястреб крылом обводит. Внизу — поля, перелески. Над ними — дыра черноты: белый глаз солнца — прорва света, зренья провал. Жаром напитан воздух. Солнечный сноп. Колосья сжаты серпом затменья. Великая жатва жизни горит, намывает ток. Шар в бездне пара рдеет, дует в пузырь окоема, и горячая стратосфера набирает тягу взлета. Белый бык бодает пчелу зенита и на обочине полудня ворочает плавную пыль. Над медленной водой слабые ветви тени. Скошенное поле — круг прозрачного гончара. Расставленные скирды. Меж них струится лень. Полуденная лень, горячая, как заспанная девка. Пес дышит языком на хлебе. Вокруг в стреногах кони бродят. Вдали безмолвное село. Холмы облиты маревом — и дышат. Как душен сад. Примолкли птицы. Скорей купаться, ах, скорей! И вот прохладная река. Коса глубокой поймы. Тенистый куст. Песок обрыва. От шороха мальки прозрачны. Долой рубаху. Взят разбег и — булты́х — дугою — нагишом! В объятия упругие наяды. Такие искры, брызги — башка Горгоны из стекла. Как смерть прохладная приятна, как прекрасна. Трава потом нежна, нежна как прах. А степи идут до самых теплых морей, где живут цикады сладкогласные, где деревья зимой ни листа не обронят, где человеку жить в довольстве и справедливости легче... И вот туда как раз и следует идти... Тут у нас где только не побываешь, раз ноги сами заведут. А вот начать бы вдоль рек — с Оки на Волгу, и дальше к югу, бережком, за правдой... А то — что дома-то, а? Справедливости в человеке меньше, если он на одном месте сидит... Ход прямой, свет белый вокруг всю неясность из души выметут...

...Так справедливо грезилось Королеву — и видение забирало его дальше, с подробностями представляя, как карта развернется перед ним и его попутчиками.... Как очнется перед взглядом и минет среднерусская равнина, как спустя месяцы откроется Великий Юг: свечки тополей, Таврида, паром Севастополь—Синоп, как двинется навстречу малоазиатское побережье, как кремнистая долина Каппадокии разольется под ногами закатом, голодом, надвинется армией слоеных остистых столпов; как однажды утром встанут они на гористую дорогу на Леванон, как после нескольких дней проволочки с паломнической визой на границе в Газянтипе наконец минет транзитной сотней километров Сирия, как пройдут они Бейрут... и пустынный КПП перед Кирьят Шмона — и вот уже поворот на Цефат, вот губы шепчут землю, вот кипенные сады на взмывающих склонах — и мальчонка верхом, в белой рубахе, цветущей веткой погоняет мула ввысь по переулку... А потом загрохочет, зачадит вокруг тахана мерказит, «Show Must Go On» будет литься из музыкальной лавки, и в ожиданье автобуса на Кфар-Сабу Вадя вопьется в питу с огненными фалафелями, Надя самозабвенно будет держать в руке винтовой рожок с мороженым, сласть будет плавиться и течь, но Надя так и не лизнет, не решится, и Королев, наконец заметив, вынет платок и аккуратно, нежно вытрет и сольет ей на руку из своей питьевой бутылки...

XCI

Королев долго считал, что Надя совсем дурочка. Она или скоро теряла внимание, или, напротив, слушала поглощенно. Один раз она слушать перестала, достала свои игрушечные вещи, блокнот, книжку с пестрой обложкой, на которой веснушчатый мальчик катил огромную тыкву, достала баночку с кремом, открыла, тронула пальцем и палец облизала. Как вдруг она стала зажимать уши, корчиться, хныкать, дрыгать ногой — и кинула в Королева пластмассовыми ножницами.

— Не лезь, Надька. Дай человек доскажет, — одернул ее Вадя. Но Надя не сразу успокоилась и долго еще морщилась, прикладывала ладони к ушам.

И вдруг один раз она обратилась к нему, и он вздрогнул от вопроса:

— Когда ты мне бисер привезешь? Я все жду, жду. На свадьбу мне бисер нужен, для вышивки. И пуговицы красивые. Как большие раковины, знаешь? Так что привези мне, ждать буду.

Королев испугался. И поспешил согласиться:

— Привезу, конечно привезу.

— Не забудешь? — не поднимая глаз, спросила Надя.

— Не забуду, — кивнул Королев.

— Все так говорят. Никто не привозит. А мне на свадьбу надо, — грустно сказала дурочка, возя пальцем по странице. И погодя добавила, деловито сокрушаясь: — Всю зиму с мамашей провалялись. Бока отлежали.

Королев здесь не нашелся что сказать. Он помолчал.

— Что читаешь?

— Книжку одну, не скажу. Книжечку мою. Книжечку. Книжечку. — Она необычно произносила слова, словно бы стараясь вспомнить еще что-то, но ничего не получалось и, чтобы заполнить пустоту, называла то слово, которое у нее уже было.

А однажды, когда они перетаскивали вещи на продажу, она подпала к нему, прося:

— Поцелуй!

Королев не задумываясь ткнулся носом через вельветовый берет в ее макушку.

Надя покраснела и прибавила:

— А тебе если крупный бисер попадется — привози! А мелкий есть у меня... Мелкий.

Вадя при этом посматривал на Надю. Внимательно, как на расшалившегося, но еще не переступившего грань ребенка.

XCII

Потихоньку Королев распродал все вещи. Вадя присматривал за ним. Он сдержанно принимал желание Королева поделиться заработанным. Но вот Наде нравилось, что у Королева есть деньги и что им не нужно теперь маяться по помойкам, собирать бутылки и каны.

В конце мая потеплело. За домом припавшим к земле облачком зацвела яблоня. В сумерках, когда цветы прикрывались, казалось, что дерево дышит.

Вверху кричали стрижи. Майские жуки кувыркались над палисадником. Вадя, чтобы развлечь Надю, сбил ладонью двух хрущей и связал длинной ниткой.

Они летали как коромысло. Один падал, тянул другого, падал и второй, но тут набирал тягу первый.

— Тяни-толкай, — вдруг узнала Надя. — Тяни-толкай! — она засмеялась.

Она долго не хотела остановиться, смеялась, под конец через силу, так что Королеву показалось, что это не смех, а плач.

Вадя знал, что ей нельзя перевозбуждаться, порвал нитку, распустил летунов — и увел ее в сторону.

Проблем жизни обитатели подъезда у них не вызывали, да и они старались жить незаметно. Гиттиса вообще не было видно. Королев лишь однажды встретил его. Толстяк вылезал из машины, остановленной у подъезда. Завидев Королева, он плюхнулся обратно на сидение и заблокировал двери. Глядя в сторону, напряженно сидел, положив руки на руль. Королев неотступно стоял на тротуаре, неподвижно смотрел на бывшего начальника. Видно было, как тот сопит. Потом завел двигатель и медленно отъехал.

Так что они могли бы оставаться в Москве и дальше. Но Королев взял в оборот Вадю и стал уговаривать его идти на юг.

— Понимаешь, город — грязная среда, нечистое место. И не только потому, что мы тут все завшивеем. На природе разве б вши у нас были? Если бы природа нас приняла, она бы вшей всех выместила сама, они противны ей. А город — он клоака, в нем паразитство живет само собой. Здесь человек человека сосет. Город сосет землю. В нем нечем облагородиться или просветлиться, неоткуда выше ступить, понимаешь? Здесь мир в нутро не проникает... А ты видел когда-нибудь море?.. — спрашивал Королев, и брал паузу, чтобы продохнуть, прожить снова слова, которые должны были у него сейчас выйти.

В ответ Вадя задумался:

— А я не вшивый. Я в позапрошлом году последнюю гниду лаком свел. Надьке тоже надо лак купить. Лаком для волос гнид ихних душат, — объяснял Вадя Королеву, который и так знал, что личинок вшей нужно обезвоздушить обильным слоем лака, а потом смыть.

Королев закивал и стал соображать, что надо помыться, срочно.

Тем временем Вадя озадачился. Он не вполне понял, к чему ведет Королев, и размышлял, что ему рассказать в ответ. Он хотел ему тоже рассказать чего-нибудь существенного, не просто баек каких-нибудь. Уловив мотив протеста против города, он стал рассказывать про бунт.

Король слушал весь вечер, вникал. Тогда-то он и сказал Ваде:

— А я тебе скажу, что бунт внешний ничего не даст. Бунт должен быть внутренним, чтобы мозг засветился. Потому что только тогда у нас появится шанс стать собственными детьми, когда мы решимся стать иными.

XCIII

Вадя не сразу дал Королеву себя уговорить. На Кавказ идти отказался наотрез:

— Был я там уже, хорошо похавал, до сих пор утираюсь. На Кавказ от несчастья к несчастью ходят. Не пойду. В Крым, пожалуй, — ходу есть.

Прежде чем выйти из города, они довольно еще побродяжили по Москве.

Перво-наперво сходили помыться. Купили два флакона лака, залили себе в бороды и волосы, Наде построили страшный колтун на голове. Вадя подумал и зачем-то заботливо накрутил ей башенку-спираль. И так — страшные, косматые — пошли они в Петровско-Разумовскую ночлежку мыться. Вадя Королеву был ниже плеча, так что троица выглядела живописно.

В ночлежке помылись, погужевали три дня на кроватях, застеленных колючими солдатскими одеялами.

Вадя сутки напролет играл в шашки со знакомым корешом — молодым парнем с оплывшим улыбчивым лицом. Когда он двигал шашки, тонкие его белые руки, покрытые цыпками, вытекали из-под рукавов.

Королев все время дремал. С закрытыми глазами он слушал, как шаркают, как стучат шашки, как крякает парень, проигрывая Ваде.

Надя возилась сама, потом подладилась к Королеву. Спрашивала снова про бисер, горевала.

Королев стал заговаривать с ней. Заметил, что она что-то пишет на коленке, расспросил. Оказалось, она в столбик складывает.

Тогда он дал ей задачу на дроби, показал, как вычисляется остаток, объяснил бесконечные дроби.

Надя слушала молча.

Напоследок он написал ей несколько задачек.

Она принялась за них.

Королев все ждал, когда она покажет решение.

Наконец сам попросил.

Надя и не выдала, что слышала его, — только отложила тихонько тетрадку.

В ночлежке ходил человек, из гражданских. Интервьюировал бомжей. Подсаживался, устанавливал на коленке дощечку с широкой жестяной прищепкой, удерживавшей стопку разграфленных анкет в мелкую клетку. И долго расспрашивал — как попали на улицу, где жили, как тужили.

Поговаривали, что вот таким волонтерам выдают коробочки с ментоловой анестезирующей мазью, какой пользуются патологоанатомы, вымазывая ею нос, чтобы не слышать запах. Сравнение их с трупами вызывало среди бомжей неодобрение, но сама технологичность такого подхода неодобренье это притупляла. Так что воодушевление, с которым бездомные воспринимали возможность поведать высшей инстанции о своей доле, уже ничем не была омрачена.

От рыжего бородатого крепыша в свитере «с оленями», похожего на геолога, в самом деле разило мятой. Он расспрашивал с кротостью, с тактом и участливым выражением, опросником пользовался редко.

Бомжи поднимались на локте, вслушиваясь в рассказ товарища, перебивали или крякали, выражая отношение.

Бородач говорил с сильным акцентом, и когда он подсел к Королеву, тот спросил его, откуда он. По всей видимости, изначально бородач выделил Королева за выражение лица и отвечал охотно.

Оказался он норвежцем, уже три года наезжавшим в Россию с гуманитарной миссией. Раньше плавал радистом на китобойном судне, сейчас на пенсии. Пока бороздил северные моря, изучал русский язык, в эфире у него были друзья-радиолюбители. Владимир Черникин. Да, Владимир Черникин из Баку, он был его первым русским другом, приславшим ему почтовую открытку, подтверждавшую факт установленной радиосвязи.

В Россию Фритьоф — так звали бородача-волонтера — впервые приехал именно затем, чтобы повидать своих радио-друзей. Сейчас он катается по миру, изучает бездомных. Говорит, в бывшем СССР можно услышать особенно интересные истории. Здесь снятся необычные сны. Он от них плачет. Чувствует себя ребенком. От этого он поправился душевно. И стал еще больше путешествовать.

Например, он был в Казахстане. Там их группа искала бомжей. В Казахстане почти нет бездомных, потому что все живут небогато. Если живешь бедно, тогда ценишь то, чем живешь, и держишься за последнее со всех сил. Но тем не менее они нашли бомжей. Целую колонию в степи, рядом с космодромом Байконур. Около сорока человек. Посреди пустого места они обитали на заброшенном стартовом столе, не использовавшемся уже с конца 1970-х годов, под обломками первых ступеней ракет, служивших им кровлей. Они взбирались на стол, на могучую бетонную плиту, потрескавшуюся, поросшую в щелях травой, а в центре, между ажурными крыльями установочных ферм почти зеркальную — и спускались с него в степь, изборожденную увалами, рассеченную подъездными путями, которые вели к стальному арочному каркасу, некогда бывшему сборочным ангаром.

Наконец власти снарядили отряд милиции для вывоза бомжей из опасной зоны: вся степь вокруг была отравлена ракетным топливом.

Сидя в автобусах, бездомные плакали.

Фритьоф интервьюировал их всех. Это были особенные бомжи, со своим необычным укладом. Питались они байбаками — сусликами. Охотились на них каким-то сложным загонным методом. Главное — отогнать байбака от норы. Мясо суслика очень питательно, почти сало. Раскопав нору, бомжи горстями доставали из нее злаки. Так они и жили: питались кулешом, сваренным из степных злаков и мяса суслика; одевались в плащи и шубы из суслячьего меха. Воду брали из родника километра за три, в балочке. Вот только цвета отчего-то она была бирюзового и сладковатая. И байбаки в тех местах не переводились и вырастали очень крупные, больше кошки. Вместо посвистывания на закате они издавали крик — протяжный, тревожный клич. Не будучи социальными животными, суслики в тех местах почему-то перекрикивались, словно бы чтобы что-то выяснить, перед тем как залезть в нору на ночевку.

У космодромного народца было даже свое кладбище, небольшое — девять могилок, за которыми тщательно ухаживали, возводя из камешков оградки, обсаживая дикими тюльпанами, высевая мак. Зимой грелись вокруг тлеющего кизяка, который собирали на кочевьях, — это был один из постоянных экспедиционных трудов. Жилища байконурских бомжей представляли собой ржаво-белые вычурные сооружения из обломков ракетных корпусов. Вокруг бродили косматые люди в лоскутных лоснящихся шкурах, которые тряслись и колыхались при шаге.

Четыре красные буквы «С» — полумесяцами и две буквы «Р» были рассыпаны там и тут на цилиндрических крышах. В отдалении от пускового стола стояли развалины машинно-тракторной станции, водокачка, еще времен покорения целины. Все вместе с высоты напоминало поселение будущего или декорации научно-фантастического фильма.

Занятия бомжей состояли в приготовлении пищи, охоте на сусликов, поиске в степи обломков ракет и пеших путешествиях за семьдесят километров в поселок Восток-2, где они шабашили ради лакомств — чая, конфет и кумыса.

— Местность там чудовищная, — качая бородой и разглаживая ладонями толстые колени, рассуждал Фритьоф. — Представляете, ровное место со всех сторон переходит в шар окоема. Далеко-далеко идет запуск ракеты. Огненный грохочущий кузнечик стартового зарева пухнет над горизонтом. В результате взлета над степью вплоть до стратосферы, несколько десятков километров стоит столб ионизованного воздуха. Молекулы разрушаются под воздействием раскаленных газов, бьющих из сопла...

И вот этот многокилометровый столб, — дальше Королев соображал уже сам, — переливается, сопрягает зеленовато-перистое свечение, замирает разводами цвета, перетекает, оправляет крылья, поднимает взор — и тает.

Эти видения бомжи наблюдали сутки напролет после взлета. Ночью, особенно летом, столб таял, но не исчезал.

Среди байконурских бомжей жила легенда о специальной ракете, способной взять их на небо, в колонию лунных поселенцев. Этот чудовищный слух привлекал сюда бездомных даже из Оренбургской и Курганской областей.

Но не каждый мог стать полноправным поселенцем. Община строго присматривала за пришельцами больше года. Случалось, что не выдержавших экзамен прогоняли.

Из общины изгонялись и провинившиеся: воры и буяны. Специальная бригада гнала их палками по степи десяток километров. А были и такие, которых не прогоняли, но и не допускали к общему котлу жизни. Селили их в водокачке или подле нее, под скорлупками.

— Причем, что удивило меня чрезвычайно, — ахал Фритьоф, обхватывая себя руками, — так это то, что в общине не было вождя. Наверно, потому, что было много женщин, втрое больше мужчин...

А еще в ночлежке Королев видел, как ночью Вадя поднялся с кровати, присел на корточки к Наде и стал гладить ее по голове, приговаривая шепотом:

— Родиночка, родиночка, родиночка.

XCIV

Королеву уже невозможно было оставаться в Москве. Но Вадя был упорен.

— Погоди, — говорил, — дай попрощаться.

Вадя сомнамбулой водил их по всем бомжевым местам Пресни. Все что-то высматривал, искал, расспрашивал бомжей о Пантелеймоне, о Зое-стружке. Никто не знал.

— Тогда, — говорил им Вадя, — сказывайте, Строгий кланялся, что ушел в Палестины.

Королев изнывал. Надя равнодушно ходила за Вадей.

На Пресне нешуточных подвалов, как на Солянке, не было, зато имелась разветвленная система старых бомбоубежищ. Под Трехгоркой, под старыми цехами таилась система сухих дореволюционных складов. Был еще склад братьев Логидзе, тифлисских лимонадчиков, где в 1905 году хоронилась подпольная типография.

Пресненские бомжи обретались в Ермаковой роще, у Мелькомбината за рекой, в склепах XIX века на Ваганьковском кладбище, на рынке, на платформе «Тестовская» и на Шелепихе — в заброшенных бараках Пресненской пересыльной тюрьмы, — мрачное место, полное каторжной тоски-ненависти. По всем этим местам Королева провели Вадя и Надя — и всюду он скучал смертно, отовсюду ему надобно было срочно исчезнуть. Вот только на Пересыле — его было не оторвать от ограждения гигантской стройки Москва-Сити. Вид огромного провала, в котором можно было захоронить целый город, поднимал у него внутри простор. Великая пустота — обратной тягой вынутого со дна грунта тянула его вверх. Целый день он потихоньку шел вдоль ограды, перебирал пальцами ячейки рабицы. Он был заворожен этой пропастью. В ней ползли грузовики, ворочались экскаваторы, били фонтаны сварки, опускались и вздымались решетки арматуры. На выстроенных основаниях небоскребов вращались подъемные краны, чуть в стороне висел рекламный дирижабль. Сзади по многоэтажным рукавам эстакады бежал поток автомобилей.

Королев за день обходил всю стройку. И замирал внутри. Она влекла его, как могила.

XCV

Пока шатался с ними, Королев не скучал, вдруг придумав невиданный способ добычи денег.

Наконец он урвал момент и купил в магазине «Чертежник» на Дорогомиловке большие листы ватмана и клей.

На привале в парке, на скамье свернул из ватмана и проклеил длинный узкий рупор.

Через весь город, поглощенные озабоченностью, они пронесли его на Курский вокзал, спрятались за киосками. Со стороны они походили на ремонтников, взявшихся за непонятное, но важное дело.

В качестве штатива Королев использовал Надю.

Рупор направлялся в сторону цыганок, кучковавшихся в стороне от вокзальной площади, на пути в переулки. Здесь они завлекали молодых пассажиров, гадали им, завораживали, шантажировали предсказанием. Например, говорили: «Молодой, молодой, сюда иди, сюда иди, такую вещь скажу, семь лет с женщинами спать не будешь, все, что не жалко, отдай, дети голодные, ты отдай, а завтра сюда приходи — отдадим тебе».

Испуганный человек отдавал им все содержимое кошелька.

Королев придумал вот что.

Он дожидался, когда какая-нибудь цыганка отделялась от группы.

Тогда он направлял на нее свою «трубу Вуда» и вполголоса убеждал:

— Соль тебе в глаза, подлюка, зачем людей грабишь? То, что ты человеку сейчас наговорила, пусть на твоего мужа перейдет. Оставь деньги на земле и не воруй.

Цыганка серела от испуга.

Озираясь и посматривая вверх, она видела, что ни рядом, ни ближе, чем в ста шагах, никого не было.

Спокойный голос Королева раздавался у нее над ухом.

Перекрестившись, цыганка подбежала к своим товаркам.

Те стали поправлять платки и беспокойно перекладывать детей с руки на руку.

Королев перевел рупор в их сторону.

— Зачем людей грабите, мерзкие, — шепнул он.

Цыганки заозирались и побежали.

Через час вернулись. И быстро-быстро посыпали место монетами и купюрами.

— Сыпь — не жалей, — потребовал Королев, вновь наведя с Надиной спины рупор.

Цыганки стали доставать деньги из юбок.

Вадя крякнул и пошел прямо на цыганок, которые уже бежали с проклятого места.

XCVI

Наконец почистились, снарядились и отправились электричкой с Киевского вокзала. Королев купил билеты. Прикинув, сколько не жалко потратить, он сэкономил до Крекшина.

Шевеля губами, Вадя важно рассмотрел билеты. Две бумажки спрятал в зарукавную нычку, другую протянул Королеву. Но вдруг убрал в рукав руку, буркнул:

— Посеешь еще. У меня живее будет.

На выезде из Москвы они нагнали лиловые косматые тучи, сгущавшиеся по ходу поезда в клубящуюся черноту.

Рушился ливень, молнии метались во всех окнах вагона, треск поглощал шум поезда.

На полном ходу в полупустой вагон, заливаемый в заклинившую наискось форточку, влетела обломанная ветка, полная мокрых листьев.

Надя подобрала ее и провела у лица.

Ветка пахла дождем и лиственным ветром.

Листья трепетали от напора воздуха из окна.

Не чувствуя запаха, Королев смотрел на Надю, словно на отлетевшую часть своей души, уже потерявшую связь чувства.

Поезд вырвался в солнце, окно засверкало травой, листвой, каплями, летящими с телеграфных проводов, которые волнами бежали за вагоном.

В Крекшине Королев повел друзей за поселок, в лес, пробрался к речке.

За автомобильным мостом, на котором стоял столб с синей табличкой «р. Незнайка», он стал оглядываться, и когда мост пропал из виду, остановился на первом песчаном пляжике.

Посмотрел на обоих:

— Раздевайтесь мыться. Песком тереться, мылом мылить, — Королев поднял перед собой в воздух и опустил в траву кусок детского мыла.

Вадя набычился и стал раздеваться.

Королев ушел в лес. Приметив неподалеку муравейник, вернулся.

Вадя и Надя, голые, стояли в реке.

Королев изумился красоте тел.

Вадя намыливался. Надя трогала ладонями воду и медленно охватывала свои плечи.

Скульптурное тело Вади поворачивалось сухими мускулами, плечистым корпусом, узловатыми сильными руками — под большой мокрой головой — на фоне реки, слепившей прыгающими, дрожащими бликами.

Надя, видимая против солнца, стояла задумавшись, поглощенная видом мелкой бегущей воды.

Вдруг Королев покраснел, хлопнул себя по шее и поднял с травы одежду.

Он вернулся в лес, разделся и с солнечной стороны разложил вещи вокруг горы муравейника, привалившегося к стволу сосны.

После чего сам прыгнул в речку, выше по течению — и стал спускаться к друзьям, барахтаясь на мелкоте и планируя, зависая над дышащими бочагами.

Три часа они просидели в воде, поджидая, когда муравьи растащат с одежды всех насекомых.

Водомерки скользили, останавливались, исчезая в промежутке перемещенья, жуки-плавунцы протискивались сквозь воду, голавли то и дело оплывали пугливо мелководье за перекатом, на корнях телореза, нависших над водой, сохли раскрывшиеся из страшной каракатицы-казары большие стрекозы. Они были похожи на скомканных Вием химер.

Облака тянулись в воде через женское тело.

Оно слепило.

Отворачиваясь, давая плавающему незрячему пятну наползти на боковое зрение, Королев жмурился из-за того, что ему никак не удавалось изгнать из-под век свеченье Надиного тела.

Река перетекала чистым ровным слоем через живот, возносилась к груди, — и дальше взгляд уходил выше берега, проникая в ряд сильных мачтовых сосен, полных теплого света, скопленного в полупрозрачных отставших чешуйках коры.

Время от времени Вадя то одним, то другим боком приподнимался из воды, чтобы согреться.

Выйдя из речки, Надя заблагоухала шиповником.

Эта галлюцинация мучила Королева несколько дней, то пропадая, то возвращаясь снова мучительным и сладким задыханьем.

Четыре дня они по солнцу забирали на юг — ночевали у костра, хоронились от дождя под елью. Скользкая мягкая хвоя не намокала и хранила под ладонью тепло. На пятый день, войдя в Серпухов, долго препинались о крутые горки, над двумя речками завертевшими девятивальной круговертью и так попутанный пчелиною, лепной застройкой город. Проталкиваясь хлопотно сквозь толчею на закрестивших рынок перекрестках, отстояв в сутолоке, запруженной крестным ходом вокруг женского монастыря, к вечеру они все же вырвались на распах совхозных полей и побрели по приокскому сияющему атмосферой простору.

На краю заливного окоема Ока угадывалась по темному валу прибрежных деревьев. Далеко-далеко над противоположным берегом сияла крупинкой сахара Поленовская церковь. Она крепила под небосвод возгон парящей массы взора.

За деревней Калиново они остановились. В этих местах когда-то проходил рубеж обороны Москвы. На пьедестале стоял серебристый самолет Як-2. Внизу на табличке, изображавшей карту, Королев прочел, что в январе 1942 года с этого рубежа 49-я армия отбросила немцев от берега Протвы и перешла в наступление. На карте Королев заметил обозначение аэродрома — поблизости от того места, где они находились.

Очутившись среди полей, они были поглощены зрением. Отныне друг на друга почти не смотрели, и когда разговаривали, взгляды были обращены к горизонту.

Плоскости и крылья лугов, перелесков распахивали ширь и даль. Душа хлебным мякишем выкатывалась на праздничный стол. Взгляд купался и реял, потихоньку увлекая за собой все существо без остатка.

Когда тень облака набегала на поля, очерняла реку, — взгляды их омрачались — вместе с лицом земли.

Королев вообще в каждом ракурсе ландшафта старался отыскать образ лика — и находил: сердитый или мягкий, милосердный или строгий, — но всегда открытый и прямой.

Глядя вокруг, они все — даже самоуглубленная или вовсе пустая Надя — целиком помещались в простор, учась угадывать дальнейший путь наслаждения зрением.

Вскоре они вышли на рубеж. За ним открывалось аэродромное поле. Оно было утыкано прутиками с привязанными к ним выцветшими тряпками.

Заросшие болиголовом ржавые костровые бочонки тоже означали посадочные коридоры.

Вдалеке, почти до винта скрытый бурьяном, стоял вертолет. Подальше в леске они увидели четыре спортивных самолета и один побольше — Ан-2, «утку». Все хозяйство аэродрома составляли два домика — контора и диспетчерская, ангар и три сарая, крытых толем.

Надя обошла сарай, следя за тем, как в щелках поворачиваются косые плоскости тихого света, высоко проникающие внутрь, в теплый сумрак. В сарае, на земле — в какой-то особенной чистоте лежала упряжь и оглобли.

На самом краю взлетного поля, рядом с шестом, оснащенным полосатым ветровым чулком, был раскинут шатер, забранный под маскировочную сетку. На ней большими клеенчатыми буквами, белоснежно хлопавшими на ветру жабрами, было выведено:

БРАТЬЯ РАЙТ

Определив стоянку в соседнем леске, Королев отправился на разведку. Через два дня она привела к результатам. Королев с Вадей принялись выкашивать посадочную полосу. Надя мыла посуду, подметала, отваживала от аэродромной мусорки дачников, норовивших сбросить в чужой контейнер свои пакеты, строительный хлам, лом — ржавую печь, ванну, облепленную цементной коростой, крошенный шифер.

Всю полосу Вадя и Королев выкосили за четыре дня. На перекуре слушали, как певуче вжикают и звенят оселки, как купается жаворонок в слепящей мути зенита, как отдаленно то пропадает, то нарастает звук самолета. Серебряный его крестик то барахтался, то рушился «бочкой», то повисал в пике, то рассыпался плоскостями в салютующем штопоре.

В какие-то мгновения звук мотора пропадал вовсе, и Королев привставал на локтях и, пока высматривал запавший в воздушную могилу самолетик, движок вновь выныривал из звона и стрекота поля.

Хозяин кафе — лысый толстяк с мешками под глазами и грустным взглядом — делил себя между тремя занятиями. Или он бегал трусцой со своим фокстерьером по лесу. Или пришпиливал в кафе фотографии старых самолетов и дирижаблей к сетчатым стенам балагана. Или выпиливал, шкурил, клеил, лачил, шпатлевал плоскости и фюзеляж планера, стоявшего неподалеку в ангаре, полном сена и заржавленных огнетушителей. Закончив латку, он гладил рукой крыло, вел ладонью, прикладывался щекою, выслеживая и наслаждаясь гладью, профилем, яростно застывшей, рыбьей тягой лонжеронов.

Толстяк был похож на крота, выхаживавшего мертвую ласточку.

По выходным на аэродром наезжали москвичи. К ним относились бережно, так как они приносили единственный доход аэроклубу. Два часа их инструктировали и учили укладывать парашют. Затем усаживали в «утку». Сидели они рядком, с бледными нервными, или сосредоточенными, или возбужденными лицами. Оживленной веселостью или углубленным ступором отличались новички. Решительностью бравировали только набравшие десяток-другой прыжков — число, но не опыт.

На стенах кафе висели фотографии доисторических летательных конструкций, скорее всего, никогда не бывавших в воздухе, больше похожих на этажерчатые гладильные доски с запутавшимся между ними велосипедистом, чем на летательные аппараты. Тем не менее творения эти были исполнены такой мощи непрямой мысли о воздухе, о полете, что казалось, будто конструкция должна подняться в воздух благодаря одной только силе противоречия, возникшей между страстью и реальностью.

В кафе хватало посетителей. Здесь спортсмены оставляли друзей, жен, детей. Дети бегали по полю, запуская воздушных змеев. После прыжков и прогулочных полетов все устраивались компаниями в плетеных креслах, пили пиво, кофе, закусывали, все время посматривая в небо.

Находясь на краю поля, единственное, что видишь — небо. В глазах и солнечном сплетении все еще стоит воздушный столб свободного падения. Параллелограммы и лоскуты полей, лезвие реки и кучевые россыпи лесов и рощ скользят под упругой качелью строп, лениво колышущегося, хлопающего купола — реют и стынут, долго-долго поворачиваясь, раскрываясь, — как вдруг взрывчато все рассыпается на отдельные кусты, деревья, кочки, травинки, чертополохи, горизонт меркнет от удара в ноги и схлопывается над головой...

Раз за разом мы пропускали через себя этот столб счастья.

Полуденный окоем звенел, и короткая щедрая радость приобнимала за плечи.

Тенистый леопард бежал по ветерку над нами.

XCVIII

Если Надя долго смотрела на насекомое — раскормленное вниманием, оно укрупнялось незаметно, крылья разрастались ветвистыми витражами, слюдяные их плоскости рассекали воздух ячеистым сияньем, зенки наливались стеклянистыми, жившими рябой отдельной жизнью глыбами, в которые странно было заглянуть; ноги вымахивали в многоэтажные зубчатые сочлененья, челюсти раздавались шевелящимися стопками страшных лезвий, бока и волосяное брюшко то наливались тугим глянцем, то выдыхали, как кожистые паруса под штилем.

В поле, под воздушными текучими стадами, городами и странами облаков, от непрестанно изменчивых границ которых нельзя было оторвать глаз, — было полно насекомых. Кузнечик разрастался до высоты лошадиной холки и, страшно грохнув, пронзал высь, уменьшаясь в конце дуги, пропадая за частоколом травинок. Синяя стрекоза месила воздух стеклянным геликоптером. На муравья Надя садилась верхом и, управляя упругими усиками, за которые держалась, как за рога велосипедного руля, взбиралась на нем — как на муле — в самую чашечку цветка, где они вместе отпаивались нектаром. Озаряющие крылья лимонницы были полны коврового рельефа пыльцы, в котором тонули пальцы.

Больше всего Надя боялась больших зеленых стрекоз, шершней и особенно косиножек, которые вырастали над ней колоколом ножек, возносивших в зенит страшную пучеглазую челюсть. Купол многочленных ножек дышал и шатался, перебирал стопами. В челюстях паук держал почти бездыханного Королева. Решив его спасти, Надя стала тянуться, взбираться по скользкой костяной ноге — и сумела преодолеть первое колено, как вдруг нога дернулась, пошла — и закачалась, и, складываясь косою, пошла выкашивать воздух, высоко и страшно пронося ее меж огромных ворсистых стволов, нежной жильчатой зелени листов, под зонтичным пухом одуванов.

Надя следила за приготовлениями парашютистов неотрывно.

Инструктор, сухой старик в штопанном тренировочном костюме, никогда не прогонял ее, когда она садилась на траву в кружок вместе с теми, кто собирался прыгать впервые.

Аэродром этот был еще времен ОСОАВИАХИМа. Чкалов, наезжая из-под Егорьевска, инструктировал его первых пилотов. Об этом рассказал Королеву хозяин кафе. Вадя вообще не знал, кто такой Чкалов...

Вадя лежал в траве, раскинув ноги и руки.

Солнце опускалось на его переносицу.

Коса лежала за головой, острие касалось запястья.

Королев поймал кузнечика, тот брызнул из пальцев, отстегнув ножку. Она сокращалась между подушечек указательного и большого, как часовая пружинка.

Вадя видел, как в вышине протянулась «утка», как просыпались восемь куполов, как остановились, стали укрупняться, растягиваясь в разные стороны парашютисты...

Надя опустилась неподалеку от них.

С изменившимся лицом Королев бежал к ней.

Вадя шел, не торопясь, строго вглядываясь в то, как она рухнула, как не сразу поднялась и, дернувшись, встала неподвижно, прямо, с вытянутыми с силой руками, опутанная постромками, с мертвенно бледным лицом.

Из прикушенной ее губы текла на подбородок и шею кровь.

XCIX

После Надиного прыжка Вадя что-то задумал.

Теперь он отлынивал от косьбы и все ходил у самолетов, заговаривал с механиками, угождал им подсобной работой.

Спали они в сарае на сене. Хозяин им запретил курить внутри, сказав, что выгонит.

Вадя ночью выходил наружу подымить.

Что-то заподозрив, Королев всякий раз увязывался за ним.

Вадя виду не подавал.

И вот однажды под утро Королев открыл глаза.

Сарай наполнялся изнутри рассветом.

Сено оживало каждой травинкой, каждым сухим цветком — васильком, кашкой, сурепкой...

Вади не было. Королев выскочил наружу.

По росе темнел след, ведший к самолетам.

Скоро он оказался на стоянке.

Вадя сидел под откинутым кокпитом и щурясь смотрел прямо перед собой. Солнце всходило на него прямо по курсу.

Увидав Королева, подмигнул:

— Ну-ка крутани, братишка! С полаборта возьмет.

— Иди ты к черту, — заорал Королев.

Он махнул рукой и обежал самолет с другой стороны:

— А ну — вылазь! Кому говорю?!

Королев боялся поддаться и потому нервничал и кричал, одергивая еще и себя.

Вадя плюнул и потихоньку стал выбираться из кабины.

С

Пример Нади вдохновил и Королева, и он попросился полетать.

Летчик — крупный лысый дядька с умными глазами — допил кефир и теперь складывал в школьный пенал кузнечиков, которых собирал с замасленной овчинки. Это был такой способ ловли наживки — для рыбалки. Летчик расстилал овчинку, и кузнечик, попав на нее, как на облако, не мог дальше прыгать. Под ним проминались волоски меха и проглатывали усилие толчка.

Вадя молча смотрел, как Королев усаживается в кабину, поджимает ноги. Летчик заметил, что Вадя топчется рядом, — и позвал его тоже занять место пассажира.

Вертолет рванул вдоль реки на бреющем.

Под ними понеслись бледные языкастые отмели, крутые лесистые берега, причалы, веером облсплснные лодочками.

Вадя сидел едва живой, но поглядывал с суровостью.

Королев задохнулся ветром восторга.

Река взяла крутой поворот, они вписались в излучину, окинули разворотом городок, рассыпавшийся здесь по ярусам надпойменных террас, — и полетели обратно напрямик, через лес, замелькавший страшно близкими верхушками сосен.

На аэродроме было уютно — они честно работали, никто их не гнобил, все вокруг состояло из насыщенной смеси воздушного ремесла и наслажденья полетом. Они сами не заметили, как покинули аэроклуб.

Просто встали утром, не сговариваясь вышли на шоссе, потом свернули в рощу, вышли на череду полей, перелесков, в которых искали грибы, варили кулеш, пили чай...

Королев решил идти на юг, ориентируясь по солнцу и не взирая на наличие дороги. Но дороги почти всюду были — грунтовые, пыльные или непролазные в низинах, — они шли через поля, множась колеями, которые сходились, расходились, ответвлялись. Вдоль главных дорог, которые можно было отличить по наличию на них крупной щебенки, иногда встречались погнутые скорлупки автобусных остановок.

Ночевка в поле была курортом по сравнению с ночевкой в подъезде. Погоды стояли сухие, роса и зори побеждались костром и теплыми вещами. Выдавая Наде ватник, Вадя любил вспомнить присказку:

— Холодно не бывает, бывает мало одёжи.

Они шли с наслаждением.

Вверху через купол неба чертили пассажирские самолеты. Скорее всего, они шли вдоль воздушного коридора — воздушной дороги, которой пользовались самолеты при полете на юг. Днем самолеты летели часто — примерно один в пять-семь минут. Лежа навзничь, Королев не раз с замиранием сердца видел, как два матово сияющих самолета расходятся друг над другом. Он даже видел, как на многокилометровой высоте солнце иногда мигает в стекле кабины.

Надя собирала цветы, пробовала плести веночки, у нее не получалось. Не получалось и у Королева, когда он стал ей помогать. Венок всегда у него рассыпался, хоть и выглядел вполне крепким, свитым. Наконец Вадя взялся за дело — и у него получилось. Теперь Надя шла в венке и выглядела в нем по-дурацки. Королев иногда просил ее снять венок. Она его не слышала.

Поля давно не засеивались, заросшие по пояс, все они были покрыты кротовыми холмиками, хоть и мягкими, но создававшими неудобство ходьбы. Кое-где попадались колоски. Но все больше желтела сурепка.

Иногда Королев включал транзистор — одну из немногих нераспроданных вещей. В Москве у него была любимая радиостанция, которая ретранслировалась и на Калужскую область. Экономя батарейки, он слушал только одну песню и выключал приемник. Иногда чистая трансляция прерывалась радийным шумом. Скоро он заметил, что это случалось всегда, когда на подлете с юга появлялся самолет. Шум этот сопровождался переговорами командира лайнера с диспетчером. Бодрый голос обычно сообщал что-то в этом духе: «Доброе утро. 9600. Борт 408. Ухожу на Шереметьево». Голос диспетчера Королев не слышал. Так было идти веселее — видеть, как навстречу или вослед им продвигаются осиянные солнцем серебряные крестики самолетов, как они скользят в вышине над лугами, полями, рекой. «На Опалиху покороче будет», — видимо, парируя ремарку диспетчера, отвечал, вклиниваясь в песню, пилот...

Королев в самом деле думал податься в Палестину. Мысль об исходе растапливала вокруг него все бытие — и он скользил в нем, словно раскаленное скоростью лезвие конька — по льду прозрачности. Ему совершенно неясно было — как он сумеет это сделать, но точно знал, что сумеет. Иногда ему встревали в голову разные мысли — о дороге, о границах стран, о международном положении, наконец. Но вскоре он отметал, деловито сдувал их, как столяр сметает стружки с верстака, чтобы не мешали разметке. Он точно знал: Бог помогает простакам. И потому пока только решил, что дойдет до Черного моря, до Крыма, — а там будет видно.

Вечерами Королев слушал короткие волны. Ему нравилось несколько станций, но «Голосу Китая» он внимал с особенным удовольствием. Он был очарован голосом дикторши — молодой китаянки, выговаривавшей слова очень чисто, но с каким-то неуловимым фонетическим шармом. Видимо, этот обворожительный эффект возникал от того, что какие-то слова из произносимого девушка не понимала. И от этой любовной отвлеченности Королев приходил в еще больший восторг. Он нежился в ее ласковом голосе — прием был четкий и ясный, только иногда его штриховали зарницы далекой грозы. Королев представлял себе Китай как потустороннюю цивилизацию. Теплое воодушевление мысленным простором и мощью этой страны овладевало его воображением. Китай округло тек перед ним, словно бы этакой Луной, на которой вдруг были открыты чернозем, пригодная атмосфера и уже выращены сады, выстроены города, космодромы. Он тщательно вслушивался в подробности экономического обоснования прокладки скоростной железнодорожной трассы Пекин—Шанхай, 14 часов пути между которыми вскоре будут сокращены втрое. Шанхай процветет от такой приближенности к столице.

CI

Все лето они пропадали в полях, потихоньку смещаясь вдоль реки к Югу. На заливных угодьях еще встречалась сельскохозяйственная деятельность. Совхозы, будучи разорены, сдавали земли различным арендаторам. Ими, как правило, оказывались люди пришлые: азербайджанцы, вьетнамцы, корейцы. Местное население их не жаловало по всем статьям неприязни. По населенным пунктам они нанимали бичей или просто малоимущих, согласных на любую работу. Они селили их в полузаброшенные пионерские лагеря, кормили не ахти, обещали заплатить за работу ближе к осени, после реализации урожая.

За лето Вадя, Надя и Король побывали в трех таких колониях — «Факел», «Ветерок», «Энтузиаст». В первом же лагере Королева ограбили. Когда спал, попросту навалились четверо, пятый обыскал, снял из-под колена чересок, где были завернуты вырученные от продажи автомобиля деньги. Королев пыхтел и задыхался от боли в грудине, пока долговязый скуластый человек с веселыми глазами, ласково и четко, как доктор, шарил по его телу.

Вадя сидел в это время на соседней кровати и по ровному его взгляду Королев понял, что бесполезно.

Надя волновалась, стоя в ногах Королева и пытаясь заглянуть за спины сгрудившихся над ним людей. Она разводила руками, не зная куда их приложить, что-то мычала, клокотала — и громко говорила, будто одергивая нападавших:

— Алло! Алло! Алло! Алло! Алло!..

В начале лета они были заняты на прополке, прореживании моркови, сборе укропа. Многокилометровые грядки уходили к горизонту. Окоем лишь с востока прерывался валом зарослей, шедших вдоль берега реки. Большие, как дом, стеклянные улитки на рассвете выгрызали кружево в листах только завязавшейся капусты. На перекуре Вадя развлекался тем, что раскапывал гнезда полевых мышей, показывал Наде голеньких слепых мышат, тыкавшихся вокруг их взмокшей от ужаса мамаши. Надю мыши не интересовали. Вадя присыпал гнездо тщательно распушенной в ладонях землицей.

Жизнь в полях разнообразилась только неприятностями.

Вьетнамцы кормили их на полевом стане. Основным блюдом был свекольный кисель, почти не сладкий, и хлеб.

Мелкие, шустрые, как злые гномы, вьетнамцы все время представлялись во всех делах скопом, этакой гроздью ртутных виноградин, совершенно недоступных, благодаря тому, что ничего не понимали или прикидывались, что не понимают, что их наглое дело неправо. От их гомона у Нади случался ступор, а у Королева приступом болела голова. Тогда он брал лопату и шел прокапывать оросительную канаву. Один Вадя относился к вьетнамцам со сдержанной прямотой. Однажды, когда вьетнамец на него отчего-то долго кричал, топал ножками и хлопал в ладоши, Вадя коротким замахом дал ему оплеуху. Вьетнамец отлетел, еще что-то побурчал — и больше к Ваде не приставал.

В июле капустное поле стало сохнуть от жары. Дней двадцать не было дождей. В воздухе повисла дымка гари, дошедшей с далеких торфяников.

Тогда вьетнамцы подняли Короля и Вадю, дали в руки по лопате и повели к овражку, откуда поднялись к прудовой плотине. Плотину прорубили и подкопали. Весь и так обмельчавший пруд они спустили себе на свои гряды. Поле слегка протопилось, как рисовое.

Через час, отбиваясь от дачников бейсбольными битами, вьетнамцы погрузились в джип. Тогда дачники побили Королева и Вадю.

Очухавшись, долго искали Надю.

Оказалось, она забралась под стол на полевой кухне и там заснула от страха.

На следующий день Вадя ободрился:

— Так теперь все поле наше, во как.

Королев два дня думал об этом. При полном безденежье было разумно дождаться урожая, его продать и на вырученное отправиться дальше. Но что-то подсказало Королеву, что все это может обернуться просто капустной диетой. И он решил двигаться дальше.

CII

После вьетнамцев они тяжело работали на картошке — окучивали, тяпали, собирали в бутыли колорадских жуков, заливали керосином рябую шевелящуюся массу, закладывали хворостом, сухим бурьяном, поджигали — долго потом переминались и прыгали, растаптывая по периметру бегунов.

Жизнь в лагере «Ветерок» сама по себе была безобидной, но безрадостной. Бригадир их — предводитель бичей — был человеком с такой походкой, по которой было ясно, что он никогда не умрет. Он придирался к Королеву из одного только внешнего вида, из-за всклокоченного страстного взгляда, будто бы вопрошавшего: «Где я?! Что здесь?!».

Один раз он послал его вместе с учетчицей оптовой базы на поля подсчитать количество затаренного укропа, ящики с которым были составлены друг на дружку для погрузки у самого берега Оки.

Учетчица — молодая красивая девушка, белокурая, с тонкой нежной кожей, в синем рабочем халатике и белой косынке — с интересом взглянула на необыкновенного бича. Пока шли через поле, пока срезали через овражек, Королев надышался близостью. И когда, нагнувшись подсчитать число ящиков в стопке, увидел голое на уровне глаз женское колено, в глазах его что-то ослепительно помутилось, и он едва сумел отвернуться, чтобы не укусить, — и выпрямился с пылающим лицом и больше не смотрел.

Вскоре подскочил вразвалку грузовик, с подножки спрыгнул бригадир — сбитый сухой мужик с узкими глазами и твердым ртом. Он с ходу саданул Королеву в пах — и подмигнул учетчице:

— Ну что, Верка, женихался к тебе профессор?

Стоя на коленях и закрывая пах руками, Королев видел это голое, еще более желанное колено, край халатика, начало бедра, листок в клетку, свесившийся с блокнота, исчерканный бледными цифрами.

— Да ничего, пускай живет, — тихо проговорила девушка.

Все же в полях было несколько развлечений. Прежде всего сам простор возбуждал странность ощущений. Жили они в одном из шиферных домиков, оснащенных двухэтажными полатями на восемь человек. Вдоль комнаты шла труба парового отопления. Нижние места под ней занимали блатняки. За домиками находилось спортивная площадка, покрытая рифлеными резиновыми плитами. По торцам стояли баскетбольные щиты и гандбольные ворота.

За площадкой сразу вздымался горизонт, застеленный полями. Ночью над окоемом не виднелось ни огонька, только звезды.

Однажды Вадя откуда-то принес конский череп. Он что-то возился с ним долго, весь день чистил, гладил, оттирал песком, обливал водой. Когда стемнело, он взобрался с ним к баскетбольному щиту, установил на самом ребре верхотуры, но прежде зажег свечку, накапал, прикрепил. Погода была пасмурной — и вот в этой тьме полей, едва-едва угадывавшихся по не ясно откуда взявшемуся свеченью облаков, на этом самом краю земли и бездны воссиял гигантский черный конь с огненной гривой и лучистыми столбами света, бившими из глаз.

Королев содрогнулся, закурил — и долго еще смотрел на этого черного, несущегося по небосводу коня.

— Всадника ищет, — шепнул ему Вадя, подсев рядом.

Надя, казалось, ничего не заметила, так она и сидела на скамейке, что-то перебирала на коленях.

Череп этот Вадя зажигал каждый вечер, и Королев думал, что привык к нему. Для Вади это было целым ритуалом. Он где-то добывал стеариновые свечки, резал их раскаленным ножом, чтоб не крошились, аккуратно вытягивал с торца фитиль. Сколотил себе специальную лесенку, чтоб удобней было взбираться на алтарь. После он слезал и, не поворачиваясь спиной, отходил к скамейке. Садясь, округло и неполно кланялся в сторону баскетбольного щита, закуривал — и так сидел, посматривая на небесный пожар, разгоравшийся над полями среди Млечного пути.

Королев, уже и позабыв об этой странности Вади, однажды в полночь вышел за домик поискать подорожник — саднил ушиб на локте. Он присел на корточки и зажег спичку, сорвал листок, послюнявил, приложил, поднял глаза. И тут он смертно обмер, увидав этого вороного, раскинувшего копыта по будущим своим следам, всего припорошенного звездами коня...

Посидев, Вадя вставал, тушил свечу, снимал череп. Утром счищал парафиновые сосульки, переплавлял и отливал в колбочку из-под валидола, куда прежде закладывал ссученный из нескольких ниток фитиль.

Другое развлечение состояло в том, что они ходили на дальнюю ферму, где коровы, какой-то удивительной породы — палево-бархатной масти, с огромными глазами и длинными ресницами, нежной мордой, с прозрачными на закатном солнце ушами, тяжело чавкая грязью, возвращались в стойло. Доярки снимали и подтягивали плети молокоотсосов, гремя, ополаскивали в корыте с белой водой — и нацепляли с чмоком на ведерное вымя беспокойных, мучающихся ревом коров. Скоро горячее розовое молоко, бурля, наполняло стеклянные молокопроводы, и, нагрузив десяток тачек кормовой свеклы, они получали трехлитровую банку парного. Выпивали тут же, передавая друг другу по кругу. Надя кивала и вздыхала от восторга — и то Вадя, то Король передавали ей банку вне очереди — она снова и снова прикладывалась, пуская голубые усы на подбородок...

А еще они любили ночью выйти на берег Оки, выкупаться в парной, мерцающей темени реки... Тонкая дымка начинает ткаться в воздухе. Луна, поднявшись, разливается по излучине. Королев ложится на спину и, раскинувшись под небом, спускается по течению, слушая, как изредка оживают птичьим вскриком берега, как сонно бьет на плесе тяжелая рыба, как шуршат и плюхаются в воду бобры, как лодочка с турбазы перебирается на другой берег, выпевая уключинами «уик, уик», — как далеко по воде доносится любовный шепот... Обратно он шел берегом, долго-долго, вышагивая среди лопухов и крапивы выше роста, ожигаясь по плечам и прядая от проливающихся под ноги ужиков.

Вадя же мылся обстоятельно, деловито — с постирушкой. Сначала отмокал по грудь, выстирывая и свое, и Надино. Затем намыливался — и долго так ходил по мелководью. После залезал в воду и фыркал, фыркал, крякал.

После, обсыхая, они сидели на берегу, покуривали.

Однажды река за поворотом осветилась просторным, мощным конусом, завладевшим всем речным пространством. Уровень реки пополз далеко вниз, жутковато обнажая каменистое дно, копны водорослей, еще струившихся вослед ушедшему урезу... Чуть погодя мимо них потянулся трехпалубный лайнер. Он пылал светом. На верхнем уровне оркестр играл вальс. Кружились пары, люди с бокалами шампанского прохаживались вдоль борта. Кто-то, свесившись, тяжело, со стоном блевал на корме в воду. Огромный плавучий город шел посреди полей в Волгу, в Каспийское море, к иным берегам, с иной, фантастической жизнью на них...

После той ночи Надя всегда тянула их на реку. Она не объясняла зачем. Она не просила их пойти с ней. Она просто в какой-то момент поднималась и шла в поле к реке. Никогда не оставляя ее одну, Вадя шел за нею. Королев подтягивался.

А еще один раз бригадир послал Королева с Вадей ночью в поле пригнать грузовик, брошенный внезапно запившим водилой. Сначала все шло хорошо, но вдруг они скатились в низинку, там колеса замылились в масляном глиноземе, и, буксуя, машина стала зарываться в грязь по оси.

Светила полная луна. Она ползла, смещаясь за перелесок. Вслед за ней склонялся зрачок Венеры. Блестели лужи в колеях. Стояло одинокое деревце на взгорке. В леске заливался соловей.

Машину они домкратили по очереди с четырех сторон, гатили каждое колесо. Бегали в лесок — рубить ветки. Глядя на Вадю и сам погружаясь по брови в грязь, Королев думал о пехоте. О том, как солдаты зарывались в землю, вращая ее на себя вместе с колесами полковых пушек.

CIII

И еще одно развлечение им устроил бригадир. Случилось это после того, как Вадя побрился. Брился он на реке, ночью, на ощупь — так: тихо зашел в воду по грудь, держа в руках коробок со спичками. Чиркнул спичкой и провел огоньком под шеей. Вся борода и часть шевелюры вспыхнула. Королев вскрикнул. Зашипев, Вадя опустился под воду. После он долго скреб себя ножичком. Подбирая лезвие оселком, правя о брючный ремень.

После этого утром он проснулся иным человеком. Его босое лицо, обрамленное бакенбардами, пронзительно напоминало чрезвычайно знакомый образ.

Королев мучился Вадей целый день. Целый день он не разговаривал с ним и все посматривал со стороны, пытаясь взять в толк, что же случилось.

Надя радовалась. Она подсаживалась к Ваде, хлопала его по плечу и, довольная, осторожно взглядывала на него в профиль.

— Уйди, Надька, чего пристала, — смущался Вадя.

Вечером в комнату к ним пришел бригадир. Он видел утром Вадю и тоже озадачился. Сейчас он зашел и молча склонился к Ваде, прикрепляя ему к груди какой-то листок.

— Вождем будешь. Герой! — пояснил бригадир, выпрямляясь от скосившегося на свою грудь Вади.

Королев опасливо приблизился.

На груди у Вади красовалась журнальная вырезка, пришпиленная гвоздиком к свитеру. Это был портрет А. С. Пушкина, кисти Кипренского.

Хоть Вадя и был темно-русой масти, но сходство было поразительным. Взгляд, правда, он имел мужичий — и хитрый, и тупой, и скрытный, и живой одновременно. Тем не менее его короткое туловище и крупная голова, сложенные на груди руки замыкали сходство с совершенной полнотой.

Результатом этого открытия стало то, что Вадя возгордился. Приосанился, обрел в коллективе отчетливую неприязнь, замешанную на почетном внимании. Он стал таким небольшим ритуальным вождем, окруженным насмешливым почетом.

Например, к нему подсаживался бич и спрашивал:
— Ну, похож ты на Пушкина, как сказывают? Не врешь?

Вадя охотно доставал из-под подушки наклеенный на картонку портрет Кипренского, убранный в целлофановый пакет. Показывал, не вынимая, подержать не давал — и снова прятал.

Обретя популярность, Вадя стал получать приглашения забухать или побыть в общей компании, развеять скуку. Не делая из него шута, тем не менее с ним обращались как с папуасским вождем, предназначенным для ритуального съеденья.

Вадя стал блюсти себя. Подстригать бакенбарды, бриться.

Бригадир принес хрестоматию и потребовал выучить несколько стихотворений. Об орле в темнице, о лукоморье и о «выпьем, где же кружка». Стихи Вадя выучить не смог, но, сделав себе шпаргалки на ладони и на резиновых мысках кедов, научился хорошо читать.

Сборища происходили на втором этаже опустошенной столовой. Столы и стойки раздачи были сложены баррикадой. Пыльное солнце заливало просторное помещение. Брагу разливали из никелированного граненого чайника. Блики играли на смуглых лицах бичей. Мутные столбики стаканов чинно стояли подле хозяев. Бражный мастер наконец давал отмашку чтецу. Вадя вставал и выносил вперед ладонь, будто собирался петь. Первый прихлеб приходился на строки: «Спой мне песню, как синица тихо за морем жила».

Когда, репетируя, Вадя начинал декламировать, Надя принималась плакать и бить его по руке. Он терпел. А когда уходил в компанию, шла за ним и все продолжала его стукать. Мужики просили его подобру прогнать, увести дурочку.

Надя боялась мужиков. Королев боялся Нади.

Наконец, она выкрала у Вади хрестоматию.

В день, когда Вадя, отметав и отбушевав, пьяный, так и не нашел хрестоматию и полез к Наде драться, Королев ударил его в челюсть и, когда тот поднялся, ударил еще раз. Вадя после этого притих, хотел ринуться прочь, но вернулся и сел на полати.

— Уходим, — махнул рукой Вадя.

— Давно пора, — согласился Королев и увидел, как обрадовалась Надя, как засобиралась, доставая из-под матраса свои книжечки, поднимая разбросанные по полу обрывки.

ПО НАПРАВЛЕНИЮ К РЕКЕ

CIV

Дорога волнится на стыках плит.

Машины скачут на юг, поджимая колеса.

Бетонный тракт вздыбливается к горизонту.

В предзимнем небе ползут шеренги низких облаков.

Кюветы полны ряски, рогоза. Черная вода подрагивает от капель.

Машины с зажженными габаритными огнями, унося яростный гул шин, мчатся в шарах из брызг.

Над перелеском стая скворцов полощется черным флагом.

С облаков свисают сизые клочья. Впереди тут и там они завешивают мокрую дорогу.

Еще два дня скворцы будут устраивать молодняку тренировочные полеты. Тело стаи на развороте поворачивается одним махом, не нарушая строя.

Темные поля сменяются светлыми лесами, леса подходят к реке, отступают над многоярусными косогорами, лесной ручей из глубокого отвесного оврага выбирается к песчаным наволокам, за ними длинно лысеет мель, две цапли стоят, стерегут осоку.

Дальше плёс широко дышит зыбью. На его краю сильно раскачивается, запрокидывается красный бакен.

Светлый березовый лес восходит от реки по холмистым раскатам.

Величественная пустошь ниже по течению пересекается понтонным мостом.

В будке разводного буксира пьяный капитан обнимает худую красивую женщину в резиновых сапогах и новой телогрейке. Она плачет, безвольно опустив руки.

Два мальчика удят рыбу с понтонов.

Капитан прижимает жену к штурвалу, задирает ей юбку. Она покоряется, зная, что ничего у него не выйдет. Шепчет сквозь всхлипы: «Коля, Коля».

Штурвал раскачивается все слабее.

Мальчик подсекает голавля и, сжав в кулаке упругое серебро, — снова зорко вглядывается в речной простор, раскрываемый излучиной.

На другой стороне, в тени моста, пригасившего напор стремнины, дрейфует лодка. Сухой хмурый старик поправляет на бортах весла и достает из-под скамейки сверток. Разворачивает из него несколько икон, ножом поддевает с одной оклад. Закуривает. Становится на колени на дно лодки. Отбрасывает папиросу. Запинается, неумело, начав с живота, крестится, — и пускает с ладоней.

Дощечка сначала тонет (старик меняется в лице), потом всплывает в отдалении, но не полностью, слой воды в два пальца покрывает лик — и, увлекаема течением, по дуге выбирается на фарватер.

Женщина выглядывает из рубки, поднимает с швартовой тумбы сумку. На ее заплаканном лице теплится покой.

Стая уток невысоко, углом упруго режет воздух. Утиная перекличка тает над высоким гребнем леса.

Старик прячет оклад и начинает сильно, внятяг выгребать на середину. Потом вдруг бросает весла, ожесточенно вычерпывает воду из лодки. Снова хватается за весла.

В лесу падают последние листья. Семья барсуков катает ежа. Барсучки скулят и подскакивают. Еж шуршит, подкалывая на иглы кленовые пятерни.

На берегах листья облетают и скользят враскачку на теченье.

По колено и по локоть в воде, озябнув, дрожа синими губами, мальчик ощупывает лазы в камнях.

Прозрачный лик, несомый атмосферным течением вместе с паутинными парусами, постепенно нагоняет отражение в реке.

Старик, отстав, отворачивает и, потихоньку табаня, выгребает к берегу.

Женщина гладит заснувшего капитана по щеке. Она готова сама взять управление буксиром, в случае если придется разводить понтоны, давая ход идущей барже, — и посматривает на мигающий огонек рации.

Мальчик выпрямляется. Его лицо искажено усилием испуга. В руках его, раздувая жабры, неистово хлопает черная рыба.

На мост выбегает тетка с хворостиной, в ярком платке. Настигаемые гуси семенят, машут, взметывают крыльями белоснежный поток — и один за другим, гогоча, слетают на воду. Тетка останавливается. Плюет под ноги.

Женщина в будке буксира присаживается на корточки, чтобы тетка ее не заметила, — и та видит только капитана, свесившего мужественную голову на грудь.

Жена капитана поднимает лицо и долго смотрит в мутное от царапин узкое окно, в котором среди туч раскрывается полоска неба.

Из-за поворота реки показывается баржа. Она гружена песком, холмами песка. Полная осадка создает ощущение, что река движется к дюнам.

Вода журчит вровень с ватерлинией.

CV

На другом конце светлого березового леса, не рискуя спуститься по мокрой траве в лощину, останавливается небольшой автобус с грибниками.

Водитель раскладывает шезлонг, раскрывает газету, раскуривает трубку.

Утиная стая проносится над верхушками деревьев. Тревожная перекличка птиц мечется по зигзагу строя.

Грибники разбредаются от автобуса.

Чтобы впасть километрах в двух ниже по течению, слабая лесная речка Н. берет начало от Запретки, с каскада Верховых болот. Перед впадением в Оку ее заламывает лесистый крутояр, через который, над самым бочагом, перекинут мостик в три доски. На том берегу видна небольшая поляна, по плечо заросшая бурьяном. На ней стоят два ржавых вагончика, в бурьяне проглядывает стол, скамья, столбы навеса.

Оба вагончика испещрены небольшими продолговатыми вмятинами, округлые вмятины — с дырками крупнее гороха.

Через три часа грибники собираются у автобуса. Водитель, проснувшись, складывает шезлонг. После бурного осмотра корзин все усаживаются на места. Из-под сидений достают пакеты со снедью, и пока автобус сложно разворачивается (задним мостом опускаясь в овражек, вкатываясь на пригорок, сдавая снова назад, с пробуксовкой, повисает в воздухе правое заднее колесо), уже звенят бутылки, трещат винтовые пробки, тянутся руки.

Вдруг автобус останавливается. Из него выбирается человек. Выбежав на край леса, начинает свистеть и, сложив в рупор ладони, выкрикивает имя: «Сергей, Серега, Сержант!».

Пир в автобусе продолжается.

Петля объездной дороги пухнет белой известковой пылью. Далеко вширь вдоль нее ползут серые некошеные луга, перелески.

Дорога приводит к карьеру, вгрызшемуся в берег Оки. Здесь добывается низкокачественный известняковый щебень.

На дне его таятся два насекомых.

Богомол: экскаватора ковш вмещает легковой автомобиль.

Медведка: дробилка, похожая на бронепоезд, с остистым забралом на рельсовом ходу.

Средних лет, в брезентовой куртке, с корзиной в правой и березовой веткой в левой, небритый, с усталыми жесткими глазами человек всходит на мостик.

Средняя доска проламывается. Он осторожно вынимает ногу.

Суводь дышит, ее пучит отраженным из глубины теченьем.

Расставив ноги, человек переходит на противоположный берег. Оглядывается. Идет то в одну сторону, то в другую.

Входит в бурьян. Усаживается на завалившийся стол. Достает из корзины литровую банку с крохотными маринованными патиссонами, бутылку, нож, пластиковый стакан. Наливает до краев.

Кукушка заводит гулкий счет.

Выпивает. Блеклые овощи в банке похожи на заспиртованных морских звезд.

На вагончике косо нацарапано: «Свобода. Веч» (дальше неразборчиво) «турист!».

Надпись неровно окаймлена чередой пробоин.

Он вспоминает, как четыре года назад жарким августом вместе с невестой плыл на байдарке вниз по течению Оки. Как они остановились близ устья этой лесной речки. Как поднялись в лес, как шли по березовой роще, входя по колено в рыжий ковер папоротника-орляка, пожухшего от жары, похожего своими веерными листами на распластавшуюся на восходящем потоке птицу. Тогда они в поисках родника случайно выбрались к этим вагончикам.

С тех пор не прошло и дня, чтобы он не вспомнил о ней.

Наливает еще до краев, выпивает залпом. Локтем выдавливает крышку банки, откусывает патиссон, выплевывает. Закуривает.

На вагончик садятся сороки, поднимают трескотню.

Водка допита. Он смахивает бутылку и банку в траву. Берет корзину, неуверенно встает.

Подходит к вагончику, пробует открыть дверь. Не поддается.

Он сильно пьян. Заходит за угол, отливает. Оступается.

Сороки трещат.

Встает, застегивает ширинку.

Упирается ногой, тянет. Стонет от напряга.

Едва повернув заржавленные петли, протискивается внутрь.

Пыльный свет сочится из проржавленных в металле кружев.

Он начинает икать. Задавливает плотно дверь. Забивает отрезком трубы щеколду.

Падает, встает, пинает все, что оказывается под ногой.

По вагончику передвигаться сложно из-за нагромождения досок, бруса, дощатых щитов. Все это валится на него. Он отбрасывает, оступается, встает. Бормочет:

— Только... Где ты?.. Я дойду, Маха. Дойду...

Чугунная решетка, прислоненная к развалившемуся ящику, ударяет его по ступне. Он видит лежанку полную лапника, сухой травы. Отбрасывает корзину, споткнувшись, забирается на полати.

— Дойду...

Засыпает.

Во сне он храпит, поворачивается, стонет.

По стене ползет луч — спица небесного колеса.

Пятнышко света наползает на пришпиленную вырезку из журнала. Это портрет Гагарина, в шлеме. Пятнышко останавливается. Тает.

На исходе петли пылит по дороге автобус. До выезда на заброшенное шоссе еще 16 километров.

Ранние сумерки.

Рабочий карьера лезет на стойку, включает четыре прожектора. Один направляет в сторону лощины, где стоят два заброшенных вагончика. Косой свет далеко выхватывает слабую тропинку.

Парень влезает в кабину дробилки, пускает дизель. Прогрев, дает малый ход. На многие километры пустоши раздается, эхом перекатывается таинственный ход машины. Будто где-то далеко на узловой станции, не спеша, верстают порожние составы. Дробилка по сантиметру вгрызается в известняковый разлом.

Карьер полон белого света.

В глубинах ночи он таится ослепительным зернышком.

Крепкий веснушчатый парень спрыгивает с дробилки. У него в руках ружье.

Таинственный гул дробилки будит человека в вагончике. Он ворочается, из-под лежанки сыплется труха. Нащупывает в корзине флягу и, приподнявшись, делает несколько глотков.

Вспоминает, как его товарищ перед отплытием пугал их. Мол, что в этих пустых местах — аномальная зона. Смеялись: пускай заберут, зато на «тарелке» полетаем.

Засыпает.

Автобус вразвалку вываливается на трассу, берет прямой напор.

Грибники кемарят, кивая на ухабах.

Звездная ночь реет над лесом, над речным простором.

У стойки прожекторов в карьере стоят высокие ко́злы. Рядом сидят четыре здоровых пса, братья. Они смотрят вверх наливными лемурьими зенками. На ко́злах наклонно дымится таз. Парень ставит ружье, снимает псам ужин. Огрызаясь, прикусывая друг друга за загривки, клацая зубами о миску, обжигаясь и жадно дыша паром, собаки в несколько мгновений опустошают лохань.

Парень схватывает ружье, выбирается из карьера, сваливается по тропе в лощину, взбирается на холм, пересекает овраг — там и тут прожектор все слабее добивает ему в спину.

Приближаясь к вагончикам он прибавляет темп, лицо его твердеет, большой палец снимает предохранитель, он скатывается в изложину к опушке, отталкивается с переворотом, выстрел, разворачивается с колена — в другой вагончик — выстрел, тугой гулкий хлопок пробивает лесную пустошь, проснувшиеся птицы вынимают клювы из-под крыла, шарахается сова, человек очнулся, садится на лежанке, смотрит на слабое свеченье дыр в стене, — выстрел, нагибается к корзинке, нащупывает флягу, щелчок по коробке с жуком, — выстрел, вновь с переворотом ловко пропускает плечо под локоть, не дав прикладу коснуться земли, поместив в ружейный замок центр тяжести кульбита, выпрямляется, делает глоток — выстрел — еще глоток, выстрел — дыра размером со звезду прошивает стенку, лоб, выбивает затылочную кость, пробивает задник, бьется о сосну, рикошетит, зарывается в листья.

Затвор срыгивает в ладонь пустую обойму.

Дробилка дрожит, звонко ухает, замолкает.

Парень бежит обратно.

В карьере к нему радостно выкатываются псы. Провожают до теплушки.

Ежевечернее упражнение завершено.

Через неделю в карьер спускаются два ракетных тягача «Ураган». С них спрыгивает бригада рабочих.

Начинается демонтаж оборудования, разворачивается погрузка на колесные платформы.

На рассвете третьего дня на том месте, где стоял автобус с грибниками, останавливается милицейский «уазик».

Туман в низине плотный как молоко.

Слышно, как падают с веток капли.

По поручению районной прокуратуры молодой участковый милиционер (только что вернулся из армии), в ведении которого находятся восемь полупустых деревень, выпускает с заднего сиденья овчарку, достает из «бардачка» компас, спички, планшет, надевает болотные сапоги — и отправляется на осмотр места предполагаемого происшествия.

Восход солнца пробирается в чащу теплыми струями. Пробуждаются перекличкой птицы. Нежная шелуха бересты шевелится вверху, светясь. Дятел оглушает дробью.

Несколько часов он бродит по лесу, ввязывается в буреломы, идет по высокому берегу лесной речки, всматривается вниз, в завалы, навороченные половодьем. На пригорках останавливается, вынимает из нагрудного кармана театральный бинокль, медленно поворачивается вокруг оси.

Собака давно перестала искать, покорно идет рядом, лишь изредка отвлекаясь — то на белку, то на муравейник, подле которого чихает, трет лапой по морде, облизывает нос.

Участковый выходит к Оке. Здесь светло, блики жарко гладят щеку, жалят глаза. Высокий лесистый берег далеко разворачивает могучее движение взгляда.

Раскрывает планшет, ставит на карте метки, очерчивает район поиска.

Еще раз просматривает заявление, поручение, набрасывает отчет.

Собака зашла в воду и скачками преследует лягушку.

Сержант закуривает. Сегодня у него день рождения. Мать напекла пирогов. Вечером он зайдет к Ирке и приведет ее к матери. В сарае у него на кирпичах и слегах стоит лодка. На дно навалено сено. И вот они выпьют, закусят пирогами, попьют чаю с тортом. Он пойдет провожать Ирку. Заведет в сарай. Предложит покататься на лодке.

Собака подбегает и, отряхнувшись, осыпает брызгами.

Сержант морщится от резкого запаха псины и двигает коленом, отодвигая морду собаки.

Он вспоминает дело об ограблении Дубинской церкви. Еще один «висяк». Всего-то пять икон бичи вынесли. Дешевые иконы. Оклады — латунь. Надо навестить пункт сбора цветного металла. Поинтересоваться у Прохора.

CVII

Ранней весной в карьер спускается на охотничьих лыжах бородатый человек в спортивной куртке, в сильных очках, с рюкзачком, к которому приторочено кайло.

Речка ярится полой водой. Бурлит. Обваливает берег. Человек оглядывается на лес, в котором что-то плещется, сыплется, ухает.

Человек тщательно изучает разлом, оставленный дробилкой. Он откалывает породу, подсовывает под толстенное стекло очков, некоторые сколы укладывает в рюкзачок.

Ослепительное безмолвие простирается за его спиной.

В конце марта, еще снег не сошел, вокруг одного из вагончиков стали нарастать один за другим несколько муравейников. Муравьи работали с напористой безостановочностью. Крупнозернистый снег таял, стекленел, сверкая, щелкая на солнце. Муравьи, шевеля усами, проводя по ним лапками, вдруг скользили, срывались с льдинок. Лужицы, потеки преодолевались по веточкам, сонные мотыльки на них, тащимые тяжеловесами, дрожали, качались парусами.

Через неделю пять высоких правильных конусов равноудалено стояли близ вагончика, описывая вокруг него многоугольник.

В течение всего лета больше никто не появлялся в этой местности.

Жена капитана родила мальчика.

Муравейники простояли еще несколько лет.

Река текла.

Понтонный мост закрылся.

Понтоны вытащили на берег, разрезали, разобрали на металлолом.

Буксир перегнали в К.

Карьер заполнился водой.

Мостик снесло в одно из половодий.

Муравейники один за другим растаяли в течение лета.

Скелет, раскинутый на лежанке, побелел.

Линии ног, рук, шеи указывали на вершины исчезнувшего пятиугольника.

ОСЕНЬ

CVIII

Увидев скелет, они с Вадей дрогнули и подались назад.

Надя не испугалась, осталась, осмотрелась.

Долго потом они сидели на берегу, подумывая, что делать.

Стал накрапывать дождь. Надя побежала к вагончику.

Они вернулись.

Надя перетаскивала кости, аккуратно складывала у порога. Делала она это аккуратно и ласково. Иногда поглаживала череп.

Человека похоронили за карьером.

Вадя связал березовый крест. Королев укрепил его камнями.

В вагончике Надя навела порядок, и зажили они хорошо.

Вадя рыбачил, Надя была с ним.

Королев ходил по лесу и думал.

Надумал он наконец то, что осень на носу, что дойти по теплу они не успеют и что надо побеспокоиться о зимовке.

Километрах в семи Королев нашел деревню. За ней располагался монастырь. Церкви в нем были разрушены, на территории с конца 1950-х годов располагалась психиатрическая лечебница.

Одна церковь в монастыре восстанавливалась — вокруг нее стояли шаткие леса. Двое мужиков поднимали на них носилки с раствором. Им помогал рослый человек в подряснике, с длинными волосами, собранными в косичку. Было что-то чрезвычайно странное в рваных движениях этих двух мужиков — неловкое и в то же время напористое, словно это были только что разделенные сиамские близнецы, упорные в отталкивании друг от друга, упорные в притяжении...

CIX

Постояв, оглядевшись у трансформаторной будки, Королев пошел прямиком в госпитальную столовку. Черная хромая собака встретилась ему на пороге. Уступая дорогу, она обсмотрела его, скакнула — и в глазах ее качнулась кивком пугливость, смешанная с приветливостью. «Такой добрый взгляд бывает у горьких пьяниц», — подумал Королев и, прежде чем войти, оглянулся на унылый сад. На аллейке за памятником неизвестно кому он увидел девушку. Она подбирала кленовые листья — и сейчас подняла к солнцу букетик, любуясь.

За порогом кухни обдало сырым жаром, и клубы пара — влажно, мерзко, как потные старушечьи плечи в переполненном трамвае, тронули Королева по щекам, запястьям, обвили шею.

Он едва стерпел осмотреться. Марбургские полушарья нержавейных котлов. Лохмы штукатурки. Повелительное наклонение сводчатых толстенных переборок. Гора по грудь картофельных очисток, двадцативаттная дрожащая лампочка, повисшая на ситцевом пояске. Над бело-грязными халатами стояли три пары глаз, источавшие равнодушие.

Один халат встал и выплыл наружу. Спасенный, Королев выпал за ним на крыльцо. Это был широколицый, как соловей-разбойник, человек. Его лысину тщательно скрадывала белая панама. Насмешливая заинтересованность оживляла морщинистое обветренное лицо, которое сложно распялилось на улыбке, обнажившей отсутствие зубов. Другие два молодца появились на пороге, доставая и закуривая заначенные на притолоке бычки.

Не успел Королев и рта открыть, как человек в панаме что-то затараторил. Из того, что он говорил, ничего нельзя было понять. Вся его болтовня была одна лицевая ужимка. Бойко двигая челюстью и выталкивая из просторного запавшего рта язык, человек, казалось, получал наслаждение от самой необузданной подвижности языка. При этом глаза говорящего жили отдельно от мимики и искрились смышленым живым интересом.

Королев беспомощно поглядел на двух других. Один — с поразительно правильными чертами лица, в свитере с высоким горлом под халатом, с вихром над чистым лбом, стремительным носом и толстыми надменно-мягкими губами — качал головой, соглашаясь с товарищем. Другой — загоревший до черноты, жилистый мужик с упорным взглядом — смотрел больше себе под ноги. Иногда он взглядывал на Королева с ненавистью. На месте левого уха у него было ровное место с аккуратной дыркой, а на раскрытой голой груди висела иконка на шерстяной замусоленной нитке, такая закопченная, что ничего невозможно было разглядеть.

— Мужики, где-нибудь пожить не найдется? — медленно выпалил Королев и зажмурился.

Королев познакомился с батюшкой, руководившим строительством. Отцу Даниилу требовались подсобные рабочие, и он согласился взять их троих. Это был крепкий молодой человек с прямым взглядом и особенной статью. Когда Королев узнал, что отец Даниил в юности долго занимался восточными единоборствами, он понял, откуда у священника такая размеренная походка, по которой можно сказать определенно, что перед вами человек твердый, стойкий.

Еще через час он познакомился с доктором, бесстрастным человеком с добрым лицом. Невысокий, плотный, с лысой головой, покрытой беретом, он выслушал Королева и попросил привести к нему для собеседования его товарищей.

— Не пьете? — быстро спросил он, поздоровавшись.

— Ни грамма, — кивнул Вадя.

Доктор в свою очередь рекомендовал им отца Даниила, настоятеля восстанавливавшегося монастыря.

В нескольких словах он рассказал о священнике. В этом Королеву почудилась некая странность, словно бы доктор использовал свой рассказ как памятку самому себе, словно он расстанавливал некую внутреннюю диспозицию. О. Даниил — игумен лет тридцати семи, бывший инженер — пока что освоил только подвальный этаж главного храма: там он и жил, и проводил службы, на которые приходили три старухи из деревни, да еще доктор, бравший с собой кого-нибудь из больных.

Виктор Иванович — доктор, почему-то сразу поверивший Королеву, предложил им заняться котельной и быть в помощь отцу Даниилу, по усмотрению.

Надя закивала и отошла в сторону.

Вадя смотрел с равнодушным вниманием.

Монастырь представлял собой безрадостное зрелище. Путь к нему лежал через темный ельник. Расположенный на взгорке, на который через мост подымалась петлей дорога, он вместе с небом открывался взору семиярусной колокольней. На стенах его только частично осталась серая штукатурка. Старинная багровая кладка утяжеляла впечатление от архитектурного склада. Название свое некогда богатая обитель вела от прозвища разбойника, триста лет назад промышлявшего в этих местах, и вдруг обратившегося в подвижническое покаяние. Разбойник выкопал землянку, стал затворником — и через несколько лет к нему потянулись люди.

Внутри, кроме множества построек, находился еще и огромный задичавший яблоневый сад. Он так разросся, что четыре из восьми монастырских ворот нельзя было открыть без того, чтобы не выкорчевать десяток старых тридцатилетних деревьев. Башни монастырские были захламлены чрезвычайно. Старая врачебная рухлядь, сгнившие винтовые лестницы, конторские книги, заплесневевшие больничные архивы наполняли эти башни доверху.

Картину завершала полоса отчуждения, увитая с двух сторон колючей проволокой, две смотровые вышки, карликовых размеров, дощатый забор под ними, зачем-то выкрашенный в голубой цвет. Три года тому назад сюда приезжали киношники — снимать фильм о концентрационном лагере. С тех пор декорации не разбирали, неизвестно из каких соображений. Сумасшедшие, одетые в синьковые, лиловые тельники, треухи, выходили на прогулку — на площадку подле этих вышек. Особый звук издавали сумасшедшие на прогулке. Королев обожал вслушиваться в этот тревожный, будоражащий гул. Больные безостановочно брели вразброд, как мотовило, и гудели — глухо, напористо, будто растревоженные пчелы.

CX

Отец Даниил и главный врач лечебницы были соратниками, несмотря на то, что введение в строй монастыря предполагало выселение больных.

Большая заслуга доктора состояла в том, что он каждому больному сумел дать функцию, без поблажек. Доктор сумел устроить жизнь так, что каждый, если еще мог, ощущал свою нужность для остальных. Среди больных были и конюх, и грибник, и врачеватель, и художник, и косец. Доктор устроил кругом игру, к которой с удовольствием подлаживались его подопечные, находя в ней меньшую скуку, чем ту, что исходит от праздности. Мизерная поддержка государства вынудила доктора основать в монастыре нечто вроде крепости. Оставшись практически на самообеспечении, он не стушевался. Регулярно ездил в Калугу по старым связям добиваться медикаментов, припасов — привозил мешки с мукой, крупой, старой одеждой. Однажды привез гардероб разорившегося цирка-шапито. Благодаря чему некоторые больные носили синюю с лампасами цирковую униформу, или клоунские балахоны, или гимнастические пижамы, усеянные люрексом.

Доктор в самом деле определил Королева в котельную — и в избу при ней. Королев просил Вадю и Надю поселить отдельно. Новое его жилище было неказисто. Стремительно покосившиеся бревна составляли графический рисунок, который удивительно передавал неудержимое разрушение жилища, как-то по винту, под землю. Но если обернуться в угол, то напротив — изба устремлялась как будто бы вверх, словно ребром ладони спичечный коробок, в котором он, задыхаясь потемками, отупев от невесомости паденья, поскребывая ощупью по дну и стенкам, мгновенно обрастал хитином и приземлялся майским хрущом, нелепым, огромным. Потом, выползши, тяжким взлетом набирал высоту — долго, плоско, до тех пор, пока не срезался верхушками травы, из которой после вновь выпутывался на взлет чуть не целое утро.

А еще в избе висели разные картинки: идиллические пейзажи Павла Сороки, кустодиевская «Купчиха», «Натюрморт с селедкой» Петрова и отдельно, ближе к углу — «Запорожские казаки пишут письмо турецкому султану».

Пол певуче скрипел в двух местах, подбираясь вверх, как палуба при легкой качке. Бревна сруба были переложены валиками пакли. Кое-где она клочьями выбивалась наружу, означая мышиные ходы. Мышиный помет, похожий на рассыпанный шрифт мелких литер, покрывал навесную хлебницу. Выцветшие репродукции были густо засижены мухами.

Тоска взяла его. Он посмотрел в окно. Девушка, тогда у столовой подбиравшая опавшие листья, смотрела на него сквозь пыльное, заляпанное каплями дождя стекло. Необычайно детское — и в то же время покоренное красотой, — ее лицо казалось щемящим. Торжество красоты сочеталось с обреченностью.

Королев отвернулся. Еще раз осмотрел стены.

Снова взглянул в окно.

Девочка шла через лужайку к черной церкви.

CXI

Особенное — но кратковременное раздолье наступило осенью, вместе с удачей. На столбе у автостанции он увидел объявление: «На дачу требуется сторож».

Позвонил с почты, отрекомендовался местным жителем. В пятницу почистился, в субботу утром пошел на встречу с хозяевами. Отворил калитку. Из-за джипа выскочила овчарка, прижала к забору. Хозяйка поспела, отогнала пса. Молодая. Понравилась, засторонился, чтобы не благоухать. Загоревшая вся, свежая, с упругими жестами, плавная. Наверное, с юга недавно вернулась. Поговорили. Пойдемте, говорит, представлю мужу. Поднялись, показала аккуратный дом. Овчарка все время лаяла, тонко, будто каркая, переходя за ними из комнаты в комнату. Будто говоря: «Не смей, не трогай, все опоганишь». В кухне сидел над рюмкой и салатом здоровый мужик. Он говорил по телефону: «Да. Да. А кому легко, Сережа». Зыркнул на Королева, кивнул жене.

Женщина выдала аванс, обещала навещать, расплачиваться помесячно. Потом повела его по соседям, знакомиться. Те кивали, просили: «Вы уж и за нами присматривайте, не обидим».

Так Король обзавелся дачей. Стал жить один, ходил в гости к Наде и Ваде, в монастырь. Напрямки — на косогор и через лес. К себе не звал.

Так осень стронулась с места. И он к ней потянулся, повис.

Ему нужно было купить малярный скотч, чтобы заклеить щели неплотно пригнанных дополнительных рам. Недавно их пришлось снять с чердака и вставить — грянули заморозки, и яблони охапками мокрой листвы засыпали крыльцо, террасу, дорожки. Новые паданцы за ночь оседлывал медный медленный слизняк. Слива, еще чудом держащая плоды, пьянила густой сладостью из лиловых дряблых бурдючков. Лесные птицы перебирались в сады. На заборе орали сороки, уже свистала с подоконника пеночка и, клюнув раму, заглядывала в комнату круглым вертким глазом, боком прижимаясь вплотную к стеклу, как часовщик к лупе. На пустой кормушке по утрам оглушительно пинькал гладенький зинзивер, и вчера вдруг затарабанил на поленнице дятел. Серебро туманных утренников, которое он зябко стал замечать с крыльца — в рассветных сумерках, сквозь послесонье, — теперь все больше затягивало во внутренний волшебный лес мечтательной тоски и жути. Словно бы увлекая в декорации обложной романтической оперы, из которой невозможно было ни выбраться, ни отыскать ни одного живого артиста... Каждое утро он подбирал паданцы, ночью с сердечным обрывом хлобыставшие о землю. Сквозь сон, с треском, как пуля слои одежды, они пробивали решето ветвей, поредевшую листву, замерший воздух.

Серый, агатово просвечивающий слизняк успевал выесть у полюса кратер — и продолжал на глазах медленно, часами погружаться в плод: отборные «коричные» Королев утром складывал в плетенку, из которой с ножичком лакомился в течение дня.

Он любил сидеть на холодной веранде, в шапке, укрывшись пледом, глядя сквозь книгу — или надолго застывая взглядом поверх опрозрачневающих садов, поверх лоскутов проступивших крыш, кое-где курящихся дымоходов, — над холмами беднеющей, тлеющей листвы, над багряными коврами маньчжурского винограда, пожаром раскинувшегося по оградам, над полукружьем луговины, над лесным раскатом — над протяжным речным простором, пронизанным летящими день за днем паутинными парусами, — над воздухом, восходящим дымчатыми утесами, грядами, уступами — вниз, к излучине реки, уже мерцающей стальным блеском, уже пучащейся на повороте стремнины осенним полноводьем — крупной зыбью, против которой, случалось, долго, почти безнадежно, карабкался в лодке рыбак.

Иной раз моторный дельтаплан, покачиваясь, или вертолет рыбнадзора, закладывая стремглав вираж, пересекали на бреющем излучину.

И он начинал задремывать, погружаясь в свое хрустальное текучее счастье, бессильно думая о скотче...

Путь до магазина был близким, но трудным. Следовало преодолеть целый ярус поймы, чтобы попасть к замысловатому дому, по периметру облепленному пристройками...

Наконец он засыпал, слизняк выползал на крыши, тучнел, подымался выше труб, стекленел, трогал усиками дымчатый воздух, тянул дорожку рассеянного света — и совсем отделялся от зренья, оставляя его на прозрачной горке, по которой он катился к магазину...

Он входил в помещение, звякал китайский бубенец — пучки люстр, ряды фигурного текучего стекла, гирлянды, стеклянные полки с садовым, плотницким, столярным инструментом, с тарелками и блюдами, мисками и тазами — выстраивали вокруг него лес, и он брел покорно, путаясь в гамаках, обходя бруствера поролона, свитки линолеума, стопки тазов... В укромной глубине этого причудливого пространства он видит девушку, как она нагибается зачем-то, он видит ее бедра, его тянет к ней, — она распрямляется, поднимая в руках люстру, которая сложна, легка и ажурна, но со второго взгляда оказывается головой великана.

Жуткий Олоферн, свитый, вылепленный из цветного льющегося стекла, запавшие мертвые глазницы полны земли, шевелятся наполненные свеченьем волосы. Бедра льнут, скользят и превращаются на мгновение в серебряных сильных рыб. И становится безопасно, приятная блажь растекается по телу, наливаясь в паху кристаллом.

Она поднимает люстру — и та выплывает у нее из рук, Королеву не видно, слишком много люстр, ажурности, провалов и проходов прозрачности — и он следит дальше за Юдифью, вдруг понимая, что никогда не станет ею обладать, что имя ей почему-то Авилова, что есть у нее пожилой и достойный муж, хозяин этого хозмага, пусть не любимый — добрый и достойный. Конечно, она — телом предназначена Королеву, но суть не в этом. А в знании, что никогда не покусится на нее, что останется отшельником — во имя иного влечения, какого — еще не ясно, но сила которого вот-вот овладеет им, набравшись восходящей инерции от этих головокружительных, проворных, жарких бедер, почему Авилова? Но нет, он не отличает пристойность от непристойности, он производит влечение не от инстинкта, — какой все-таки мучительный и сладостный этот сон, — но от Бога. Он ни в коем случае не монах, монашество тут ни при чем. Просто если бы не Бог, он давно бы уже удавился. Конечно, Авилова. Да, абсолютная память на имена и лица. Хотя если любишь, никогда не вспомнишь, так всегда бывает: первый способ понять чувство — надо попытаться вспомнить лицо, и если нет, не вспомнить черт, а только цельный, текучий, проистекающий в ускользании облик, то все: попался. И снова Бог здесь ни при чем. А уж тем более иудеи. При чем здесь иудеи — Авилова ведь не еврейка. А что если он, Королев — еврей, кто знает? — он насторожился. Пусть так и будет, хотя это надо еще проверить. Кто родители, ему известно, но они чужие умершие люди, их не спросишь. И все-таки. И все-таки не спать, не спать, нельзя... Как много света, как весь объем прозрачен, как плывет и реет, и река слепит... И не только потому, что Христос был иудеем и Богоматерь была еврейкой, — он любому, кто слово скажет против евреев, голову оторвет... Но снова здесь Авилова совсем уж ни при чем. И вот эта чехарда сменяется простым сном, глубоким, где невозможны слова, где воля цветных точных смыслов берет под уздцы. Королеву дальше снится карта. Карта всех его чувственных наслаждений. Это просторный, размером и с простыню, и с равнину, и с плато подробный космический снимок, на котором реальные и выдуманные места, где он получал наивысшее наслаждение, отмечены пятнами света. И ползая с наивным ошеломлением, как младенец по цветастой скатерти, погружаясь в эти туманности на черном бархате ночи, в эти ракушечные скопления трепетных удовольствий, Королев вспоминает каждую точку, каждое окно, листву за ним, воздушных кружев синеву, дождь прошел, и капли отстукивают по пластиковой кромке, и звенит в ушах, и накатывает волна, теплая и соленая как кровь, и это очень близко к смерти... И вот вглядевшись в эти точки, совпав и соотнесшись и с Копенгагеном (полуподвал на Ойстергаде, долгий пляж, сосущий шаг песок, ночь, костры на ветру, мемориал Холокоста, фонарь, доходяга за колючей проволокой, пристальный взгляд, сладостная теснота седана), и с Улан-Удэ (урчащий медвежонок бродит в изголовье, толстый скользкий ковер сосновой хвои, платье колкое, накрахмаленное, потрескивает), и с Орлом (вокзальные пирожки, обжигающие язычком раскаленного повидла, квартира с дырой в полу, разваленный бешеной борьбой диван, клинок в паху, утром иней во всех окнах слепит), и с Вяткой (контейнерная фура, набитая стиральными машинами, жара, скрипучий облак ложа из упаковочного пенопласта, поле ржи наконец напитывается закатом, стрекочут кузнецы, пучок васильков, истома, спутник светляком кроит созвездья), и с Саратовом (зной, лесополоса, маячит белый элеватор, накинулась с ножом — в шутку, вонзила рядом в землю, грузовик клубящейся кометой рассекает степь), и с Оренбургом (покорная бархатная татарочка в балке, вскипевшей сиренью, пищат суслики, дикие тюльпаны, жаворонок звенит и вьется, истребитель распускает ленту), и с Астраханью (цирк, балаган, упившийся пыльный клоун, безумная рычащая акробатка — на вонючей попоне, постеленной на клетке с тиграми, зверь колотится в прутья, с тумбы рвет свисающий край подстилки), и с Копановкой (браконьеры привезли двух девочек-калмычек на рыбалу, волжский остров, катанье в лодке по серебряной протоке, скользит луна, бьет рыба на стремнине, легкое дыханье). И вот он видит точку, где был, но не в силах вспомнить случай: в центре плато. Да — было, было, сообщает карта, но вот дикость: как?! Как приравнять Святую Землю к сырой каморе на Ойстергаде — туман вверху стелется по переулку, моросью вползает в фортку, какая-то полоумная девка в разодранных простынях, пахнущая полынью, тиной, шанелью... Как вот это существо с кроваво перепачканным помадой ртом, по щекам с глупыми слезами жестокого, невозможного счастья, как эту сладостную нечисть можно сравнить с кристальным составом святости, телесными волнами скользящим над склонами Галилеи, как?

И вот Королев окунается в карту, реет, мчится в теплой ночи, задыхается, кусает напор воздуха — и снижается, проваливается в камышовую бездну рядом — и потом долго, но легко восходит над границей, проникает в ведомые наделы и мучается поисками. Теперь перед ним страна иная, чем та, которую он не знал, но когда-то был в ней — и вот эта противоречивая сила узнавания вылепила перед ним новый мир, втянула его в новые запахи, в аллею слоноподобных гладкоствольных эвкалиптов, от спички брызжущих охапками листвы — эфирным пламенем букета, — в скопища уличных кошек, худых и ушастых, будто спрыгнувших с египетских горельефов. И сам он видит, насколько изменился, насколько огрубел и толстокож, что теперь ему для воспоминания о предельной ясности желанья требуются острые, вульгарные потрясения, но они окупятся, непременно: спустившись в нижний мир, в колодец, поднять ведро глины на поверхность, обменять на ведро ключевой, задохнуться взахлеб жадным протяжным глотком. И вот он входит в квартал борделей. Как все кругом задрапировано и душно, шастают тени, узкой рукой втягиваясь в щели, тяжелый плюшевый занавес морочит пыльными складками по лицу, то слагаясь в поток, то уступая. Свисают кумачовые полотна, бархатные сиденья разломанных кресел, прокуренная теснота, запах «Красной Москвы», пудры и остывшего женского пота. Вдруг, рассыпая, обваливая холмы бутафорий, по закулисам мчится нагая женщина, заливается хохотом, груди прыгают в два раза чаще поступи, за ней вырастает горой рыжебородый всадник, осаженная лошадь выстукивает будто кастаньетами по полу, поворачивается внаскок, и, с рыком выпрыгнув из седла, рыцарь опрокидывает его и душит, вращая зрачками, расплющивая панцирем, неистово в коробке прыгает и колотится львиное сердце, дребезжат жестяные шпоры. Ричард добирается зубами до горла и, целуя взасос, обмякает. Затем Королев, потирая синяк на шее, снова бродит по улицам, выходит к морю, в Яффо, шторм, гуляют сиреневые горы, ноги вязнут в холодном песке... Как зачарованный, он бродит по булыжным улочкам, зажигает висячие фонари. Наконец к нему приходит уверенность, что забомжевать в Израиле, спиться здесь — отличная мысль для путешественника, утратившего соображение пристанища. И вот он нищенствует по городам Святой Земли, ходит, бродит, все пытаясь сыскать намек на то наслаждение, о котором не помнит. Кто она? — мучается неизбывно. Кто? Почему никак в яви не проступит сбывшееся желание? И вот он счастливо повисает в своем бродяжничестве, привычно роется на помойках, каждый раз непременно находит пакет свежего хлеба, он сыт, упивается солнцем, моется в море, трется песком, подбирает камни, придавливает ими брюки, носки, рубашку, стынет на ветру, обжигаясь, обветриваясь солнцем, покуда волны мутузят, волочат, жмут его лохмотья. Хоть и холодно, и час ходу, зато так приятно лизнуть на локте соленую кожу. Вообще ему интересно плутать, шататься бездомно по пригородам и пространствам: холмы, сады, воровство апельсинов, ночевки в заброшенных сторожках кибуцев, мечты о сезонной работе сторожа плантаций. Он пытается узнать на иврите слово сторож, но почему-то ему не удается, он мучается и все время повторяет по-русски: я никто, только хранитель, защитник, понимаете? Но прохожие, — отчего-то все они то в рясах, то в сюртуках, то полыхая полами, то раскланиваясь, коснувшись пальцами полей, — проходят мимо. Ночевки в развалинах заброшенной усадьбы, гекконы, повыползавшие на закате на края обрушенных стен, за которыми могуче перекипает закат, обрывки найденных среди кирпичного лома писем, химическим карандашом, по-английски: «Не могу без тебя жить». И все заканчивается совсем безумно, но счастливо. Он решает утопиться в Мертвом море. Зачем жить, не сыскав? Он находит себе на помойке широкие охотничьи лыжи — кто-то из эмигрантов взял с собой для потехи: вдруг придется ходить по пустыне, по зыбучим пескам. Два детских плавательных круга он приспосабливает в качестве поплавков. На всей этой конструкции долго, сложно выбирается на середину. Скользит тяжело, вразвалку, западая в стороны. С шеи на парашютной стропе свисает тяжко пудовая гиря. Он держит ее двумя руками. Солнце жарит. Сзади штормит горами пустыня. У берега видна россыпь купальщиков. Наконец он обваливается с лыж, концы взметываются в стороны, круги подскакивают, гиря тянет его в глубь. Но веса не хватает — он не рушится, а повисает вниз головой в рассоле. Петля затягивается на всплытие, от натуги темнеет и в мозг вползает видение. Берег Мертвого моря. Он с Катей ночует в раскопе. Ломают на пенке сыр, запивают вином. Катя тихо смеется. Она уже не дурочка — царевна. Духота. Целует ей пальцы. Кругом бездна, ни зги, хоть коли глаз навылет. К краю крадется по малой нужде. Струя зарывается в темень беззвучно. Всходит луна. Светом огромный воздух заливает ландшафт. Серп моря внизу. Они взбираются на заветный пригорок, где искрящийся столб: жена Лота. Говорит рабби Беньямин: «Хотя протекающие мимо стада и облизывают этот столб, но соль вновь нарастает до прежней формы». Он встает на четвереньки, и язык немеет ослепительной белизной, прощеньем. Надя тоже встаст и лижет. И вот пробуждение. Ржавый баркас. На палубе ему надевают колпак водолаза. Медный шар совмещается с солнцем сияньем. Поднимают лебедкой за шкирку. И спускают за борт — в плавку соляных копей. Он шагает по дну — от Гоморры к Содому. Но на середине кончается дыханием яви, всплывает. Хрипит, дышит, срывает петлю. Разбросанные лыжи, желтые круги. Его вышвыривает навзничь.

Вверху — прекрасный строгий лик реет прозрачно в лазури. Строгий, прощающий.

Под ним, под прозрачной теперь толщей ползут войска.

На берегу пожилая артритная пара деловито раскладывает шезлонги.

CXII

Надя стала навещать Королева, жить на веранде. Королев разговаривал с ней, учил планиметрии. Он решил, что не нужна постепенность. Что надо дать высокий уровень — непредставимый, — и тогда скачком произойдет преображение.

Надя сейчас еще сильней стала похожа на саженец, невидимо под землей борющийся развить корни — связи с почвой человеческой реальности. Неизвестно, приживется ли посаженное в марте деревце. Развитие саженца отсталое, почки на других деревьях уже набухли, а он стоит ни живой ни мертвый, и приходится вглядываться в него, все время брать на пробу роста эфемерные успехи.

В то время как Вадя только присматривался, скрытно уважая в ней собственную к ней жалость, которую смирял суровостью, черствостью, Королев пытался что-то сделать. Нельзя сказать, кто был добрее к ней, но Вадя, благодаря чутью к жизни, обладал той сложной гибкостью натуры, какая часто оказывается успешней прямой склонности к добру.

Наде сейчас как никогда требовалось внимательное, доброжелательное отношение. На нее нельзя было кричать, иначе испуг разрывал, путал едва наживленные связи с миром. Элементарное зло, а не умственная праздность — наносило самые сильные разрушения. Если на нее кто-то кричал — бригадир, мент, бабушка в эскалаторной будке, приемщица стеклотары, — налетала большая когтистая птица, свет вокруг застилало месиво, метель жестких крыльев, клюв щипал за щеки, нос, уши, глаза, лица мелькали лоскутами, крик колючим комом вставал в груди, и слезы вымывали из сознания навык жизни. Ничего не оставалось, воцарялось равнодушие в мышцах рук, лица — подбородок опускался, губа выпячивалась, и взгляд приобретал свойство, какое нельзя встретить у животных, неспособных на то, чтобы совместить в своем естестве испуг, равнодушие, опустошенность, зияние тепла — тот неопределимый единственный признак, черта глаз, по которому только и можно отличить человеческое от живого.

Планиметрия вызвала у Нади одобрение. Она тщательно перерисовывала условие задачи — но только в этом и состояло решение.

Вадя тоже стал приходить на дачу к Королеву, сидел в саду, играл в ножички, курил.

Наконец всходил на крыльцо, говорил Королеву:

— Ну, ты это. Скажи, чтоб обратно шла.

— Скажу, — обещал два раза Королев.

Наконец Вадя решил поступить иначе. Он пошел на станцию. Нашел среди вороха ярлычков, облепивших расписание отправлений, два объявления о найме сторожа. Не все язычки были оборваны. Он набрал оба номера, отвечали мужские голоса.

Через день приехал хозяин дачи.

В тот день, когда Надя возвращалась с Королевым в монастырь, перед ее глазами вновь появился этот старичок. Давно его не было. Она шла и хотела что-то сказать Королеву, выразить возмущение, выкрикнуть, что не прав хозяин дачи, что Королев хороший. Но этот старичок проворно ловил ее слова, разбивал о коленку и, плюнув, отбрасывал в сторону. С тех пор все чаще перед ее глазами стал появляться этот черный прозрачный старичок, который встревал, когда она хотела обратиться к Ваде или Королеву. Этот аккуратный беспощадный старичок что-то все время делал, теребил руками, перебирал, поглядывая снизу, будто свивал нити ее мыслей, все слова ее стирал, выпрямлял в длинную корявую проволочку. Он лез в лицо, махал перед ней руками — и бил, бил гулко по голове свернутой тугой газетой.

CXIII

После возвращения Королеву стало страшно в монастыре пуще прежнего, а Вадя с Надей окончательно прижились. Виктор Иванович определил их к себе. Для Нади лечебница была очевидной пользой, Вадя же там был нужен для того, чтобы она поскорей привыкла.

Сам Королев все никак не мог притереться к обстановке. В монастыре размещался целый город — и он пугался этого скученного больнично-монастырского пространства, которое тем не менее было жилым, хоть и бесприютным. Странные обитатели его только усугубляли тягостные впечатления. Но деваться было некуда, следовало зимовать.

Однажды Королев вышел от отца Даниила и неподалеку от церкви повстречал удивительное существо. Вид его испугал и смутил его. Это был человек поистине пронзительной наружности.

Он пристально смотрел на свое отражение в стекле окна. При приближении Королева он медленно перевел взгляд. Совершенное любопытство в его распахнутых синих глазах было неземного происхождения. Он был стерильно, синевато бледен, короткий блестящий на солнце ежик покрывал его череп, похожий в профиль на запятую. Кожа обтягивала скелет так туго, что зубы обнажались малейшим натяжением кожи. Он протянул Королеву руку, и тот отпрянул. Отходя, Королев не мог оторвать от него взгляда. Существо смотрело открыто и неотрывно, с вдумчивым любопытством; очевидно, болезнь давала ему возможность каждую минуту смотреть на мир как на новую вещь.

Зима для Королева прошла незаметно, как для медведя, рухнувшего в спячку. Зима была потрясением, а все стрессы на него действовали так, что он тут же засыпал, прятался от них в долгий многосуточный сон. Во сне к тому же не слишком хотелось есть. «Сон — лучшая пища», — твердил про себя Королев. Он вообще старался не есть, чтобы не ходить в туалет. И пил по той же причине ровно столько, чтобы не отягощать мочевой пузырь.

Ему нравилось теряться меж суточных сумерек. Просыпаясь и видя за окном темноту, он уже не гадал — утро сейчас или ранний вечер. Он вставал, механически шел в котельную, проверял давление пара, бросал в топку ровно девять лопат. Садился на корточки, гудящий поток жара ополаскивал его лицо. Он подбирал из кучи угля куски побольше, высматривал на них отпечатки древних растений. Найдя — откладывал в сторону.

Если случалось проснуться днем, рослые узоры, холмы и полотна инея, разросшиеся между толстых рам, словно сошедшие с негатива угольных плоскостей, занимали его сознание ровным чистым светом. Этого ему было достаточно. Он уносил свечение в дрему и там потихоньку тратил.

Теперь он не грезил, только помнил.

За зиму он потерял из виду Надю и Вадю.

Сначала встречал их, когда шел к отцу Даниилу. Там они сидели вместе, помалкивая или потихоньку говоря. Чаще говорил отец Даниил. Он был гостеприимным человеком, трудолюбивым, любил поговорить о божественном. Из Москвы, куда ездил за средствами на строительство, он привозил книги. Некоторые, уже прочитанные, давал Королеву. Тот брал, но не читал.

Отец Даниил был человеком одержимым. Но при этом, окончив «Бауманку», в своих суждениях конструктивно основателен.

Вот эта замечательная сочетаемость страсти и меры как раз и привлекала Королева.

Отец Даниил к тому же был мужественным человеком, называл себя солдатом. Одному, без постоянных помощников, ему было нелегко. Он рассказывал, что иначе нельзя. Что он уже построил одну церковь при больнице в Мытищах. И вот его благословили восстановить здешнюю обитель. А благословение — как приказ. Не выполнил — не нашел пожертвований, не смог организовать строительство, не стяжал паству — все, вышел из карьеры.

Королев не был согласен с отцом Даниилом во многом, например в подходе к чуду, но в спор не вступал, не было сил. Он рассасывал во рту печенье, запивал чаем. Ему очень нравилось, что чай сладкий. Он сыпал себе чашку пять-шесть ложек. И не спорил. Сам мир для него был огромным чудом. Математика, физика и человеческое чувство для него были гораздо важнее мироточения икон, о которых любил рассказывать о. Даниил. Поэтому, когда отец Даниил заканчивал рассказ, Королев потихоньку думал и, погодя, просто что-то рассказывал из детства.

Только однажды Королев позволил себе распространиться в философию. Он высказал отцу Даниилу свою идею о подлинном, по его мнению, пути христианина. О том, что, прежде чем креститься, следует стать иудеем. Начал он говорить тяжело, превозмогая слабость, но вдруг вспыхнул и закончил речь раскрасневшись.

Иногда отец Даниил вставал, выходил в соседнюю комнатушку помолиться. Вот и тогда он надолго вышел, извинившись.

В комнате было душно, стояла в воздухе какая неприятная смесь пищевых запахов и чего-то церковного. После чаепития, прощаясь, Королев всегда заглядывал в просвирню — маленькую комнатушку с печкой. Ему нравилась идеальная стерильность, которую поддерживал здесь отец Даниил. Стол, где раскатывалось тесто, был прикрыт тряпицей. Печь вычищена. Ни пылинки.

CXIV

Надя и Вадя изредка появлялись в округе. Надя реже, Вадя чаще.

Королев заходил к ним. Они жили в лечебнице, доктор пустил их в палату, выделил койки, определил на кормежку.

Вадя зимой начал рисовать портрет Высоцкого, с фотографии. Достал где-то кусок оргалита, наклеил бумагу, раздобыл карандаш. Рисовал тщательно, с любовью. Вышло похоже, но слишком строгое лицо было у Семеныча. Наде не понравилось. Да и ему самому было неловко смотреть на кумира, уничтожающе вглядывающегося с подоконника.

А еще Вадя по просьбе доктора нарисовал на стене столовой картину — раскидистую, в полстены, сколько краски хватило: лужок изумрудный, излучина реки, пастушок с дудкой и сумой переметной лежит под деревцем, коровки вокруг разбредаются.

— Красота, — объяснил Королеву довольный доктор. — Зеленый цвет успокаивает.

Однажды ночью, возвращаясь от друзей, Королев остановился перед смотровой вышкой. Он долго стоял, вглядываясь в простую геометрию теней, в пушистый фонарь, резавший глаз сквозь путанку колючей проволоки... Королев вдруг рванулся, сходил к себе в котельную, вернулся с канистрой и долго тряс ее вдоль забора, поднимался на вышку — тряс там, спускался. Падал в снег — и стоя на коленях чиркал спичками, извел полкоробка, но вдруг потек, пополз ручеек огня по забору, выше, занялся, заколыхался полотном, восстал столбом по вышке.

Декорация горела меньше часа. Больных Виктор Иванович успокаивал трое суток. После пришел и сдержанно объяснил Королеву, что ему и самому не нравились эти вышки, стена, но он был вынужден оставить эту постройку как отопительный НЗ. И что теперь он потратился на медикаменты для решения массового криза...

А еще Королев взялся писать сочинения. Понемногу. Нападал на мысль и потихоньку рассматривал ее со всех сторон. Ничего особенного у него не получалось — это было совсем иное занятие, чем его карточки, но все же развлекало в часы вынужденного бодрствования. Он рассматривал иллюстрации, развешенные на стене его избы, и некоторые избирал для нехитрых сочинений.

«Абсолютно литературный художник Репин, — например писал он. — Сколько живости и полноты в его вещах. Что ни персонаж, то фигура жизни. Глядя, хочется рассказывать и пересказывать, догадываться и размышлять. Это очень трудно — делать то, что делает Репин: собирать, изобретать, сталкивать характеры. Рассказы Репина — долгие, полные. На картине "Запорожцы пишут письмо турецкому султану" среди прорвы деталей мы наконец замечаем косматого огромного пса, размером больше человека, лежащего в левом нижнем углу картины. Его лапы раза в два толще человеческих рук. Но это пустяки. На пороховнице ближайшего к зрителю голого наполовину казака, которая приторочена сзади к его поясу, мы отчетливо видим золотую шестиконечную звезду, Щит Давида. Представить, что пороховница была взята трофеем, невозможно: евреи не делали для своих нужд оружейную утварь.

Таким образом, эта звезда завершает трудную мысль о вольнице хазарской, откуда произошли казаки, о том, почему в среде терских казаков в XIX веке был распространен иудаизм. Хмельницкий и Тарас Бульба здесь необходимы для полноты. Ради принципа дополнительности. Все это бесполезно рассказывать отцу Даниилу».

CXV

Очнувшись в конце марта, Королев обрадовался начавшемуся преображенью природы. Только в детстве он испытывал что-то подобное. Пробуждение его началось с того, что в начале половодья он гулял вдоль реки и забрел на залитую водой поляну. Был яркий солнечный день, крупными зернами искрился снег стаявших сугробов. Оглушительно орали птицы. На поляне редко росли березы, две выдавались к середине. Из-за того, что обе березы были искривлены в поднимающемся их рослостью воздухе, — переломлены словно бы в нем, в то время как другие деревья были переломлены естественным образом — границей воды и атмосферы, благодаря этому как раз и образовалось «смущение зрения», то есть кажимость того, что вода, прозрачность — подымается не только в воздух плоскости картины, но и в чувственный объем над полотном сетчатки, в объем сознания, словно бы исподволь наполненный зрением.

Когда он вернулся, картина эта целый день наполняла водой и бледным воздухом весь объем комнаты.

Озаренный, в тот день он сидел на лежанке и свободно думал о проблеме осиянности: незримой очеловеченности пейзажа. О том, что по эту сторону все же есть Бог.

Тогда же в марте, когда очнулся, осмотрелся, вдруг обнаружил, что Вади нигде нету, а Надя живет все там же, в женском отделении, и теперь мало чем отличается от остальных больных. Она не узнала его. Ничего не ответила. Она стояла у окна, держала палец на стекле, молчала.

Доктор сказал, что Вадя пропал три недели назад. Все время был здесь, а потом — вдруг исчез. Постель заправлена аккуратно, вещей не оставил.

Тогда Королев купил буханку хлеба и стал есть.

Он ходил по деревне, щипал мякиш, бросал синичкам крошки и слеп от синих сугробов, сияющего наста.

Вдруг стал дышать, дышать, втягивать воздух носом, и задохнулся от слез. Он не слышал запаха марта, не слышал запах талого ветра.

Королев съел весь хлеб и ушел в Москву.

Через неделю он нашел Вадю на Казанском вокзале. Тот процветал, услуживая по мелочи носильщикам-таджикам, как-то нашел с ними общий язык.

Королев долго смотрел на него исподтишка. Вадя отупело стоял у камеры хранения и что-то шептал толстыми губами. Королев все никак не мог прочесть — и вдруг догадался: он бормотал стихотворение, перемежая строчки паузами интонационного перехвата.

Вадя испугался, когда увидел Королева, хотел бежать.

Король вцепился в его локоть:

— Надя тебя зовет. Ехать надо.

АПРЕЛЬ

CXVI

Вернувшись из Москвы, Вадя не знал, чем себя занять. Заскучав, он нашел в сарае соху и борону. Вытащил на свет, два дня разбирал, перекладывал части — и потом на корточках долго сидел над ними, покуривая в кулак, посматривая то на небо, то на землю.

Борону оправил, прикрутил проволокой для тягла два ржавых запора; настрогал и вбил сучки, нашел стропу, приладил. Стал возиться с сохой. Обчистил колодку, выскоблил оглобли, оттер керосином сошники, палицу, зачистил все напильником, обстучал, ошкурил, натянул подтужины, впряг Надю, научил ее тянуть, попробовал ходить за ней, опасаясь, как бы не сломать оглобли.

Королев один раз увидал, как Надя шла под сохой, временами западая на спину от натуги, когда лемех выталкивал Вадю с борозды. Долго он смотрел, как они тяжело ходят, расцарапывают неглубокую пашню.

Надя старалась безропотно, вся поглощена усилием. Охватив большими своими руками оглобли, управив их усилием в землю, Вадя выглядел на пашне сноровисто, ладно. Ему тяжело было приноровиться к тяге ее хода, он спотыкался от неловкого упора, не в силах предупредить провисание подвоев. Как мог, он помогал ей, наваливаясь сам вперед, но выходило это у него неловко и бесполезно.

Пока Королев впрягается вместе с Надей, Вадя отдыхивается полной грудью.

Теперь соха идет чуть легче. Отваливается с сошников легкий пласт, в нем кудрявятся, свиваясь, обрезки розовых червей. Грачи спохватываются из рощи, слетают на борозду.

Ваде тяжело наседать и править ручки плуга. Он морщится, силясь не подать виду; у него перехватывает от натуги дыханье. Фрачные синие грачи выстраиваются за ним, высоко поднимая лапки.

CXVII

Поле было вспахано и готово к посадке.

Королев придумал, как организовать больных. Он нашел в подвалах мешки с семенной картошкой — вялой и мелкой. Объявил общий сбор. Стал вытаскивать. Рвал на себя мешок, подкладывался и, зажав ему горло, шатаясь по проулку, выносил на поле.

Ставил мешки большим крестом, задумав так захватить равномерностью пространство.

Ноги вязли в раскрытой земле. В три погибели исподлобья небо дыбилось парусным облаком. Роща дугой охватывала поле, дышащее при шаге как грудь.

Установив все мешки, растягивая лицо в улыбке, Королев стал показывать собравшимся больным, как бросаться картофелем. Он сам первым бросил в Надю, легонько. И засмеялся, широко разведя руками — показывая, как это хорошо.

Больные не реагировали и смотрели в разные стороны — кто в землю, кто в небо, кто в затылок соседу.

Королев достал флакон с денатуратом (этому фокусу он научился еще в третьем классе и сегодня решил применить), опрокинул в рот — и выпрыснул на зажженную спичку. Поднявшееся облачко огня привлекло взгляды больных.

Теперь Королев бросил картофелину в Вадю. Легко, навесным. Никто не двинулся. Тогда Королев бросил еще. И еще. Стал бросать во всех, горстями. Никто ему не отвечал.

Королев остановился, не зная, как быть дальше.

И тут Вадя нагнулся, подобрал картофелину, осмотрел ее со всех сторон, сковырнул «глазок», взвесил и швырнул ее, с оттяга. Удар пришелся по лицу, Король шатнулся, закрыл рукой скулу, рот.

Вадя повернулся и стал уходить в поле. Горизонт, перелесок закачались перед ним.

Больные стояли у мешков. Кто-то замычал, загоготал. Проблеск интереса мелькнул в лицах. Сначала взлетела одна картошка, другая; скоро картошки посыпались градом. Больные широко отшагивали от мешков, швыряли недалеко, неточно. Смеялись дружно, если кому-то удавалось в кого-то попасть.

Несколько человек выбрали мишенью Надю. Стали бросать проворней. Число метателей росло. Броски были несильными. Надя вступила в игру. Она поддавалась, намеренно вышагивала навстречу, неторопливо увёртывалась. Больные смеялись от удовольствия.

Казалось, что Надя вытанцовывает.

Король догнал Вадю, со всего ходу толкнул в спину. Тот упал, быстро обернулся навзничь, то подбирая ноги, то выставляя одну, загораживаясь от ударов.

— Ты что, сволочь, делаешь? — Королёв ударил мыском по кому земли, куски брызнули в стороны, попали Ваде по ногам.

В глазах Королёва плыли слёзы, щека пунцовела, вкус крови наливался во рту.

Вадя затравленно смотрел то на него, то в поле.

Королёв не знал, куда деть злость, обиду, ему было боязно. Он боялся безобразности своей злости и не мог бить Вадю, понимая, что получил по заслугам... но вот эта затаённость гнева и его праведность — они волновали до трепета, он знал, что Вадя никогда не откроется перед ним словесно.

Поняв, что Королёв бить его не станет, Вадя сел. Ровное лицо его стало озабоченным:

— Чего картошки разбазариваешь? Кто ж так садит? — сердито сказал Вадя.

Королёв обрадовался:

— Да ты не понимаешь! Им польза — и земле польза. Им игра — нам труд. Мы потом возьмём тяпки и размежим на гряды! — Королёв кричал на Вадю сквозь слёзы, пиная комья земли, хлюпая носом.

Вадя не стал отвечать, двинулся обратно к коллективу. Больные, повалив, вытряхнув несколько мешков, бросили баловаться картошками и потихоньку разбредались. Надя тоже шла куда-то.

Королев постоял; потом побрел наугад по полю, но как ребенок бросился на землю, сел, заплакал.

Холод, постепенно сковавший его, притянувший к себе пах, влившийся в него, давший почувствовать нутро земли, медлительность неживого, — наконец заставил подняться. Оглянувшись, он примерился, куда направился Вадя, и пошел поискать его.

CXVIII

За рощей дорога сваливалась в овраг, проходя под высоковольтными мачтами. У обочины стоял столб, окозыренный табличкой: «Под ЛЭП не останавливаться. 600 киловольт. Под дождем не пересекать».

Перед лощиной ЛЭП круто поворачивала, на изломе удерживаемая столпотворением ферм. Решетчатые мачты стояли, как великаны в юбках, раскрыв друг другу объятия, с длинными гирляндами изоляторов из бутылочного стекла.

Каждую весну в овраг спускались рабочие и вырубали бурьян и кустарники, тянувшиеся к тяжко провисшим магистралям.

Воздух гудел и дрожал, наполняя волосы шевелящейся тягой. Одежда при трении пощелкивала.

В мокрую погоду все искрилось и свиристело от напряжения, насыщавшего воздух.

Вадя сидел на корточках в самой низкой точке оврага и пятерней расправлял поднявшиеся волосы.

Королев присел наверху.

Воздух под ЛЭП шелестел, будто в нем кишели стрекозы.

— Чего сидишь, делать нечего? — крикнул Королев.

Вадя помотал головой, стряхивая что-то.

— Чего делаешь? Скажешь, нет? — рассердился Королев.

— Голову чиню-чищу. Под электричеством из нее всякая мысль и тварь бежит, — отвечал Вадя, продолжая пятерней чесать подымавшуюся вверх шевелюру.

Королев прыжками соскочил вниз — и сел, как Вадя. Волосы его тут же наполнились стрекозами. Он стал погружать в космы пальцы, ощущая плотный поток невесомости, устремлявшей их вверх.

Вадя кивнул на мачты:

— Видал, сколько стекла стратили.

— Ага. Могучая энергия здесь течет в проводах, — ответил Королев, специально не используя слово «киловатты».

— Работа́л я раз на стекольном заводе, — вдруг стал рассказывать Вадя. — В цеху чаны стояли, со стеклом плавленым. Жар кругом. Мочи нет. А поверху мостки шли. По ним электрик шастал. Печи-то электрические. Вот он и навернулся оттуда. Пыхнул только, даже пепла не осталось.

Королев замер. Образ безымянного электрика зримо растворялся в гирляндах стеклянных изоляторов, тянувшихся на несколько тысяч километров над великой пустой страной.

Поняв, что разговора не получится, Королев встал, но уйти не спешил.

С поля наплывала туча, смежая потемненьем глаз воздуха. Ближний край оврага пропал уже перед противоположным склоном, залитым прозрачным молоком, исчезли две мачты, край облака набежал на собственную тень, первые капли щелкнули по веткам, по руке, щеке, — как вдруг вверху щелкотание сгустилось в дребезг, пошел гул, гуденье, — и Королев, взглянув вдоль могуче провисшей оснастки, увидел, как огненный шар, диаметром в рост человека, с пышущим недлинным хвостом цвета закатного солнца, не спеша скользит от него ровнехонько по-над проводами. Блескучая банка с красными рыбками, как если смотреть прямо в распахнутые рыжие Катины глаза, — плыла в этом шаре...

Сначала он остолбенел, не зная куда деться. Он твердо помнил, что при шаровой молнии следует замереть.

Дух борьбы поднял его над землей.

— Дурень, пригнись, — посоветовал вдогонку Вадя.

Но Королев только азартней припустил по оврагу, он кричал что-то от восторга, пуще расталкивая тугой, щекочущий воздух, поскальзываясь на сыром валежнике, подпрыгивая, выбрасывая вверх к проводам руку, как баскетболист к корзине.

Прежде чем ослепнуть, Вадя успел увидеть, как рука, обвитая дрожащими жгутами разряда, соскользнула с проводов, взяла за голову, потрясла и подбросила Королева высоко в воздух.

После, лежа без сознания, Вадя видел много красных шаров, катившихся по полю, подлетая, опускаясь, оборачиваясь, вглядываясь в него, — и видел нагую женщину без головы, шагавшую выше леса. И страх ему был жестокий, и ужас.

CXIX

Следующим утром, очухавшись, чтобы ни о чем не думать, Королев взял направление на солнце. Прикинув, что суммарное направление зигзагов, которые светило, следуя восходам и закатам, выпишет его телом, — приведет его в верном направлении, он ужесточил темп хода.

Поначалу его тревожил лес, но скоро он приноровился. Войдя в чащу, присматривался к сиянию, бившему сквозь верхушки, все время старался переносицей почуять его теплоту. Миновав дебри, вдыхал полной грудью весь окоем. Ему было легко. Он шел без оглядки день — и только на закате, взойдя на долгий пригорок, с которого открывался распашной лесистый дол, залитый теплым светом, разрушенный коровник, две дороги, менявшиеся колеями, — от удовольствия он решил оглядеться.

В самом подножье холма, на краю его длинной крылатой тени он увидел Надю и Вадю. Они брели порознь, препинаясь, отяжелев от усталости.

Поклявшись себе отныне никогда их не ждать, он ринулся дальше — вперед, за клонящимся к горизонту солнцем. За солнцем, впряженным в будущее, за весной, за хмелящим запахом отогретой земли, теперь врывавшимся ему в ноздри.

CXX

В календаре это как крыши конек, или — все равно что пойти по перилам на воздух упругий с подскоком. В лицах ни кровинки — чем меньше мути, то есть жизни, тем больше света.

С огромным, как воздух, ранцем, набитым шестьютысячелетьем, — плыть и плясать первоклашкой.

На ночном козырьке в полнолунье мне снилась собака, голый лес и поле озимых.

Серебряная собака тащила в зубах мой сон — мою кость, мой плуг кистеперый: чем чернее бумага, тем шире поле.

И в поле на бреющем грач летал. Сел, зорко прошелся по борозде, наблюдая, как добрые мягкие руки апреля кропили меня землей, теплой и мягкой: лоб, глаз светосилу, русский язык похорон, глинозема сытную ласку.

И муки мои тащила собака, припадая, и грач следил.

Нет у времени молвы.

И Господь заливает мгновение в половодье, где я Мазаем тысячу солнечных зайцев везу для тебя.

Когда я умру, ты закутаешься в солнечную шубу, как в конце аллеи в протуберанец.

ОГЛАВЛЕНИЕ

Литературно-художественное издание

Александр Викторович
Иличевский

МАТИСС
роман

редактор
Татьяна Тимакова

художественный редактор
Валерий Калныньш

корректор
Ирина Машковская

Подписано в печать 10.12.2007.
Формат 70×108¹/₃₂.
Бумага писчая.
Усл. печ. л. 19,6.
Тираж 15 000 экз.
Заказ № 1019.

«Время»
115326 Москва, ул. Пятницкая, 25.
Телефон (495) 951 5568
http://books.vremya.ru
e-mail: letter@books.vremya.ru

Отпечатано в ОАО «ИПП «Уральский рабочий»
620041, ГСП-148, г. Екатеринбург, ул. Тургенева, 13.
http://www.uralprint.ru
e-mail: book@uralprint.ru

RU
F
ILICHEVSKII
ALEKSANDR

В серии «Самое время!» вышел новый роман
Александра Иличевского

«АЙ-ПЕТРИ»

В поисках судьбоносной точки герой «Ай-Петри»
(шорт-лист премии «Большая Книга», 2006) совершил
не одно путешествие. «Нагорный рассказ» повествует
о любви. Любовь играет роль проводника к открове-
нию, это почти религиозное чувство. Текст открывают
и завершают две новеллы, породненные через глав-
ные образы прекрасной девушки и смертоносного
волкодава. Между точками первого откровения и ми-
гом обретения идеала лежит путь главного героя.